CW00871874

UNA MEDIDA DE PROBLEMAS

ZACH ABRAMS

Traducido por

SANTIAGO MACHAIN

Para contactar con el autor zachabrams@authorway.net

CAPÍTULO UNO

El papeleo tendría que esperar. El Detective Inspector Jefe Alex Warren había honrado sus buenas intenciones y llegó temprano para limpiar sus bandejas, pero todo fue para nada. Apenas había empezado la tarea antes de que su plan se interrumpiera. Reemplazó el receptor del resto y suspiró audiblemente.

Necesitaba pensar con claridad, pero no podía quitarse de la cabeza el viejo chiste, "El hombre muere en una destilería, su cuerpo era un desastre, pero deberías haber visto la sonrisa en su cara". Aunque no era momento para bromas. En los últimos minutos, un hombre fue encontrado boca abajo en el suelo de la sala de barriles de la destilería Benlochy. Había estanterías colapsadas y barriles revueltos a su alrededor junto con cristales rotos esparcidos por toda la zona. La descripción era inusualmente clara para un incidente reportado, pero la razón era obvia ya que provenía del hombre de seguridad y era un policía retirado. Ahora Alex tenía que ponerse a sí mismo y a su equipo a 48 kilómetros del puesto de carretera apresuradamente e, idealmente, antes de que la sangre tuviera tiempo de secarse.

Alex abrió la puerta de su oficina privada y miró a través de la extensión poco iluminada del área abierta. Aunque su vista estaba parcialmente impedida por las pantallas de protección, sabía que el detective Donnie McAvoy estaba al otro lado de la habitación y era el único oficial en su escritorio. Donnie se acercaba al final de su turno de noche y su espacio era el único con la luz encendida; el resto de la oficina estaba a oscuras. Alex ordenó a Donnie que alertara al equipo de la escena del crimen y llamara a cada uno de los oficiales del turno de día para que los llamaran temprano o los enviaran directamente a la destilería. Consideró pedirle a Donnie que trabajara en ello, pero luego lo pensó mejor. Donnie estaba a pocos meses de jubilarse y era un policía de la vieja escuela. Alex no estaba seguro de lo seguro que sería dejar a Donnie solo con una botella, y mucho menos dejarlo suelto en una planta de fabricación de whisky. En su lugar, tendría el apoyo del Sargento Sanjay Guptar y del Agente Philip Morrison. Siendo musulmán, Sanjay era abstemio, y aunque Phil no se acercaba a una vida de abstinencia, era confiable. Alex hubiera preferido tener a su otro sargento, Sandra Mackinnon, pero sabía que eso sería imposible ya que era su día libre y ya tenía un día completo de actividades programadas para buscar piso. Alex estaba muy consciente de los planes de Sandra ya que habían pasado la mayor parte de la noche anterior hablando de ellos.

Habían pasado sólo unas semanas, pero Alex y Sandra se estaban convirtiendo en un objeto. Todavía querían mantener su floreciente relación en secreto, pero era cada vez más difícil. Ambos eran ambiciosos y amaban sus trabajos y sabían que era poco práctico y contrario a la política ser una pareja trabajando en el mismo equipo.

Alex se puso su bufanda y sus guantes y se puso su abrigo de lana al estilo Crombie antes de salir del edificio y desafiar la fría mañana de primavera. El cielo ya era brillante y azul con sólo una ligera dispersión de nubes, pero la brisa helada le quitó el aliento.

Alex caminó con brío por la esquina hacia donde había dejado su Santa Fe. Se quitó el abrigo, pero siguió con la bufanda y los guantes hasta que el coche se calentó. Primero encendió el motor, luego aumentó la temperatura del climatizador y pulsó el interruptor de su asiento calefaccionado.

En un par de minutos, llegó a la rampa de la autopista en Charing Cross y ya se sentía caliente y cómodo, sus piernas y espalda comenzaban a hormiguear por el calor infundido. Acelerando hacia la M8, bajó el termostato.

Aunque estaba familiarizado con la zona y conocía su ubicación, Alex nunca había estado en la destilería. Todavía temprano en la mañana, la mayoría del tráfico se dirigía hacia la ciudad. El flujo de vehículos no tenía obstáculos para salir de la ciudad, y Alex hizo un progreso constante primero a lo largo de la autopista M8 y luego cortando a lo largo de la autovía A80 hacia Stirling. Su velocidad tuvo que ser reducida en los caminos rurales más estrechos. Además de ser más pequeño en tamaño, las superficies eran desiguales y tuvo que maniobrar alrededor de los frecuentes baches. Alex tenía sus limpiaparabrisas en intermitente para limpiar el espray sulfúrico lanzado por otros vehículos, resultado de los restos del aguacero de la noche anterior que no se había filtrado o drenado en los campos adyacentes. Aún así, llegó menos de cuarenta minutos después de recibir la llamada telefónica.

Viendo los edificios a lo lejos, Alex se salió de la carretera y se abrió camino por la sinuosa avenida, bordeada de pinos escoceses, y a través de las altas puertas de hierro forjado. Sostuvo su tarjeta de autorización mientras pasaba por la cabina de seguridad y luego siguió las señales de la zona de estacionamiento de visitantes, deslizándose hacia un espacio junto a un coche patrulla. Se bajó del vehículo y atravesó el patio empedrado hacia la recepción de la oficina, y su larga marcha cubrió la distancia en segundos.

Después de escanear su identificación, una joven lo escoltó fuera del edificio y a través de un pasillo. Delante había una gran pared plana de unos dieciocho metros de largo y seis metros de alto, áspera y recién pintada de blanco. En la parte superior, un techo de tejas rojas se inclinaba hacia arriba. Hacia la parte trasera había una entrada de madera lo suficientemente grande como para que entrara un vehículo comercial, pero dentro de la gran puerta había una puerta de tamaño estándar para el tráfico peatonal. El agente Winters era fiel a su nombre; su piel tenía un tinte azul por el frío y estaba de pie, temblando en la entrada donde había estado destinado para asegurar que la zona se mantuviera segura.

—Me alegro de verle, señor. He hecho un gran trabajo tratando de mantener a todos fuera. Winters abrió la puerta para que Alex pudiera entrar y lo siguió. Dentro había un gran pasillo alineado con estantes, cada uno de ellos cuidadosamente etiquetado y con grandes barriles extendidos a intervalos regulares. La iluminación era tenue, pero Alex podía ver claramente un estante roto a la mitad de la habitación con varios barriles torcidos en el suelo. Un cuerpo postrado estaba colocado en medio de ellos, de lo contrario la habitación estaba vacía.

—Todos querían venir a ver lo que había pasado y algunos de los jefes están acostumbrados a tener su propio camino. He estado atendiendo esta puerta y Bert Ferguson, mi compañero está tratando de mantener a todos los demás juntos en la sala de juntas. Sandy Johnston ha sido una buena ayuda. Es el jefe de seguridad y encontró el cuerpo. Era sargento en la policía central hasta que se retiró hace unos ocho años.

—¿Qué encontraste cuando llegaste? Alex preguntó.

—Bert y yo llegamos al mismo tiempo que la ambulancia. Nos mostraron esta habitación y el cuerpo estaba tendido allí tal como está ahora.

Alex olfateó el aire. Aunque no era un experto, disfrutaba de las copas ocasionales, y la picardía era inconfundible. Para su preocupación, el olor emanaba de Winters.

Viendo la expresión de Alex, Winters explicó rápidamente, —Como pueden ver, algunos de los barriles se habían caído y uno de ellos se abrió y se derramó en el suelo. Sandy y yo ayudamos a enderezarlo. No podíamos dejar que se extendiera por el suelo y tal vez destruir algunas pruebas, y además, habría sido un crimen desperdiciar un buen whisky. Ves, eso es todo junto a la pared.

Alex estudió la cara de Winters para ver si estaba bromeando — ¿Y no has tocado nada más?

—No, señor, sólo lo que tenía que hacer. No toqué el whisky más que para ayudar a mover el barril. Nunca bebo licor, no puedo manejarlo. Va para mi estómago. Soy un hombre de cerveza, añadió. A juzgar por la circunferencia del hombre, Alex no tenía motivos para dudar de la veracidad de su última declaración.

—¿Qué hay del cuerpo?

—Estaba mintiendo así cuando llegamos. Sandy dijo que ya lo había comprobado y que estaba muerto. Incluso desde la distancia pudimos ver que tenía razón. Tiene la cabeza golpeada y los ojos sin parpadear, bien abiertos con esa mirada de sorpresa. Los chicos de la ambulancia miraron más de cerca, pero sabían que no debían interferir en nada. Se quedaron un rato, pero luego recibieron otra llamada y pensaron que sería mejor tratar de cuidar a los vivos. Fue entonces cuando vimos que el barril tenía una fuga y Sandy y yo lo enderezamos, por eso mi uniforme apesta. Bert y Sandy los tienen a todos en la sala de juntas esperando que lleguen mientras yo vigilo esta puerta.

—¿Quiénes están todos ahí?

—No puedo estar seguro a estas alturas. Sandy había fichado a las siete de la mañana y encontró el cuerpo poco después. Llamó a emergencias y llegamos aquí antes de las siete y media. En ese momento, sólo había un par de hombres de seguridad y tres o cuatro muchachos del almacén y la producción. Pero muy pronto se desató un infierno con otros trabajadores que venían a comenzar su turno. Shirley, la recepcionista, llegó y la dejamos quedarse para atender la oficina, pero todos los demás se mantuvieron unidos. Sandy debió llamar a los dueños porque llegaron todos a la vez e intentaron hacerse cargo, pero hemos logrado retenerlos hasta ahora.

—¿Qué pasa con el hombre muerto? ¿Alguien sabe quién es?

—Sí, ¿no lo dije? Es Héctor Mathewson. Es uno de los propietarios y el Director General de la destilería.

—Cristo, estaremos inundados por los medios de comunicación en el momento en que esto salga a la luz.

Alex caminó hacia el cuerpo, pero se detuvo cuidadosamente a unos metros de distancia. Se agachó para ver mejor. Sólo tardó unos segundos, pero con su ojo agudo y su experiencia fue suficiente para asimilarlo todo. Por lo que pudo ver, Mathewson tenía unos cuarenta años, una estatura bastante media, pero musculoso, con hombros anchos y atléticos, alrededor de un metro ochenta de altura y tal vez setenta y siete kilos de peso. Tenía un rostro anguloso y delgado, una poderosa mandíbula con una sombra que no llegaba a la altura de la barba de un diseñador. Su cabello era delgado y negro azabache en la corona, con plata en las sienes y en el recrecimiento. Alex adivinó que había sido teñido previamente. La gravedad ya había afectado a su suministro de sangre y la mayor parte de su piel visible tenía una palidez gris. Alex calculó que había estado muerto durante varias horas. Incapaz de examinarlo más a fondo hasta que los técnicos hubieran hecho su parte, se levantó de nuevo y volvió a la puerta.

Podía oír pasos que se acercaban y, por supuesto, la puerta se abrió y fue recibido por el equipo de la escena del crimen, todos vestidos con trajes blancos y botas. Como no tenían un uniforme visible, Alex miró de frente buscando al Inspector Connors, pero se decepcionó al no reconocerlo.

Aparte de Connors, no conocía bien a ninguno de ellos, pero tres de los recién llegados le resultaban familiares, todos tenían la misma altura y complexión. El cuarto, sin embargo, era diferente. Era una joven elegante, alta, con pelo largo y oscuro, y rasgos cincelados. Su complexión era de ébano, contrastando fuertemente con su traje. Se acercó a él con confianza. —Buenos días, jefe. ¿Está bien si empezamos ahora?

—¿Quién es usted? No te reconozco. ¿Nos hemos visto antes?

—Sólo brevemente, estuve en la oficina del Inspector Connors cuando vino a verlo la semana pasada. Me llamo Anne Dixon. Me uní al equipo hace sólo dos semanas. Estuve con la Met hasta el mes pasado. Solicité un traslado y conseguí el trabajo aquí. Estaba encantada de tener la oportunidad de trabajar con el Inspector Connors; es muy respetado a escala nacional y sólo puede ayudar a mi reputación el estar asociada a él. El traslado se produjo porque mi compañero es profesor y le ofrecieron un puesto fijo en la Universidad de Glasgow.

—Bienvenido a Escocia. ¿Qué es lo que enseña?

—Bioquímica, nos conocimos cuando ambos éramos estudiantes en la Universidad Queen Mary de Londres, y él es una mujer.

—Lo siento, no debería sacar conclusiones precipitadas.

—No te preocupes por eso. Pasa todo el tiempo y estamos acostumbrados a ello.

—Bueno, espero que seas de piel gruesa. Aunque los tiempos han cambiado y no es tan malo como antes, podrías enfrentarte a muchos prejuicios que vienen de Londres.

Una mirada de asombro apareció en la cara de Anne. —¿Quieres decir porque soy negra o porque soy lesbiana?

—No, no, tampoco, los escoceses son generalmente bastante tolerantes en lo que a eso se refiere. Alex respondió incapaz de ocultar su sonrisa. —Es porque eres inglés. En el momento en que alguien escuche tu acento culto de la BBC, podrías tener problemas.

—Okay, me has convencido, —dijo Anne y le dio un ligero y juguetón puñetazo en el hombro. —Ahora mejor que empiece. Se adelantó, se levantó la capucha y se metió el pelo.

—Bien, te dejo con ello. Tengo que ir a tomar declaraciones y volveré a hablar con usted más tarde. ¿Dónde está Connors hoy, de todos modos?

—Tiene un día de permiso para ir al funeral. Creo que es el primo de su esposa.

—Pobre diablo, como si no viera suficiente muerte, va a un funeral en su día libre. Alex se giró para irse y el agente Winters lo llevó a las oficinas.

En el momento justo, el sargento Guptar y el agente Morrison se acercaban a la recepción. Estaban acompañados por la agente Mary McKenzie, la más reciente incorporación a su escuadrón. Eran un trío de aspecto improbable. Sanjay, el más veterano de los tres, era también el más pequeño. Con una altura de sólo 1.62 metros, no habría cumplido el criterio de reclutamiento hasta hace poco, pero lo que le faltaba en altura lo compensaba en determinación e intelecto. Su constitución ligera estaba coronada por un pelo corto y negro azabache y llevaba unas gafas negras de aspecto estudioso y de montura gruesa. Phil era casi diez años mayor, y se unió a la policía como una opción de carrera de reemplazo después de que su antiguo empleador emigrara a Europa del Este. Verlos juntos era como ver un contraste "Pequeño y Grande", pero sin tener ninguna similitud con el acto cómico que recordaba de años atrás. Sólo ligeramente más pequeño que Alex, con un físico de deportista y una altura de 1.90 metros, Phil se alzaba sobre Sanjay. Siendo moderadamente bronceado, su tono de piel era más claro, pero debido a su actitud de colegial y su sentido del humor, se podría perdonar que pensara que era el más joven de los dos. La educación campestre de Mary era evidente por su apariencia saludable. Un poco más alta que Sanjay, era fornida sin ser gorda y tenía una tez pálida contrastada con unas mejillas naturalmente rosadas. Tenía una cara redonda y agradable, y unos mechones rizados hasta los hombros. Aunque era joven y entusiasta, Mary se intimidó al pensar que esta era su primera investigación de asesinato.

—Sanjay, Phil, Mary, llegan justo a tiempo. Estamos a punto de empezar a entrevistar a los testigos y a cualquiera que sepa lo que ha pasado.

—¿Puedo ofrecerme como voluntario para cualquier tarea de inventario? Phil preguntó. —Con el énfasis en la toma, es decir. Una amplia sonrisa se asentó en su rostro.

—Será mejor que borres esa sonrisa antes de que entremos. Es probable que haya mucha gente con la que tengamos que hablar, así que puedes empezar adoptando un comportamiento más profesional. Digo adoptar porque sé que no podría ser natural para ti.

Phil fingió una expresión de dolor.

Los cinco entraron en la sala de juntas y se encontraron con un aluvión de preguntas y demandas. Todos preguntaban qué había pasado y querían saber los detalles. Alex levantó las manos y pidió silencio. Explicó los procedimientos que seguirían. Quería detalles de todos los presentes, sus nombres, direcciones y números de teléfono. Todos los que estaban en el lugar en el momento de la muerte serían entrevistados primero, así como cada uno de los propietarios, directores y gerentes. Todos los demás seguirían si y cuando fuera necesario.

Un pequeño gordinflón se adelantó a grandes pasos. Tenía una cabeza esférica, pero la geometría casi perfecta estaba estropeada por las grandes orejas salientes. Su cabeza estaba coronada por líneas de pelo marrón claro que eran tan escasas que parecían ser dibujadas en su calva por el biro. Las grandes orejas daban la apariencia de asas de jarra y su cara era de color carmesí brillante con la textura desigual del papel secante.

—Quiero saber exactamente lo que está pasando e insisto en que me mantengas al día con cada desarrollo. Le dejaré usar mi oficina para sus entrevistas, pero yo estaré presente en ellas.

Alex se puso de pie, enderezó su espalda y dejó que el hombre viera todo el beneficio de su musculatura y su altura de 1.98 metros. No giró la cabeza ni dobló el cuello, sino que ajustó los ojos para mirar literalmente por la nariz. Con una expresión en su cara que indicaba que acababa de darse cuenta de un olor desagradable, respondió: —No creo que entienda que estamos investigando una muerte misteriosa. Yo estoy a cargo aquí y puedo llevar a cabo esta investigación de la forma que yo elija. Si insiste en interponerse en mi camino, haré que lo arresten y lo mantengan en custodia hasta que pueda hablar con usted. Y le advierto, no tendré ninguna prisa.

—No puedes hablarme así, —dijo el hombre con cara de tonto. —Soy un director y uno de los dueños de este negocio. Soy un concejal local y, además, el muerto es mi cuñado.

—Puedo hablarte como quiera. Hasta ahora no he perdido los estribos y he sido muy moderado. Puedo asegurarle, señor, que no quiere que eso cambie. Ahora, si realmente tiene alguna autoridad, entonces sugiero que aparte de los empleados que identifiquemos, su seguridad y otro personal esencial, el resto de los empleados sean enviados a casa para dar una mayor oportunidad a mi equipo de reunir pruebas en el transcurso del día. Ahora, ¿cuál es tu nombre?

Mientras Alex hablaba, el rostro del hombre se iluminaba y la vena de su cuello palpitaba visiblemente. Sus manos temblaban de rabia y sus ojos miraban hacia arriba a la cara de Alex como si tratara de abrirse camino a través de él.

—Soy Quentin Burns, —dijo, y luego se dio la vuelta y golpeó la mesa con el puño mientras se sentaba.

Una segunda figura se acercó a Alex, pero ésta fue más respetuosa. —Buenos días, señor. Soy Sandy Johnston, soy el supervisor de seguridad y fui el que encontró el cuerpo y llamó. Supongo que querrá hablar conmigo, entonces puedo ayudar con las entrevistas si quiere.

—Me alegro de conocerte, Sandy, aunque hubiera preferido otras circunstancias. Extendió su mano y Sandy la estrechó con entusiasmo.

—Tienes razón. Me gustaría entrevistarte. Todavía tenemos que averiguar la causa de la muerte, pero por el momento puede considerarse sospechosa. Winters me ha dicho que ya has sido de gran ayuda. Es un testigo clave y también puede informarme sobre quién es quién en esta operación con un poco de información. Pero debes darte cuenta de que ya no eres policía y no puedes estar presente cuando entrevistemos a alguien más.

—Por supuesto, haré todo lo que pueda.

Se estableció un calendario que planificaba el orden de las entrevistas y quién las llevaría a cabo. Varios oficiales uniformados habían llegado y estaban ayudando con la organización.

Se identificaron las habitaciones donde se llevarían a cabo las entrevistas. La oficina privada de Héctor se dejó vacía para permitir que un equipo del crimen llevara a cabo una inspección minuciosa en la escena. Aunque sólo fuera para hacer valer su autoridad, Alex decidió requisar la oficina de Quentin Burns y, acompañado por Phil Morrison, seleccionó a Sandy como primera opción obvia y lo llamó para la primera entrevista.

CAPÍTULO DOS

Las oficinas de los ejecutivos estaban en el primer piso sobre la recepción, y la oficina de Quentin daba a la puerta principal. Era grande y opulentamente adornada. Todas las paredes estaban cubiertas hasta la altura del techo por estanterías o paneles de madera. Todo era de un rico color cerezo, excepto los marcos de las grandes ventanas que ocupaban la mayor parte de la pared que daba a la puerta de entrada. Parecía que habían sido reemplazados recientemente con PVC blanco, aunque las repisas seguían siendo consistentes con el resto de la habitación.

En la pared izquierda al lado de las ventanas había una chimenea de madera sustancial y delante de la ventana había un escritorio de madera tallada con un sillón a juego. Las patas de ambos estaban enrolladas y la superficie del escritorio estaba protegida por una placa de vidrio. El conjunto parecía del siglo XVIII y Alex supuso que debía valer una fortuna. Frente a la chimenea había otros dos sillones robustos, también de época, pero no de la misma edad o calidad. La pared opuesta estaba cubierta de techo a suelo con una estantería llena de textos encuadernados en cuero. Cerca de la pared restante, al lado de la entrada, había una sólida mesa rodeada de seis sillas, no del todo del nivel del escritorio, pero sin embargo una pieza imponente. Sobre la mesa colgaba un retrato al óleo que representaba a un hombre que tenía todos los atributos de ser rico, fuerte e influyente. Estaba vestido con ropas victorianas y tenía el pelo oscuro con los costados sueltos. Sin embargo, sus orejas de jarra y su cara redonda y sonrojada se parecían mucho a Quentin Burns.

—¿Hay alguna manera de conseguir una taza de té por aquí? Alex llamó mientras cruzaba la habitación.

—Lo arreglaré, ofreció Sandy. —Sólo dame un segundo.

Alex se sentó en la mesa de espaldas a la pared. Phil se sentó a su izquierda y Sandy volvió y sacó una silla frente a él. Phil sacó un cuaderno y un bolígrafo de su estuche y luego sacó una grabadora portátil. Encendiéndola, anotó y confirmó toda la información estándar antes de que comenzara la entrevista.

—Bien, Sandy, entiendo que fuiste la primera en encontrar el cuerpo.

—Así es, señor. Sólo había fichado un poco antes y estaba haciendo una visita de inspección regular. Cuando llegué a la tienda me pareció un poco extraño, muchos de los estantes estaban vacíos y parecían un poco desordenados, entonces vi que la puerta del cuarto de barriles no estaba cerrada. Todo parecía muy extraño porque esa puerta siempre se mantiene cerrada y es una práctica estándar que la tienda sea limpiada, ordenada y reabastecida cada noche.

—Pasé por la puerta del cuarto de barriles y fue entonces cuando vi al Sr. Mathewson tirado en el suelo. Estaba bastante seguro de que estaba muerto, pero comprobé el pulso por si acaso. No sentí nada y su piel estaba fría, así que calculé que había estado muerto por algún tiempo.

—¿Tocaste algo más?

—No, señor. Sólo le tomé el pulso y luego me alejé y llamé en el 999. Fred Winters y Bert Ferguson estuvieron aquí en cuestión de minutos y los traje para ver. Aseguramos la puerta de la tienda para que sólo hubiera una entrada, luego echamos un vistazo al cuerpo, fue entonces cuando vimos que uno de los barriles se había partido y tenía una fuga. Fred me ayudó a enderezarlo y a sacarlo del camino para que no causara ningún daño.

—Sí, nos dimos cuenta por el olor de su uniforme. ¿Alguien...? La siguiente pregunta de Alex fue interrumpida por un fuerte golpe en la puerta. Phil saltó para abrirla.

La recepcionista entró en un elaborado y bien cargado carrito de té. Levantó tazas, platillos y platos de porcelana del nivel inferior y les pasó un juego a cada uno de ellos. Un servicio de té de calidad y plateado fue colocado en el centro de la mesa, seguido de un gran plato apilado en alto con mantequilla y un segundo plato lleno de tartas de Tunnock.

—Gracias, Shirley. Fue un momento perfecto. Estábamos jadeando por una cerveza, —dijo Sandy.

—¿Quieres que te sirva? se ofreció.

—No, gracias. Podemos arreglárnoslas solos.

Shirley aparcó el carro contra la pared lateral y cerró la puerta tras ella con entusiastas palabras de gratitud que le sonaban en los oídos.

—Esto es mejor que el lodo servido en las tazas de poliestireno que tenemos en la oficina, —dijo Phil mientras tomaba la iniciativa y servía el té. —¿Quiere un descanso, señor?

—No hay tiempo. Hay mucho que hacer. Podemos tomar el té mientras seguimos adelante. Alex levantó cuidadosamente la frágil taza de té, la delicada porcelana de aspecto incongruente, perdida en sus carnosas manos. Así como disfrutaba de las cosas más finas de la vida, Alex se habría sentido más a gusto con una robusta taza. En cambio, se sentía un poco incómodo, con el dilema de estar deseoso de saciar su sed, pero siendo cauteloso de aplastar la vajilla. Intentó volver a centrarse en la entrevista.

—¿Alguien sabía que Mathewson estaba aquí?

—Ese es el problema. Los registros de seguridad muestran que se fue a las 3 de la tarde de ayer cuando salió y su coche no ha vuelto a entrar desde entonces.

—¿Vivía cerca? ¿Podría haber caminado?

—No está tan lejos, tal vez un par de kilómetros, pero no ha sido el clima para caminar y Mathewson no fue a hacer ejercicio innecesario en el mejor de los casos. No a menos que estuviera posando, eso es.

—¿Estás seguro de que fue él quien se fue a las tres? ¿O podría alguien más haber sacado su coche?

—No, los registros muestran que era él quien se iba. Además, se dice que tuvo una reunión importante en Glasgow.

—Sí, ¿de qué se trataba?

—Bueno, ya sabes que se ha hablado de que el negocio está en venta.

—Lo siento, Sandy, estás asumiendo demasiado. Es la primera vez que venimos aquí y es para investigar una muerte sospechosa. No asumas que sabemos nada más de lo que ha estado pasando. Pero podría ser relevante, así que me gustaría que volvieras al principio y me dijeras lo que sabes. Necesito toda la información de fondo que pueda darme. ¿Cómo está estructurado el negocio y quién está involucrado? La mayor parte será irrelevante, pero nos ayudará a construir una imagen.

La concentración de Alex se distrajo un poco cuando por el rabillo del ojo vio a Phil tratando de meterse una torta de té en la boca de una sola pieza. Inevitablemente falló y la cobertura de chocolate se rompió, esparciendo malvavisco blanco y glutinoso por sus labios y barbilla, que luego luchó por lamer.

—Por el amor de Dios, hombre, ¿no puedes mostrar algo de decoro? —exclamó, pero fue incapaz de mantener la risa fuera de su voz. —Además, ¿no sabes dónde acabarán todas esas calorías?

—No hay que preocuparse mucho por eso, —respondió Phil. —Cuando no estoy trabajando, siempre estoy corriendo detrás de los dos pequeños.

Las palabras salieron de su boca sin pensar y se arrepintió inmediatamente cuando vio un breve destello de dolor en los ojos de Alex. El matrimonio de Alex había terminado un par de años antes y sus dos hijos vivían con su madre, teniendo Alex sólo una oportunidad limitada de ejercer sus derechos de custodia.

—Lo siento, señor. No quise decir...

—Mantengamos la concentración. Tenemos mucho que hacer. Bien, Sandy, ¿qué puedes decirnos?

—Una historia rápida, la destilería Benlochy se estableció aquí por primera vez en este sitio en la primera mitad del siglo XIX. Hay historias sobre un alambique ilegal en este mismo sitio que se remontan a mucho antes de eso. No sé si es verdad, pero tiene algo que ver con la quemadura que pasa por la puerta. También se habla de un manantial natural justo al otro lado de la colina. De todos modos, la destilería fue creada por Samuel Burns y ha sido un negocio familiar desde entonces. Su nieto también fue un Samuel Burns y ese es su retrato en la pared.

Alex se giró para examinar de nuevo el cuadro que ocupaba una gran sección de la pared. El sujeto era un hombre de aspecto austero parado frente a lo que ahora era el edificio principal. Estaba vestido con una capa de terciopelo oscuro y sostenía un bastón en su mano derecha y un libro, posiblemente una biblia, en la izquierda.

—Ha estado ahí durante los últimos cien años y más. Sandy continuó: —Su bisnieto es Daniel Burns. Siempre fue un buen negocio, pero el Sr. Daniel realmente lo construyó durante los últimos treinta años o así. Incrementó la producción y añadió otra todavía. Modernizó el lugar y construyó un almacén. Hizo que la marca fuera reconocida como uno de los whiskies de malta más conocidos del mundo. Hay tres marcas principales de marketing, los de 12, 15 y 18 años. Pero también hay un montón de otras especialidades, a veces usando diferentes tipos de barriles. También hay ventas a granel para productos de supermercado y de mezcla. Además, tenemos whiskies que han sido embotellados en diferentes años y a veces se suministran a coleccionistas y clubes. Los 12, 15 y 18 son el número de años que se deja madurar el whisky en los barriles antes de ser embotellado porque, a diferencia del vino, no sigue madurando en la botella.

El orgullo de Sandy de estar asociado con el producto era obvio.

Phil estaba fascinado con su explicación. Alex ya era consciente de mucho de lo que se le decía y, aunque también estaba interesado en lo que escuchaba, era consciente de que no era lo que necesitaba ahora.

—Gracias, Sandy. Nos gustaría escuchar más sobre el producto, pero dejemos esa parte para más tarde. Cuéntanos más sobre la gente por ahora.

—Sí, por supuesto, señor. Lo siento, me estaba dejando llevar un poco. Cuando Daniel se hizo cargo, era dueño o controlaba la mayoría de las acciones, pero como parte de la estrategia de crecimiento permitió la entrada de algunos inversores externos. Aún así, la familia seguía controlando la gran mayoría. Hace algunos años se involucró en la planificación fiscal y muchas de las acciones fueron a un fideicomiso familiar y otras fueron distribuidas a sus tres hijos. Georgina es la mayor, es la esposa de Héctor Mathewson. Luego está Quentin, a quien conociste hace unos minutos, y su joven hermano Stanley. A cada uno se les dio un número igual de acciones para que tuvieran algo de la propiedad, pero Daniel solía ser un poco tirano y él mismo mantenía el control absoluto.

—¿Cómo sabes todo esto? ¿Es de conocimiento público?

—Solía ser muy confidencial, pero todo salió a la luz hace un par de años cuando Daniel se enfermó. Como dije, Daniel era un poco tirano y mantenía el control de absolutamente todo. Georgina trabajaba en el negocio y solía ocuparse de la oficina. Después de casarse, Héctor vino a trabajar aquí también. Era contable, al menos eso es lo que afirmaba, pero no mostraba muchas señales de ello. No tenía ni idea de cómo controlar el dinero, pero ciertamente sabía cómo gastarlo. Georgina dejó de trabajar cuando nacieron sus hijos y es una lástima porque sabía lo que hacía de una manera que Héctor nunca supo. Quentin siempre ha trabajado aquí y es el director de ventas y marketing.

—¿Qué pasa con Stanley?

—Nunca quiso involucrarse. Es mucho más joven que los otros dos. Quería ir a la universidad y estudiar medicina y tenía las notas para hacerlo, pero Daniel no le dejó e insistió en que viniera y aprendiera el negocio. También era inteligente, pero nunca encajó. Él y Quentin nunca se llevaron bien. No podían soportar verse el uno al otro, en realidad. Después de unos años, su padre lo dejó ir y viajar. Para entonces era demasiado tarde para que aceptara la oferta de la medicina y no estaba interesado en estudiar nada más. Desde entonces, ha estado deprimido. De vez en cuando vuelve y hace algún trabajo durante unos meses y luego se va de nuevo.

—¿Cuál fue la causa del agravio?

—No puedo asegurarlo, pero Stanley siempre fue el chico de ojos azules, el favorito de su madre, y creo que a Quentin le molestaba. Siempre quiere ser el centro de atención y a menudo le creaba problemas a Stanley o socavaba sus esfuerzos y luego le decía a todos lo inútil que era. Es un matón y Stanley era un blanco fácil. Su padre también es un matón, pero al menos Daniel tenía una habilidad real que lo compensaba.

—Como decía, Daniel dirigía este lugar con mano de hierro. Pero hace un par de años tuvo un derrame cerebral. Fue uno malo y lo dejó completamente en el suelo. Al principio, nadie pensó que saldría adelante, pero es un hombre increíblemente fuerte. Le llevó meses, pero recuperó la mayor parte de su movilidad. Ahora cojea y usa un bastón y su habla es un poco confusa, pero se ha recuperado notablemente. Sin embargo, lo ha debilitado y ha minado su confianza.

—Cuando ocurrió por primera vez, la familia se reunió. Sabían que tenían que hacer algo para mantener el negocio en marcha. Como parte de su planificación, Daniel había establecido un poder o abogado y los niños lo usaron para tomar el control.

—¿Qué hay de su esposa?

—Oh, ella murió hace varios años, así que todo se debe a los niños. En teoría tenían la misma opinión, pero Stanley no quería involucrarse y usó su influencia para evitar que Quentin tomara el control. Como resultado, Héctor, usando las acciones de Georgina, se convirtió en el director general. Quentin estaba furioso. Pensó que la compañía era su derecho de nacimiento y también pensó que era el sucesor natural ya que era el que más sabía sobre el funcionamiento de la compañía. Hubo algunas disputas importantes, pero no había nada que Quentin pudiera hacer. Incluso los inversores apoyaron a Héctor porque se les había hecho creer que era un profesional. Quentin había amenazado con irse, pero todo era una fanfarronada. Desde entonces han trabajado juntos bien, pero el ambiente no siempre ha sido agradable.

—Esto suena como un nido de avispas.

—Sí, se puede decir eso.

—¿Quién más está involucrado?

—En el lado de la alta dirección hay un par de otros. Patrick Gillespie es el secretario de la Compañía. Tiene setenta años, probablemente como Daniel y ha trabajado para la compañía toda su vida. Empezó como empleado junior, pero se le dio formación de niño y fue enviado a la universidad para obtener sus calificaciones. Siempre se remitió a la Srta. Georgina cuando trabajaba aquí, pero en realidad dirigía la oficina cuando Héctor estaba supuestamente a cargo. Se ocupa de todo el personal de la oficina, la administración general, las cuentas y la administración de ventas y exportaciones. Supongo que en una organización moderna se le llamaría Director Financiero o Jefe de Finanzas, pero aquí todavía estamos un poco anticuados, así que sólo es el secretario. El otro gerente es Callum McPherson y es responsable del control de materiales. Se encarga del control de existencias, compras y gestión de inventarios.

—Además de eso, tenemos a los niños. Héctor y Georgina tienen dos y también Quentin y su esposa Fiona. Stanley nunca se ha casado y se habla de que nunca lo hará, si sabes a lo que me refiero. En cuanto a los niños, son un desperdicio de espacio. Se pasean por aquí como si fueran los dueños del lugar, lo que supongo que en cierto modo lo son, pero aún no. Todos cobran un salario, pero no hacen mucho. El mayor de Quentin, Samuel, es el único que lo intenta. Le pusieron el nombre de algunos de sus antepasados, pero no parece que eso haya servido de nada, ya que es tan tonto como un cepillo. Quentin lo lleva a hacer viajes de ventas y a estar en nuestro puesto en las exposiciones de whisky, pero servir el whisky parece ser lo único para lo que sirve, y beberlo, por supuesto. Parece que ha desarrollado un gran gusto por el producto.

Phil había estado tomando sus propias notas para complementar la grabación pero vio una pausa natural para dejar su bolígrafo y rellenar las tazas de té. Los tres sorbieron el líquido caliente y Phil aprovechó la oportunidad para devorar un grueso trozo de pan de molde.

—¿No has desayunado, hijo? Alex preguntó.

—No, señor. Había planeado recoger un rollo de tocino antes de ir a la oficina, pero Donny me llamó para decirme que vendría aquí a primera hora. Había pensado en comer algo en la carretera, pero no podía llevar tocino o salchichas al coche con Sanjay. No habría estado bien con sus creencias religiosas.

—Muy considerado, añadió Alex sarcásticamente.

—Gracias por todo eso, Sandy. Ahora conocemos a los principales jugadores y también sabemos que Héctor no estaba destinado a estar anoche. Podemos comprobar fácilmente quién más estaba destinado a estar aquí, pero como los registros no muestran a Héctor Mathewson en el sitio, entonces hay muchas posibilidades de que pudiera haber tenido a otros con él que tampoco estaban en el registro. Ahora tenemos que entender mejor lo que está pasando. ¿Qué puede decirme sobre Mathewson? ¿Cómo era? ¿Cómo se llevaba con los demás? Ya sabes el tipo de cosas que buscamos.

—Bien, señor. Para empezar, es fácil, pero no te ayudará demasiado. Creo que te será difícil encontrar a alguien por aquí con algo bueno que decir de él. No era querido y no se llevaba bien con nadie. Era un matón, pero eso no es una sorpresa, era un rasgo familiar bastante consistente. Pero mientras la gente era cautelosa e incluso un poco asustada de los otros miembros de la familia, al menos eran respetados. Ese no era el caso del Sr. Héctor. Sólo era miembro de la dirección porque se casó con ella, así que nunca se le vio con el mismo derecho a estar aquí o a estar al mando y, lo que es peor, todo el mundo pensaba que no estaba haciendo un buen trabajo dirigiendo las cosas.

—Lo peor ha sido todos los rumores de que la destilería estaba en venta. Los gerentes siguen negándolo, pero eso sólo ha añadido combustible a las llamas. Parece que hay un montón de reuniones que se mantienen muy calladas. Si alguien entra en la sala mientras las reuniones están en marcha, entonces toda la charla se detiene y nadie sabe dónde mirar.

—Pensé que era un negocio muy exitoso y rentable. ¿Por qué querrían venderlo?

—Realmente no puedo decir, señor. Como nadie está preparado para hablar de lo que pasa, apenas pueden decirnos la razón. Estoy seguro de que el negocio es bueno y rentable, pero es una familia muy grande para mantener, sobre todo cuando no muchos de ellos están haciendo una contribución eficaz para su gestión y, además, tienen gustos caros.

Hubo otro golpe fuerte en la puerta y un agente de policía que Alex no reconoció le metió la cabeza.

—Siento interrumpirle, señor. El médico forense, el doctor Duffie, me pidió que le pidiera que bajara a verle lo antes posible.

—Dile que estaré allí en un par de minutos y luego vuelve aquí para sentarte con el Detective Morrison. Alex volvió a prestar atención a Sandy. —Creo que tengo lo esencial, pero por favor quédese un poco más y dígale a Phil cualquier otra cosa que crea que pueda ser relevante. Volveré pronto.

CAPÍTULO TRES

—Hola Doc, ¿qué tienes que decirme? Alex preguntó antes de que la puerta tuviera tiempo de cerrarse.

—Alex, también me alegro de verte. Bueno, tienes prisa, así que te perdono que te saltes las bromas. Nada seguro todavía, pero he realizado mis comprobaciones iniciales y estoy listo para que envíen el cuerpo. Tendré al Primer Ministro esta tarde y debería tener un informe completo mañana por la mañana. Mis primeras impresiones, si quiere, la muerte causada por un impacto en la cabeza con un objeto contundente. Algo golpeó el lado de su cabeza con mucha fuerza. Parece un asesinato, ya que no pudo hacerse eso a sí mismo. Creo que la muerte ocurrió en algún momento después de la medianoche de anoche, pero sabré más después, después de la PM. Hay una hendidura circular en el lado de su cráneo y había algunos fragmentos de vidrio diminutos junto a la herida.

—¿Qué crees que lo causó?

—Difícil de decir en este momento.

—¿Qué hay de los estantes rotos? ¿Podría haber sido un accidente? ¿Podría haber caído en ellas y se derrumbaron a su alrededor, con algunos de los escombros golpeando su cabeza?

—No creo que eso sea muy probable. El tipo de herida y los moretones no son consistentes con eso. Mi suposición es que fue golpeado y cayó. Tal vez cayó de nuevo en el estante, y estaba débil, causando el colapso. Es más probable que haya caído directamente y que el atacante haya tirado de la estantería en un burdo intento de ocultar o enturbiar el asunto. El Primer Ministro podría decirnos algo más. Así que, si no hay nada más, me adelantaré y lo haré.

Alex se quedó atrás y vio como el cuerpo fue cuidadosamente cargado en una camilla y llevado.

Habiendo roto ya sus entrevistas, Alex se tomó su tiempo y preguntó sobre el progreso de Anne Dixon. Su equipo había completado sus comprobaciones y muestras iniciales de la sala de barriles y ahora estaban en el proceso de examinar la tienda adyacente. Alex miró a su alrededor con admiración las filas de estantes apilados con una variedad de botellas. El área estaba limpia y moderna con una brillante iluminación halógena que se reflejaba en el suelo pulido y en las estanterías de cristal y metal.

—¿Cuáles son tus planes? ¿Y cuándo esperas tener algo para mí?

—No voy a apresurar esto, —respondió Anne. —Hay una gran área que cubrir. Cuando el cuerpo fue encontrado la puerta estaba abierta entre el cuarto de barriles y la tienda. La tienda está abierta hacia el café y los baños públicos están más allá. Todo esto, pero nada más está contenido en este edificio y creo que deberíamos revisar cada parte de él. También quiero pasar por la oficina de Mathewson con un peine de dientes finos.

—No me di cuenta de que aún era una de las herramientas que usabas, con toda la tecnología moderna que tienes.

Anne sonrió con ironía, pero no aceptó el punto. —Es probable que estemos en esto la mayor parte del día. He hablado con Shirley y le he dicho que cancele los tours y viajes de visita reservados para hoy o el resto de la semana. No parecía muy contenta y dijo que necesitaba el visto bueno del Sr. Quentin, pero se fue a hacerlo. Le haré saber cualquier hallazgo importante tan pronto como terminemos y le daré el informe formal a su debido tiempo, tal y como se espera del Inspector Connors. No llevo mucho tiempo aquí, pero me ha enseñado bien.

Alex levantó su mano como un gesto de despedida y marchó de vuelta al edificio de oficinas. El Sargento Guptar estaba mostrando a alguien que no reconocía a través de una de las puertas de la oficina cuando Alex lo vio.

—Hola, Sanjay. Lo cronometré bien. ¿Cómo te va?

—Despacio y con constancia, señor. Hasta ahora, todo lo que estoy haciendo es llevar a cabo entrevistas muy breves y tomar los detalles de la gente. Sólo para ver quién estaba dónde y cuándo y ver qué más se ofrecen como voluntarios.

—¿Qué es lo que produce?

—No demasiado. He hablado con todos los que estaban en la lista del sitio durante la noche. Nadie vio a Mathewson o siquiera supo que estaba allí. Pero también he descubierto que no era inusual que viniera de noche y a menudo sin su coche. Muy a menudo la luz de su oficina se veía encendida y no es sólo porque los limpiadores se olvidaron de apagarla. Cuando los de seguridad lo comprobaron, descubrieron que había estado dentro. Uno con el que hablé dijo que le había preguntado cómo había entrado sin conducir o sin que le ficharan y que le habían arrancado la oreja por preguntar. Lo tengo todo en mis notas.

—Bien, eso es bueno. No nos ha dado ninguna respuesta, pero nos ha llevado un poco más adelante. Sigue con el buen trabajo. Volveré y veré qué más tiene Sandy que decirnos.

Alex se deslizó de nuevo a la oficina de Quentin y volvió a su asiento. Sandy estaba en plena actividad, hablando de los diversos miembros de la familia Burns y su discurso apenas fue interrumpido por el movimiento.

—Le estaba contando más a Phil sobre los diferentes miembros de la familia remota. Como dije antes, Quentin, Georgina, Stanley y Samuel son los únicos que realmente trabajan en el negocio, pero los otros tres hijos, así como unos veinte primos están involucrados en el fideicomiso familiar y todos sacan dinero. Algunos de ellos nunca los he visto. No creo que ni siquiera vivan en Escocia, Montecarlo o algún lugar así, creo. La mayoría de ellos aparecen de vez en cuando si hay una cena familiar o a veces cuando hay una gran promoción y quieren ser vistos con los famosos. Cuando vienen, siempre se van con una maleta llena de producto. Supongo que no es asunto mío, pero es un poco diferente para los trabajadores. Si encontráramos a alguno de ellos tratando de sacar una botella que no deberían tener, entonces estarían afuera en su oreja y recogiendo su P45.

—Oh, por cierto, he arreglado que traigan un poco de té fresco.

—Sandy, me gustaría volver a lo que decías antes. He oído que Mathewson tenía el hábito de venir de noche.

—Sí, señor. Ya había sucedido unas cuantas veces antes. Nos enterábamos de que estaba en el lugar. O se le veía en su oficina o caminando por el patio o la tienda y no sabíamos cómo había entrado.

—Intentamos preguntarle sobre ello, pero nos persiguió. Incluso cuando le explicamos que sólo queríamos asegurarnos de que la seguridad funcionaba. Él no tenía nada de eso. Era una ley para sí mismo, un poco arrogante. Sólo nos hablaba cuando quería algo o quería decirnos algo. El resto del tiempo no quería saber.

—Supongo que no era muy popular entonces.

—Sí, puedes decirlo otra vez.

—¿Cómo crees que entró?

—Realmente no lo sé, señor. Revisamos todas las paredes y la valla perimetral y no vimos cómo pudo hacerlo. Está la entrada principal con la puerta de seguridad y siempre está vigilada. Supongo que podría haber pasado por allí en alguna ocasión sin ser visto, pero eso significaba que había podido pasar por delante del hombre de guardia. Pude ver que eso sucedía muy ocasionalmente, pero era más frecuente que eso.

—¿Qué hay de otras entradas?

—El cobertizo de la tienda de allí, —dijo, señalando a la distancia,

—tiene una puerta que da directamente a la carretera, pero nunca se ha usado en estos días y cuando lo comprobamos no había indicios de que se hubiera abierto en años. Lo mismo se aplica a una puerta en la valla del lado opuesto. Hay un viejo camino que lleva al bosque, pero la puerta tiene un candado y está cubierta de óxido.

—¿No hay roturas en la valla o puntos débiles por los que alguien podría haber pasado?

—No, señor, lo hemos comprobado. La valla es de malla gruesa y está cubierta de alambre de púas para que nadie en su sano juicio intente pasar por encima. Donde hay edificios en lugar de la valla, hay el mismo alambre de cuchillas alrededor de la cuneta para que nadie intente pasar por encima, ninguna persona cuerda de todos modos. La entrada y el patio principal tienen cámaras de seguridad e iluminación PIR, pero nunca hemos captado nada que explicar.

—Era un poco misterioso, entonces. ¿Fue sólo Mathewson? ¿O alguien más fue capaz de aparecer y desaparecer milagrosamente?

—Por lo que sé, sólo era él. Tampoco era tan frecuente.

—Quieres decir: "No era tan a menudo que te dieras cuenta'. Si tenía una forma de entrar y salir cuando quisiera y sin ser visto, entonces no se sabe con qué frecuencia lo hacía sin que lo supieras".

—Sí, supongo que eso es cierto.

—Por lo que me dijo Winters, todos los propietarios llegaron a la vez. Pensó que usted los debía haber llamado. ¿Es eso cierto?

—No exactamente, señor. El Sr. Quentin siempre llega temprano y muy a menudo trae al Sr. Samuel con él porque viven en la misma casa. Por lo que sé, el Sr. Stanley no está aquí, no lo he visto. Rara vez se le ve antes del mediodía. Cuando el Sr. Quentin llegó, le dije lo que había encontrado. Ally, Bert y yo tratábamos de mantener las cosas bajo control hasta que llegaras.

—¿Conocía a los oficiales Winters y Ferguson antes de esto?

—Oh sí, he vivido en esta zona durante varios años y, siendo un expolicía, conozco a todos los chicos de la zona.

—Bien, volviendo a este incidente. ¿Se lo han dicho a la viuda?

—No, señor. Cuando el Sr. Quentin se enteró, quiso llamarla de inmediato, pero le dije que no debía hacerlo y que debía dejarlo en manos de la policía. Pareció pensarlo por un segundo y luego se echó atrás.

—Bien, me gustaría hacer esto yo mismo y me llevaré a Mary conmigo. ¿Puedes darme indicaciones para llegar a la casa?

CAPÍTULO CUATRO

QUINCE MINUTOS MÁS TARDE, ALEX, ACOMPAÑADO POR LA agente de policía Mary McKenzie, desvió el Santa Fe de la carretera hacia la entrada de una gran y moderna villa diseñada por un arquitecto, sentado solo en una amplia extensión de tierra en lo alto de una pequeña colina.

Bajaron del todoterreno y crujieron por el camino de blaise rojo, deteniéndose en el penúltimo de los cuatro escalones de aproximación antes de tocar el timbre. Escucharon un movimiento estruendoso desde el interior y el sonido de fuertes ladridos.

Pasaron unos momentos antes de que escucharan, "agáchate, agáchate", y el clic metálico de una cerradura girando. La puerta se abrió unos centímetros.

—Sí, ¿puedo ayudarle? Se dirigieron a ellos por una mujer de mediana edad de aspecto adusto. Era regordeta y su redonda y roja cara se acentuaba por su largo pelo gris atado en un moño. Estaba vestida toda de negro, llevaba un suéter ajustado y unos leggins y sostenía un trapo en su mano izquierda.

Alex sacó su tarjeta de autorización. —Soy el Detective en jefe

Warren y este es el Agente McKenzie. Estamos aquí para hablar con la Sra. Mathewson.

La puerta se abrió de inmediato por completo y se les invitó a entrar. Dos jóvenes, pero grandes perros dieron vueltas y los olfatearon mientras avanzaban. Eran Rottweilers, manchas de color marrón oscuro interrumpían su sólida coloración negra y tenían hombros anchos y musculosos, cabezas cuadradas con ojos alerta, pero de mirada amable. Se veían bien ejercitados, ni un gramo de grasa en ninguno de ellos. Alex juzgó que parados sobre sus patas traseras serían más altos que María y probablemente casi tan pesados. El ama de llaves empujó a los perros para despejar el camino y María caminó enérgicamente, claramente incómoda por tener a las poderosas bestias tan cerca. Alex, por el contrario, extendió su brazo con un puño cerrado en la introducción, permitiendo a los perros conocerse antes de acariciar y arrugar sus elegantes abrigos. Alex y María fueron llevados al salón e invitados a tomar asiento mientras el ama de llaves iba a buscar a su patrón. Los perros se detuvieron en la puerta abierta y se acostaron en forma de "V" apuntando hacia adentro, actuando como centinelas, vigilando de cerca a los visitantes.

La habitación era cavernosa y muy luminosa con ventanas del tamaño de un piso a un techo en dos paredes. En el rincón más alejado donde se unían las ventanas había un piano de cola fuertemente lacado, del tamaño de un tocador. Las persianas verticales le ofrecían una protección limitada de la luz del día. Las paredes estaban pintadas en un rico color dorado y los asientos estaban compuestos por cuatro grandes y profundos sofás abotonados que rodeaban una mesa de opio de roble.

Alex y María acababan de instalarse en un sofá, pero se pusieron de pie cuando se acercaron los escalones.

Los perros también saltaron atentamente, separándose para despejar un canal que permitiera el acceso.

—Buenos días, oficiales. Soy Georgina Mathewson. Si están buscando a mi marido, me temo que han tenido un viaje inútil, —

llamó la señora al entrar por la puerta. Los perros reanudaron sus tareas de centinela, pero esta vez en posición sentada.

La señora era alta, de unos 1.77 metros y muy delgada. La piel de su cara era blanca como el pergamino, casi transparente y estaba marcada por unos delicados rasgos y unos ojos azules como el polvo. Estaba vestida con un abrigo de colores brillantes, al estilo de un sari. Alex la juzgó de edad similar a la suya de cuarenta y dos años. No era ni mucho menos la mujer más hermosa que había conocido, pero su aspecto era atractivo, llamativo y sin duda memorable.

—Buenos días, Sra. Mathewson. Es con usted con quien queremos hablar, no con su marido. Por favor, tome asiento. Me temo que tenemos muy malas noticias para usted.

Hizo lo que se le sugirió y sus ojos se dirigieron hacia atrás y adelante entre los dos.

—¿Es papá? No. ¿Qué ha pasado?

—Lamento tener que decirle que su marido fue encontrado muerto esta mañana.

—¿Héctor? —exhaló larga y lentamente y Alex interpretó su reacción más como de alivio que de sorpresa. Recuperó la compostura después del lapso momentáneo. Hubo otra pausa mientras miraba con curiosidad a sus dos caras. —¿Eres un Detective en jefe y has venido a decirme esto para que no suponga que fue un accidente de tráfico?

—No, tienes razón, no fue nada de eso. Su cuerpo fue encontrado esta mañana en el cuarto de barriles de la destilería. Las circunstancias son sospechosas y hay una clara posibilidad de que fuera un asesinato.

Georgina no dijo nada al principio. Se sentó impasible, mirando fijamente al frente. Podían ver sus ojos parpadeando, pensando profundamente mientras cotejaba las implicaciones de lo que le habían dicho.

—¿Dónde están mis modales? ¿Puedo ofrecerle una taza de té?

—No, señora, estamos bien. Pero creo que tal vez debería tener uno usted mismo. Agente McKenzie puede conseguirlo para usted.

—Eso no será necesario. Le diré a Agnes que traiga una bandeja.

Georgina llamó a las instrucciones del ama de llaves. Alex miró con interés. No estaba seguro de si ella podría estar en shock o si sólo era una clienta muy guapa. Sólo tenía una exposición limitada a las clases aristocráticas y en todos los casos hasta la fecha había sido con hombres. Estaba claramente acostumbrada a tener el control y sin duda tenía un vasto entrenamiento y experiencia de cómo comportarse en compañía. Pero, sin embargo, acababa de decirle que su marido había sido encontrado muerto, probablemente asesinado, y ella no había mostrado ninguna emoción. Seguramente eso era llevar el "labio superior rígido" un poco lejos.

—Ha recibido una noticia impactante. ¿Quiere que llame a su médico o a uno de sus familiares o amigos para que le acompañe?

—No, estoy bien. Tendré que hacer saber a los chicos lo que ha pasado. Están fuera ahora mismo. Están esquiando en Klosters.

—¿Cuánto tiempo han estado fuera? ¿Y cuándo van a volver?

—Se han ido hace unos diez días, en Londres para empezar y luego en Suiza. Deben regresar mañana.

—No hemos publicado nada todavía, pero es sólo cuestión de tiempo antes de que haya un informe de noticias. Su marido era muy conocido en los círculos de negocios y seguro que llegará a los titulares. Querrá que sus hijos se enteren antes de que la noticia se haga pública. Podemos arreglar que la policía local los visite si lo desea.

—Por supuesto que no, los llamaré yo mismo.

—Hay una serie de preguntas que nos gustaría hacerle y, si está dispuesto, nos gustaría intentarlo ahora.

—Sí, por supuesto. Por favor, continúe.

—Se cree que la hora de la muerte de su marido fue en las primeras horas de esta mañana. ¿Puede decirme cuándo lo vio por última vez?

—Volvió de la oficina ayer a media tarde. Se cambió y volvió a salir porque tenía una reunión anoche en Glasgow.

—¿Sabes con quién fue la reunión? ¿Y dónde fue?

—Sí, se reunía con un americano, Chuck Holbein, el CEO de

Hanser, el conglomerado internacional de bebidas. Estaban cenando juntos en el Rogano.

—¿Sabes de qué se trató la reunión?

—Prefiero no decirlo.

—Hemos oído rumores de que la destilería se estaba vendiendo. ¿Tiene algo que ver con eso?

Georgina sonreía débilmente. —Puede que pienses eso, no podría comentarlo.

Como era un fan de los libros de Michael Dobbs y en particular de la serie "House of Cards", Alex le devolvió la sonrisa y asintió con la cabeza, reconociendo la referencia.

—Tal vez tengamos que volver a eso. Héctor no volvió a casa anoche. ¿No te sorprendió?

—No, ni siquiera me había dado cuenta en realidad porque dormimos en habitaciones separadas. Ronca tanto que no podría dormir en la misma habitación, —respondió con franqueza.

—¿No esperabas verle por la mañana?

—No era inusual que se quedara fuera. A menudo se quedaba en su club de Glasgow, sobre todo si se entretenía y tomaba una copa. De esa manera, no tendría que conducir a casa tarde y bajo la influencia.

—¿Llevó su coche a Glasgow anoche?

—Sí, salió y su coche no estaba en el garaje esta mañana. Lo sé porque fui al quiosco a primera hora de la mañana, yo mismo.

—Salió de la destilería ayer por la tarde, pero no volvió más tarde en coche.

—¿Y qué?

—Su cuerpo fue encontrado allí. Queremos saber cómo llegó allí.

—Tal vez caminó o tal vez alguien más lo llevó.

—Todavía tendría que haber dejado el coche en algún lugar y no lo hemos encontrado todavía. Seguridad no tiene constancia de que haya entrado y nadie lo ha visto. Seguridad dice que ha habido otras ocasiones en las que han encontrado a Héctor en el local sin registro de cómo había entrado. Le preguntaron, pero se negó a explicar. Los despidió con una pulga en la oreja.

—No me sorprende. No se habría impresionado demasiado si lo hubieran dejado entrar sin tener un registro de ello.

—Ese es el punto. Sabían que estaba dentro pero no tenían ni idea de cómo lo había conseguido y trataban de averiguarlo.

—Tal vez usó el túnel, conjeturó Georgina.

—¿Qué túnel? No he oído hablar de esto antes.

—Es un túnel muy antiguo y, si recuerdo bien, viene de algún lugar de la zona de la tienda, pasa por debajo de la colina y luego sale por el lado opuesto. La tierra allí es propiedad de mi padre, es parte de su granja. Hay un pequeño edificio al otro lado de la colina, más bien un refugio, y hay un camino de la granja que pasa por él. La historia dice que el túnel fue construido originalmente como una ruta de escape, cuando era ilegal hacer whisky. Estaba allí en caso de que los Stills fueran asaltados. Luego se usó para contrabandear el producto y esconderlo del hombre del impuesto sobre el consumo, pero eso fue hace mucho, mucho tiempo. Ahora todo es legítimo.

—¿Cómo lo supiste?

—Cuando éramos jóvenes, a mis hermanos y a mí nos llevaban a la habitación de la destilería cuando no estábamos en la escuela. Hacíamos nuestros propios juegos y siempre buscábamos buenos escondites. Creo que fue Quentin quien encontró el túnel por primera vez. Después de eso jugamos allí todo el tiempo. Hacía frío y estaba oscuro y no era muy alto, pero nos divertíamos mucho. Le preguntamos a papá sobre ello y nos contó la historia. Pero se mantuvo como nuestro secreto especial. Todo eso pasó hace más años de los que puedo recordar. No he oído a nadie mencionarlo en años.

—¿Se lo has contado a Héctor?

—No, no que yo recuerde, no, estoy seguro de que no lo hice.

—¿Cómo podría haberse enterado?

—Realmente no podría decirlo. No puedo imaginar que padre o Quentin hubieran dicho algo y Stanley era tan joven en ese momento que dudo que lo hubiera recordado. No, ahora que lo pienso, Stanley nunca entraría en el túnel. Estaba demasiado asustado. Siempre fue un poco claustrofóbico. Supongo que Héctor se lo encontró cuando el edificio estaba siendo remodelado hace unos años. No se me ocurre ninguna otra explicación.

—Ciertamente lo comprobaremos. Tal vez una vez que encontremos el auto de Héctor entonces tendremos una mejor idea. ¿Qué era lo que conducía?

—Un Jaguar, es un XK8, uno azul. Puedo conseguirte la matrícula si quieres.

—Sí, eso sería útil.

Georgina sacó la información y Mary la garabateó en su cuaderno.

—Nos gustaría hacerle algunas preguntas más delicadas, si podemos.

Georgina levantó la cabeza impasible. —Sí, adelante. Tendremos que ocuparnos de esto en algún momento, así que mejor que lo saquemos del camino.

—¿Puede hablarnos de su relación con su marido?

—¿Qué hay que decir? Probablemente ya lo sabes o si no lo sabes lo descubrirás fácilmente, así que es mejor que lo escuches de mí.

—Por favor, continúe.

—Héctor y yo hemos estado casados durante veinte años. Yo tenía veinte años cuando nos conocimos. Yo trabajaba en la oficina y él era uno de nuestros proveedores. Tenía su propia empresa y nos vendía envases. Yo era muy joven e inocente en ese entonces y él parecía tan suave y sofisticado. Era un joven muy guapo y me sentí halagada cuando me invitó a salir. Papá no estaba muy contento con eso. Dijo que yo podía hacerlo mejor y que Héctor nunca llegaría a mucho. Cuando me quedé embarazada, papá estaba furioso. Amenazó con echarme sin un frijol. Héctor dijo que me cuidaría y se ofreció a fugarse, pero entonces papá aceptó la boda.

—El negocio de Héctor tenía problemas y lo cerró. Era una sociedad anónima, pero había algunos acreedores que amenazaron con causar problemas. Héctor dijo que les dejara hacer lo peor, pero papá les pagó. Dijo que era la única manera de hacer que se fueran sin dañar la reputación de la familia. Papá le dio a Héctor un trabajo en la oficina, mi trabajo en realidad, porque tomé la licencia de maternidad y nunca regresé apropiadamente.

—¿Querías volver?

—Me he hecho la misma pregunta y no estoy seguro de cuál es la verdadera respuesta. Necesitaba el tiempo libre para criar a los niños y eso era realmente lo que quería hacer, al menos mientras eran jóvenes. Pero extrañaba estar en la oficina porque me gustaba la interacción y el sentimiento de responsabilidad, y además, era muy buena en mi trabajo. Aunque Héctor se hizo cargo de la gestión de la oficina, nunca entendió realmente lo que estaba pasando. A menudo tenía que preguntarme qué hacer o cómo manejar diferentes situaciones.

—Nos dijeron que era un contador. Seguramente debería haber sabido cómo dirigir la oficina.

—Sí, dijo ser un contador, pero en realidad no lo era. Había tomado algunos cursos de contabilidad y compró un diploma falso de una organización americana que decía ser una universidad, pero no era un contador calificado ni nada de eso y no entendía realmente las cuentas. Necesitaba una calculadora para contar los dedos de los pies. Era inútil en aritmética y eso no ayudaba.

Alex notó la amargura en su voz. Era muy consciente de que hace unos momentos le había dicho a esta mujer que su marido había muerto. Ella no mostró ninguna emoción y ahora estaba revelando sus defectos. No parecía una reacción normal. Tal vez estaba en shock o tal vez estaba muy distante. En cualquier caso, Alex estaba feliz de estar reuniendo información. Gran parte de ella puede ser irrelevante, pero él con mucho gusto lo tomaría todo por ahora y más tarde podría tamizar a través de la escoria en busca de diamantes.

—Después de que los chicos empezaran la escuela, me ofrecí a volver a tiempo parcial, pero Héctor me convenció de que no lo hiciera y papá estuvo de acuerdo con él. Debió ser la primera vez que se pusieron de acuerdo en algo, así que difícilmente pude luchar contra ello. Necesitaba algo para estimular mi mente. Quería volver a ser una persona y no sólo la madre de los niños, así que empecé a trabajar como voluntaria para la caridad local del hospicio. Al principio, trabajaba en su tienda, pero luego me trasladaron a la oficina y desde hace años la dirijo. Es algo en lo que soy buena.

—¿Y Héctor estaba feliz de que hicieras esto mientras él seguía dirigiendo la oficina de la destilería? Alex preguntó, tratando de mantenerla un poco más en el camino.

—Sí, no le importó. En ese momento, no estaba muy interesado en lo que yo estaba haciendo. Las relaciones entre nosotros se habían vuelto bastante frías. Héctor había querido ser un poco más experimental en nuestro hacer el amor. No me importaba un poco de aventura, pero sus gustos y peticiones se volvieron más y más extraños, así que le dije que no.

—¿Qué...?

—No estoy preparado para entrar en detalles, pero quería que compartiera nuestra cama con otros hombres y mujeres. Me negué rotundamente y sólo después descubrí que estaba jugando fuera de casa. No era que estuviera teniendo una aventura. No era nada tan digno como eso. Se ponía a sí mismo en cada oportunidad que se le presentaba. Sólo entonces descubrí que había estado en ello durante años. Incluso intentó seducir a mi sobrina de 16 años mientras yo estaba embarazada de nuestro segundo hijo. No parecía importarle con quién se acostaba, y cuando no encontraba a nadie a quien seducir, se asociaba con putas.

Por primera vez desde que empezaron a hablar, Alex pudo ver la emoción en la cara de Georgina. Sus pálidas mejillas se habían ruborizado y escupía las palabras con veneno.

—Una vez que supe lo que había estado haciendo, no dejé que se acercara a mí. Dios sabe qué enfermedades traería a casa. Tuvimos una gran pelea y le dije que se fuera, pero se negó a hacerlo. Al menos se mudó a una de las habitaciones de huéspedes, pero disfrutó demasiado de su nivel de vida como para renunciar a él sin luchar y yo no tenía fuerzas para ello, no entonces. Busqué el apoyo de papá, pero no quiso involucrarse. Héctor siempre había sido un buen padre y papá era muy importante para la familia. Fue criado estrictamente como católico y no aprueba el divorcio. Sospecho que ha tenido sus propias relaciones secretas a lo largo de los años. Me pareció extraño porque papá había desaprobado tanto a Héctor al principio y estaba seguro de que aún no le gustaba, pero parece que se han formado una especie de aceptación reacia del otro a lo largo de los años. No sé si Héctor había descubierto algo que papá no quería que se supiera.

—De todos modos, al final Héctor y yo acordamos coexistir, viviendo en la misma casa, y Héctor siguió trabajando en la destilería. Acepté que se quedara siempre y cuando no trajera a ninguno de sus “amigos” a nuestra casa y con la condición de que fuera muy discreto en sus aventuras amorosas.

—Quentin trató de involucrarse. Quería sacar a Héctor, pero era tan obvio lo que intentaba hacer. No se preocupaba por mí. Sólo quería asegurarse su propia posición como el próximo encargado de papá y hacerlo a mi costa. Nunca lo perdoné por eso. Por eso, cuando papá se enfermó, apoyé que Héctor se convirtiera en director general. Era más un obstáculo para Quentin que un verdadero apoyo para Héctor.

Alex sintió una vibración en su pierna y se dio cuenta de que era un texto que venía. Había silenciado su teléfono antes de salir del coche. Sacó el dispositivo de su bolsillo y echó un vistazo a la pantalla.

“¿Te sientes bien para nadar esta noche?” Leyó y se dio cuenta de que su hijo menor Andrew estaba comprobando si su noche planeada seguía adelante.

Alex devolvió el teléfono sin responder, pero hizo una nota mental para enviar un mensaje de texto tan pronto como estuviera libre de la entrevista. El recuerdo de su propia familia desunida fue oportuno, haciendo que Alex se diera cuenta de que los problemas en las relaciones rara vez son culpa de una sola de las partes.

—¿Podría decirnos dónde estuvo anoche entre las once de la noche y las cuatro de la mañana?

—Estaba en mi cama. Vi una película en DVD hasta cerca de la medianoche y luego me fui a la cama.

—¿Solo?

—Sí, solo, Georgina escupió hacia atrás, con la cara ligeramente enrojecida.

—¿Había alguien más en la casa para corroborar esto?

—No, Agnes sólo trabaja aquí durante el día.

—¿Y ahora tienes otro novio o compañero?

Georgina levantó la vista bruscamente: —No creo que eso sea de tu incumbencia.

—Tienes que darte cuenta de que esto es potencialmente una investigación de asesinato. Necesitamos identificar a cualquiera que pueda tener un motivo.

—Lo tendré en cuenta, —respondió con la cabeza involuntariamente asintiendo lentamente, pero sin dar más información.

—Bueno, creo que es lo más lejos que podemos llevar el asunto por ahora, —dijo Alex mientras se levantaba de su asiento.

Los perros se pusieron de pie inmediatamente y escoltaron a Alex y Mary hasta la puerta.

CAPÍTULO CINCO

Alex, aprovechando la oportunidad de un momento de privacidad, presionó el control remoto para abrir su auto y llevó a Mary adentro. Luego abrió su móvil y pulsó el código de marcación rápida para el número de Andrew. Escuchó seis timbres seguidos de los tonos metálicos del mensaje del buzón de voz saliente.

Cuando le llegó el turno de hablar, respondió: —Hoy he abierto una nueva caja y podría ser una grande. Puede que me retrase, pero aún espero poder recogerle antes de las siete. Por favor, prepárate para mí entonces y mira si puedes conseguir que Craig haga lo mismo. Ese es el plan. Volveré a llamar si hay algún cambio. Preocupado de que Andrew no revise sus mensajes, Alex también envió un texto que decía: "Revisa tu correo de voz".

Alex metió el teléfono en su bolsillo, se puso al volante y giró el encendido en un movimiento fluido. —¿Qué te pareció eso? —preguntó.

—Tenía un verdadero factor sorpresa. Nunca antes había estado en una casa como esa. Vaya, cómo vive la otra mitad.

—No era la casa por la que preguntaba, era la Sra. Mathewson. Y puedo garantizar que no está ni cerca de la mitad de la gente que vive así, la mitad de un uno por ciento más.

—Lo siento, señor. Ella era una extraña. Un verdadero pez frío. He oído hablar de que los ricos esconden sus emociones, de que "nunca dejes que la plebe vea tus debilidades", pero su reacción no parecía natural. Le dijimos que su marido había muerto, y sí, es cierto que no vivían como marido y mujer, pero creo que habríamos tenido más reacción si hubiéramos dicho que uno de sus perros había sido atropellado.

—Sí, estoy seguro de que lo haríamos.

—¿Crees que tal vez ella ya lo sabía antes de que diéramos la vuelta? Tal vez alguien la llamó por teléfono, o tal vez estuvo involucrada en el asesinato. Mary se estaba excitando con sus propias especulaciones.

—Puede que tengas razón y ella ya lo sabía, pero creo que es poco probable que esté involucrada. Si lo hubiera estado, probablemente habría hecho un mejor trabajo fingiendo sorpresa para encubrirlo. Es una mujer inteligente y si hubiera estado involucrada no habría querido que sospecharan de ella.

—A menos que sea un doble engaño, conjeturó Mary, con los ojos brillantes.

—Creo que has estado viendo demasiadas películas de serie B, bromeó Alex mientras su pie pisaba el acelerador y dirigía el coche de vuelta a la destilería.

Sólo unos minutos más tarde, convirtió su Santa Fe en la avenida y se sorprendió al reconocer un vehículo familiar que viajaba sólo una corta distancia por delante. El techo duro estaba en el Mazda MX5 azul, como tenía que estar desde principios de año. Era el coche de Sandra. Anteriormente había conducido un Ford Mondeo más funcional, pero sólo unos meses antes había cambiado al llamativo coche deportivo. Alex se sorprendió de verla ya que se suponía que tenía el día libre.

Se detuvieron en los aparcamientos adyacentes y salieron de sus coches en segundos, los ojos de Alex estudiando cada movimiento del atlético y ágil chasis de Sandra mientras se subía del roadster y se dirigía hacia él. La brisa le atrapó el pelo negro azabache y se movió en el aire detrás de ella, dejando una vista sin restricciones de su linda cara. La severa expresión profesional que Alex había mantenido para la investigación vaciló y sus ojos se suavizaron.

—¿Me estás siguiendo? La apariencia de Sandra se iluminó con una amplia sonrisa y su diversión sólo se intensificó al ver la expresión extrañada de Alex.

—¿Qué estás haciendo aquí? Se supone que hoy debes estar buscando piso.

—Es una larga historia y no puedo esperar a contarte todos los detalles, pero tuve éxito con la primera visión así que cancelé las otras. Lo que es aún mejor es que puedo mudarme mañana por la mañana. La oficina del agente de alquiler estaba a la vuelta de la esquina de la calle Pitt y me pasé para decírtelo. Fue entonces cuando oí que estabas aquí. Pensé que tal vez querrías ayuda y esperaba que tal vez pudiera trabajar el resto del día y tomarme mañana por la mañana libre.

—Está bien para mí, pero Cristo, el papeleo será una pesadilla para mantener los registros de administración correctos. ¿Qué tal si lo hacemos, pero dejamos los archivos que muestran que tienes el día libre? Siempre podemos hacer los formularios más tarde si alguien se da cuenta.

—Por mí está bien. Mary estaba caminando con ellos y Alex la mandó adelante, instruyéndola para que se comunicara con Sanjay y Phil para una reunión, pero también para que le diera un momento a solas con Sandra.

—Ahora cuéntame sobre el piso.

—No, tomará mucho tiempo, pero te lo diré más tarde. Aunque algo importante. Tenemos una pequeña crisis en el rancho y tú y el equipo necesitan saberlo.

—Bueno, mejor que me lo digas primero y luego quizás también traigas a Sanjay y Phil.

—Es sobre el caso que rompimos la semana pasada. El robo a

mano armada, ¿sabes? Con los chicos asiáticos que habían asaltado la cadena de garajes.

—Sí, los atrapamos con las armas y el dinero, un golpe de suerte. ¿Cuál es el problema?"

—No hay problema con nada de lo que hemos hecho, pero el fiscal adjunto pidió hablar con Abdallah. Uno de los uniformados fue enviado para sacarlo de las celdas y habló con él de forma inapropiada.

—¿Qué quieres decir con inapropiado?

—Creo que la expresión que usó fue "mueve tu gordo culo afgano para que podamos clavarlo en la pared". Como si eso no fuera suficiente, hubo un montón de testigos. Abdallah ha hecho una queja formal sobre el racismo y la brutalidad. También se niega a hablar, diciendo que el inglés no es su idioma y necesitamos tener un traductor de Dari presente antes de poder entrevistarlo.

—Tienes que estar bromeando. El tipo es licenciado en literatura inglesa por la Universidad de Durham.

—Te dije que era una crisis y se mejora. La División Especial se ha enterado y quieren hacerse cargo, alegando que podría haber problemas de seguridad. No sería tan malo si sólo fueran los chicos locales, pero Londres ya se está interesando y están hablando de enviar a alguien.

—Bueno, será mejor que pongas a los chicos al corriente también. Vamos a entrar.

Afortunadamente, Sanjay y Phil acababan de terminar sus últimas entrevistas, y en pocos minutos, los cuatro estaban sentados alrededor de la mesa en la oficina de Quentin, con una taza de té fresco delante de ellos. Sandra repitió lo que ya le había dicho a Alex.

—Tal vez podría ayudar, ofreció Sanjay. —No hablo con fluidez, pero puedo hablar bastante farsi.

—Estarías perdiendo el tiempo. Abdallah habla un inglés perfecto, tan bueno como tú y yo. Él y su abogado están haciendo esto para hacer un punto. Es más, una cuestión de respeto.

—¿Seguramente no puede interferir con una condena? Phil preguntó.

—No cambia ninguna de las pruebas, pero seguro que nubla el asunto. Me alegro de que, si tenía que pasar, fuera uno de los uniformes y no uno de nuestros chicos. A decir verdad, creo que Donny McAvoy es capaz de cometer tal error, incluso con todo el entrenamiento en multiculturalismo.

—¿Quién fue el que la jodió de todas formas? Phil preguntó.

—Es uno de los nuevos jóvenes policías, recién salidos de la libertad condicional. Se llama Fulton, —respondió Sandra.

—Maldita sea, Phil se reincorporó. —Comparte apellido con uno de los más grandes comediantes de Escocia, que Dios lo tenga en su gloria, y cree que tiene derecho a hacer reír a la gente, no es que haya nada gracioso en lo que dice. Por favor, dime que su nombre de pila no era Rikki. Dick o, mejor aún, Dickhead sería más apropiado.

—Creo que fue George, en realidad.

—Bien, no hay nada más que podamos hacer al respecto ahora mismo. Necesitamos concentrarnos en la investigación de hoy. El tiempo pasa y tenemos que progresar. Como todos sabemos, las primeras horas son siempre las más importantes, así que estoy particularmente contento de que Sandra esté disponible. Tengo un número de cosas que aclarar en la oficina, no menos esta situación de Abdallah, así que tendré que salir temprano. Comparemos notas, veamos en qué punto estamos y hagamos un plan de acción.

Los siguientes minutos se dedicaron a ponerse al día sobre los avances y la información obtenida de la investigación y las entrevistas hasta el momento.

Sanjay se ofreció a informar al equipo de Anne Dixon sobre el túnel y a organizar una búsqueda del coche de Héctor. Se decidió que Sandra y Phil irían a buscar y entrevistar a Daniel, el suegro de la víctima, y Alex pensó que era hora de hablar con Quentin. Dijo que quería diez minutos para tomar un poco de aire fresco y repasar algunos asuntos con Sandra, y mientras tanto, Mary fue instruida para esperar hasta su regreso y luego a buscar a Quentin.

Alex y Sandra salieron por la puerta de seguridad y siguieron un sendero que bordeaba el borde de un bosque mixto, justo fuera de la valla perimetral de la destilería.

Aprovecharon la oportunidad para examinar la integridad de las medidas de seguridad a medida que avanzaban.

El día era brillante con nubes que interrumpían un cielo azul. El aire era fresco y el suelo todavía húmedo por el aguacero de la noche anterior. Las ramas de muchos de los árboles estaban desnudas, pero había un verdor por el salpicado de coníferas y un distintivo aroma a pino en el aire.

Las ramas y hojas rotas del otoño anterior todavía alfombraban el camino, y sus zapatos se raspaban en la parte superior. El suelo estaba empapado y el mantillo se aplastaba bajo los pies mientras caminaban, con el ocasional chasquido cuando pisaban las ramitas secas. Cuando el camino era lo suficientemente ancho para permitirlo, caminaban uno al lado del otro, pero a medida que el camino se estrechaba sus manos hacían contacto y sin pensar sus dedos se entrelazaban. Se detuvieron en un pequeño claro y se volvieron para mirarse.

—Entonces, cuéntame sobre el piso, —preguntó Alex.

—Fue el primero que fui a ver y era perfecto. Es un primer piso en la Avenida Thornwood en Partick. Está recién decorado, magnolia y blanco, como se esperaría de un piso de alquiler, pero es fresco y limpio. Está en un edificio de arenisca roja y tiene doble cristal y calefacción central con una caldera combi, así que debería ser barato de manejar. Hay una cocina de tamaño completo con mucho espacio de almacenamiento, una cocina, nevera-congelador, lavadora, microondas e incluso un pequeño lavavajillas. Hay una sala de estar y un dormitorio doble y el baño tiene una bañera y una ducha de agua caliente. Oh, y tiene un portero automático de seguridad y hay un aparcamiento en la calle.

—Suena justo lo que estabas buscando. Marca todas las casillas.

—La dueña lo compró para vivir en sí misma, pero la despidieron de su trabajo y tuvo que aceptar uno mejor pagado. No podía permitirse el lujo de vivir en él y se ha mudado de nuevo a casa con sus padres. Así que necesita alquilarlo.

—Es una pena para ella, pero buenas noticias para ti.

—Se pone mejor. Cuando el agente se enteró de que yo era detective de la policía, se alegró mucho. Admitió que tuvieron problemas para alquilar el piso porque hay un inquilino en el segundo piso que ha estado causando molestias. Ha habido varios lamentos sobre él, pero no han podido hacer mucho porque nadie quiso hacer su denuncia formal. Ha estado causando molestias por el ruido y ha dejado que su perro ensucie el patio trasero, la acera e incluso el cierre. Todos los vecinos se han levantado en armas por ello, pero le han tenido un poco de miedo y ninguno de ellos se quiso hacer oficial.

—Obviamente, no tendré problemas para lidiar con ello y estoy obligado a tener el apoyo de los otros vecinos cuando lo haga. Así que nos aseguraremos de que se limpie o lo sacaremos con una orden de restricción de exportaciones. Los agentes me ofrecieron un alquiler corto y seguro por 12 meses a un tercio menos de la renta normal y sin depósito. Le conviene a él y al propietario, ya que el piso se alquilará enseguida y resolverá el problema del vecino.

—Suena genial, pero, ¿estás seguro de que quieres lidiar con estos problemas cuando estés fuera de servicio?

—No, pero puedes encargarte de ello por mí, añadió Sandra riéndose. —No, en serio, el tipo no es un problema. Revisé su historial y es sólo un matón y un matón insignificante. Estoy segura de que puedo asustarlo. Estará mucho más asustado de mí que yo de él. Como dije antes, tengo las llaves mañana y puedo mudarme de inmediato. Puede estar seguro de que no perderé el tiempo conociendo a los vecinos. Oh, y otra cosa, si todo sale bien, entonces me darán la primera opción si quiero comprarla.

—Suena absolutamente perfecto.

Se dieron la vuelta y caminaron de vuelta, mano a mano, hasta que el camino se hizo más visible, luego adoptaron un comportamiento más profesional al volver a las oficinas.

CAPÍTULO SEIS

ALEX YA ESTABA SENTADO A LA MESA CUANDO MARÍA REGRESÓ seguida de Quentin. Entró en la habitación, y ya sea para tratar de imponerse o por pura costumbre, se sentó detrás de su escritorio.

Alex no mostró ninguna reacción y ni siquiera miró al otro lado. En su lugar, llamó, —"Si quiere unirse a nosotros en la mesa, por favor. Tenemos todo el equipo preparado para trabajar desde aquí".

Quentin estaba perplejo. Aquí estaba, un director y copropietario del negocio, en su propia oficina y siendo instruido por un extraño. No sabía cuánta autoridad tenía la policía en estas circunstancias y estaba dividido entre cumplir con la petición o tomar una postura y arriesgarse a tener que hacer una humillante bajada. Al menos ninguno de sus empleados estaba cerca para oír o ver lo que estaba pasando.

—Por supuesto, por supuesto, un momento, cedió Quentin. Levantó y barajó algunos papeles de su escritorio, y luego puso un par de artículos en un cajón. Se hizo como un protector de la cara, para indicar que se había sentado en el escritorio con un propósito. Luego se levantó, cruzó a la mesa y se sentó frente a Alex, pero no pudo encontrar su mirada.

—Buenas tardes, Sr. Burns. Siento haberle hecho esperar tanto tiempo, pero estoy seguro de que debe entender que son circunstancias excepcionales. Tenemos que hablar con los posibles testigos primero y, por supuesto, también con la viuda, su hermana.

Aunque la disculpa fue poco entusiasta, Quentin la tomó con buena gracia y la reconoció con un asentimiento.

—¿Has visto a Georgina? ¿Cómo estaba? —preguntó, tratando de sonar sincero y mostrando preocupación por su hermano.

—Probablemente lo que uno esperaría, sorprendido por la noticia, pero aguantando bastante bien. Alex mintió, pero tenía curiosidad por ver la reacción de Quentin; sin embargo, no mostró ninguna.

—Ahora, ¿cómo puedo ayudarles, oficiales?

—Si puedo empezar con las formalidades y luego preguntando dónde estuviste anoche y hasta que te conocimos esta mañana.

Quentin proporcionó sus datos personales y confirmó que estaba en casa la noche anterior con su esposa e hijos. Como era su costumbre, salió de su casa a las siete y media de la mañana, llegando justo después de las ocho, y luego fue alertado por Sandy de lo que se había descubierto.

—¿Seremos capaces de corroborar lo que nos ha dicho?

—Sí, estoy seguro de que Fiona, mi esposa puede confirmar lo que he dicho. Estaba trabajando en la oficina en una nueva promoción para un evento de "Whisky en vivo" en Londres. No me fui hasta las siete y luego me fui directo a casa. Seguridad tendrá una nota de cuando me fui. Los chicos salieron y cené con Fiona a las ocho. Vimos algo de televisión y luego nos fuimos a la cama. Me levanté a las siete y, como dije, llegué a las ocho. Traje a Sam conmigo.

—Dijiste que los chicos estaban fuera. ¿A qué hora llegaron a casa?

—Ambos salieron con amigos. Frank estaba en casa como a las once; lo vi entrar. Sam fue más tarde, después de que me fui a la cama. Creo que era alrededor de la una y media. Oí que la puerta se cerraba.

—Un poco tarde no era cuando iba a levantarse temprano para trabajar al día siguiente.

—Ni una pizca. Es un hombre joven y lleno de energía. Se queda regularmente hasta tarde y sigue despierto, lleno de frijoles, al día siguiente. No afecta a su rendimiento. Frank es igual.

Alex consideró cómo Sandy había descrito la habilidad de Sam. Tal vez era sólo uva agria, resentida por las clases privilegiadas, pero tal vez tenía razón y el rendimiento de Sam difícilmente podría haberse deteriorado.

—¿Sabes dónde estaban los chicos?

—Sí, Frank había ido al cine y Sam estaba en casa de su amigo, un muchacho llamado Billy Farquarson. Vive bastante cerca. Creo que estaban jugando a las cartas.

—Bueno, podemos comprobar todo eso. Me gustaría que nos dijeras un poco más sobre Héctor. Supongo que lo conociste a través de tu hermana.

—No, eso no está bien, al contrario.

—¿Qué? ¿Quieres decir que tú los presentaste?

—No exactamente. La primera vez que me encontré con Héctor fue cuando estaba en la universidad. Nos conocimos en la unión de estudiantes. Yo estaba en Strathclyde haciendo una licenciatura en la Escuela de Negocios. Héctor estaba en la Universidad de Caly, Caledonia, pero fue hace tiempo antes de que tuviera estatus universitario. Entonces era el Politécnico de Glasgow. Estaba haciendo un HNC o un HND o algo así. No creo que lo haya completado nunca.

—Nos conocimos en el bar y en los conciertos en algunas ocasiones. No diría que éramos amigos íntimos, pero nos llevábamos bien.

—Después de eso no lo vi durante varios años. Otra vez fue en un bar, de forma bastante extraña. Estaba organizando una cena en el restaurante de Minsky en el Hilton. Estuve allí temprano, en el bar Connich con algunos contactos de negocios y Héctor también estaba allí; estaba esperando para encontrarse con alguien. Nos pusimos a hablar y me dijo que tenía una empresa que hacía embalajes especializados y que tenía una línea de productos para el comercio del whisky. Le dije que debía venir a hablar con nosotros y tomé su número y arreglé una reunión para que me viera junto con Callum McPherson. Callum es responsable de la compra y yo me encargo del marketing, así que tenía sentido vernos al mismo tiempo.

—De todos modos, parecía tener algunas buenas ideas y le dimos una orden de prueba y funcionó bien así que lo mantuvimos. Resultó que sus productos e ideas eran muy buenos, pero su capacidad de organización era un desastre y nos seguía decepcionando.

—No me di cuenta en ese momento de que había conocido a Georgina en la oficina y habían empezado a salir. Si lo hubiera sabido, le habría advertido, pero lo primero que supe fue cuando supe que estaba embarazada.

—¿Qué quieres decir con "le avisó"?

—Héctor estaba bien como uno de los muchachos, pero no tenía ningún respeto por las mujeres. Las trataba como una mierda. Era divertido estar con él y tenía la suerte de ser bastante guapo y tenía el don de la charla. Nunca le faltaba un chelín o dos, así que no tenía problemas para recoger a las chicas o encontrar una nueva cuando dejaba a la última.

—Lo más probable es que Georgina no me hubiera escuchado de todos modos, pero no tuve la oportunidad. Ella estaba enamorada de su encanto y el resultado fue que quedó embarazada. Confió en él. Era joven, no tomaba la píldora y no tenía experiencia. Héctor había afirmado que usaba protección, pero no estoy tan seguro. Creo que podría haberla engañado. Bueno, cuando ella se enteró de que estaba embarazada, dijo que estaba encantado y se ofreció a casarse con ella y eso fue todo.

—Deduzco que tu padre no estaba muy contento.

—Eso es un poco subestimado. Estaba furioso. En un momento pensé que iba a repudiar a Georgina, pero poco a poco se dio cuenta. Creo que nunca le gustó Héctor, pero lo metió en el negocio después de que la empresa de Héctor quebrara. Pagó a sus acreedores, creo que le costó unos treinta mil dólares hacerlo, y dejó que Héctor se hiciera cargo de la oficina, que había sido el trabajo de Georgina.

Digo dirigir la oficina, pero no tenía mucha idea. Afortunadamente, teníamos a Patrick Gillespie para mantener las cosas bien.

—Deduzco que Georgina y Héctor tuvieron una seria pelea hace algunos años.

—Ah, ¿entonces sabes de eso?

—Nos gustaría saber qué puede decirnos al respecto.

—Ya te he dicho cómo era Héctor. Trató a las mujeres como una mierda, pero afirmó que era un hombre cambiado después de conocer a Georgina. Siguió fingiendo durante un tiempo, pero no tanto tiempo. Tenía todo tipo de excusas para estar lejos de la casa, reuniones con amigos, familia, o había clubes a los que asistía. En realidad, estaba fuera persiguiendo faldas. Tenía una idea bastante buena de lo que estaba haciendo, pero era bastante discreto y no había pruebas. Por supuesto, Georgina tenía la cabeza en la arena. Ella no escucharía nada en su contra, al menos para empezar.

—¿Pero todo eso cambió?

—Sí, todo eso cambió. Me pareció un poco extraño en ese momento. Parecía que se volvía más audaz con sus devaneos, casi como si quisiera ser atrapado. La crisis llegó cuando le pidió a Georgina que se involucrara en algunas de sus sórdidas actividades. Quería que ella se uniera a él en una orgía; era tan descarado como eso.

—Ella se sorprendió y, por supuesto, se negó. Sólo entonces empezó a creer en los rumores y a investigarlos. Estaba horrorizada y quería echarlo. Intenté apoyarla y deshacerme del bastardo y esperaba que mi padre hubiera hecho lo mismo. En todo caso, me preocupaba que le hubiera apuntado con un arma. No es que no me hubiera gustado verlo, pero no hubiera querido que fuera a la cárcel por ello. Padre nos sorprendió a todos; apoyó a Héctor. Le dijo a Georgina que ella tendría que aceptarlo. Desde entonces, han vivido vidas separadas, pero se han quedado juntos en la misma casa. Eso debe haber sido hace más de diez años.

—¿No es una forma muy cómoda de vivir?

—No, pero supongo que se acostumbraron.

—¿Y cómo te llevas con Héctor? Tenías que seguir trabajando con él.

—Al principio no fue muy agradable y hubo mucha hostilidad, pero afortunadamente no tuve mucho que ver con él. Lo que hago es bastante independiente de la administración ya que tenemos nuestro propio personal de ventas interno. Está la documentación de exportación y la planificación de la moneda, pero normalmente hablo con Patrick sobre eso. Héctor no se habría ocupado él mismo, de todos modos. A lo largo de los años, aprendimos a aceptarnos mutuamente y a trabajar juntos.

—¿Y qué pasa con Georgina?

—Estaba terriblemente herida y se volvió muy amargada por ello. Traté de apoyarla, pero cuando no pudo echar a Héctor, no quiso saberlo. Se metió en una especie de caparazón y culpó a todos los demás por todo. Pasaron meses antes de que me hablara. Poco a poco, volvió al mundo real.

—¿Qué pasó cuando tu padre se enfermó?

—¿Te refieres a cuando tuvo su derrame cerebral hace tres años? Fue terrible. Estaba devastado por ello. Afectó su habla y su movilidad. Pensamos que lo habíamos perdido. Estuvo en el hospital durante semanas, pero poco a poco, se abrió camino de vuelta. Nunca fue el mismo, por supuesto, pero recuperó su movimiento. Al principio necesitaba ayuda para moverse, pero ahora puede caminar solo con un andador o un bastón. También ha recuperado el habla, un poco lenta y un poco mal articulada, pero está tan decidido y lo ha logrado por pura fuerza de voluntad.

—¿Y qué pasa con el negocio?

—Eso fue casi un desastre. Al viejo le gustaba controlar todo él mismo y lo mantenía todo en secreto. Cuando cayó, nadie más sabía qué hacer o qué estaba pasando. Llevó bastante tiempo asimilarlo.

—¿Qué pasó con el control?

—Los inversores querían que se anunciara un director general y tanto Georgina como Stanley apoyaron a Héctor, así que eso fue lo que pasó. Quentin trató de mantener un tono relajado, pero estaba claramente agitado por estar hablando de esto. Parpadeaba rápidamente y había un tic nervioso a un lado de su ojo.

—¿No hubieras querido el trabajo?

—Yo estaba preparado para hacerlo, pero los otros eligieron a Héctor. Todos queríamos lo mejor para la compañía.

—¿No te sorprendió que Georgina eligiera apoyar a Héctor después de lo que habían pasado?

—No, en realidad no. Con el tiempo habían formado una relación de trabajo por el bien de sus hijos, y supongo que ella pensó que era en su mejor interés si Héctor tenía la posición.

—Tal vez, pero pensé que sus hijos no se involucraban en el negocio.

—Todavía son jóvenes. Hay mucho tiempo para que cambien de opinión.

—Sí, ¿pero su hijo Samuel no está ya involucrado?

—Sabes que lo es, así que ¿por qué me haces perder el tiempo con preguntas estúpidas? Quentin se estaba poniendo nervioso.

—Bueno, no necesitamos perseguir eso ahora mismo. Pero ¿puede decirnos por qué Stanley apoyaría a Héctor en vez de a usted?

—¿No sería mejor que se lo pidieras a Stanley y no a mí?

—No te preocupes, lo haremos. Pero por el momento te lo pedimos.

—Stanley y yo no nos hemos visto cara a cara durante varios años. Eso es todo lo que hay.

—¿Y la razón?

—No tiene que haber una razón. ¿Puedes decirme de verdad que todas las familias que conoces se llevan bien?

—¿Es porque crees que es gay?

—¡Cómo te atreves! Esto no tiene nada que ver con su investigación. Me quejaré de usted.

—Quéjate todo lo que quieras. Estamos investigando un presunto asesinato. Usted tiene una relación cercana con la víctima, y por su propia admisión, había mucha animosidad entre ustedes. Acaba de hablarnos de "malentendidos", digamos, que ha tenido con otros miembros de su familia. Creo que tenemos derecho a pedir más información para determinar por qué ha tenido esos problemas y determinar lo que es capaz de hacer para hacerles frente.

Quentin se veía desinflado. —No maté a Héctor, si es lo que quieres saber. No tengo problemas con que Stanley sea gay, pero sí con algunos de los amigos que trajo a casa. Esto fue mucho antes de que me casara, cuando todos vivíamos juntos en la casa de mis padres. Uno de los amigos bohemios que Stanley trajo a casa no mostró ningún respeto por mí, mi familia o la casa. Tuvimos una gran discusión y lo eché. Stanley se molestó, diciendo que yo no tenía derecho ya que era su invitado, y lo ha mantenido en mi contra desde entonces. ¿Es eso lo que querías saber? Quentin preguntó, enojado.

—Esa respuesta servirá por ahora. Alex se mantuvo tranquilo y sereno. Sabía que su falta de emoción era la mejor manera de mantener a Quentin irritado, y cuando estaba irritado, era más probable que impartiera información útil.

—¿Qué participación tiene Stanley en el negocio ahora?

—Prácticamente nada, nada en el día a día. No tiene ninguna tarea ejecutiva. Es un director, de nombre, y aparece en la mayoría de las reuniones mensuales de la junta. En alguna ocasión, incluso lee los documentos informativos antes de llegar, y cuando lo hace, nos ahorra tener que explicarle hasta el último detalle. Una de las cosas en las que es diligente, es que cobra su salario y reclama sus gastos y sus dividendos. Nunca deja de estar cerca cuando se reparte el dinero.

Había una evidente amargura en las palabras de Quentin. Alex podía ver que no había amor perdido entre los hermanos.

—¿Y dónde encontraría yo a Stanley ahora mismo? ¿Tiene algún otro trabajo?

—¿"Stanley"? ¿Trabajo? Quentin dio una carcajada irónica. —Cuando no se está pavoneando en sus viajes, vive en una casa en Newton Mearns, al otro lado de Glasgow. Se llama a sí mismo un artista profesional y tiene un estudio en su casa, pero dudo que haya vendido mucho. Hace algún tipo de arte moderno, pintando formas y garabatos en colores brillantes y luego intenta fingir que hay un profundo significado oculto. Viaja a Francia, Italia y España buscando inspiración, pero nunca ha hecho ninguna diferencia de lo que yo podría juzgar. Presenta su trabajo a través de algunos grupos de arte, pero nunca ha sido capaz de conseguir que ninguna de las galerías lo tome en serio. Sé que gastó bastante dinero contratando salas en todo el país para hacer exposiciones, pero no creo que haya hecho ninguna diferencia. Lo último que escuché, es que estaba tratando de vender en Internet y tenía un sitio web creado.

—¿Presenta la obra con su propio nombre? Alex tenía un gran interés en el arte y su investigación era genuina, preguntándose si se había encontrado con Stanley antes.

—Sí, usa su propio nombre y firma sus pinturas "S R Burns" para Stanley Robert. Creo que en algún momento quiso comercializar como Robert Burns o incluso S Robert Burns para poder obtener algún beneficio de cualquier conexión percibida con "Rabbie", pero se le aconsejó que no lo hiciera porque podría haberse enfrentado a un desafío legal, así que se conformó con "SR".

—¿Stanley vive solo o tiene una pareja?

—Ha tenido una serie de diferentes parejas a lo largo de los años, pero creo que ha tenido una relación estable desde hace tiempo, un tipo llamado Barry. No puedo recordar su segundo nombre.

—Si tal vez podamos conseguir una nota con su dirección y número de teléfono. Ahora, si puedo cambiar de tema. Entendemos que Héctor tenía el hábito de venir a su oficina por la noche.

—Sí, he oído eso. Lo he visto hacerlo en algunas ocasiones.

—Había alterado la seguridad porque no les había dejado saber que estaba dentro".

—Mmm.

—¿Cómo crees que entró y salió sin que lo supieran?

—No podría decirlo.

—¿Crees que podría haber usado el túnel?

—¿"El túnel"? Oh sí, nunca se me pasó por la cabeza. Lo recuerdo de cuando era un niño. No he estado allí abajo en años. ¿Pero cómo lo supiste? Oh sí, Georgina debe haberlo mencionado. Supongo que podría haber usado el túnel si lo supiera. Georgina debe habérselo enseñado.

—Ella dice que no. Se preguntaba si él podría haberse topado con ella, o si se lo habían mostrado.

Quentin parecía perplejo. —No había mucha gente que lo supiera. Padre lo sabía porque nos lo mostró, y yo, Georgina y Stanley éramos los únicos que lo sabíamos. No se lo dije a Héctor, y si dices que no fue Georgina, sólo queda Stanley.

—¿A menos que se lo haya encontrado por accidente?

—Según mis recuerdos, estaba bastante bien escondido. Por eso fue tan efectivo para el contrabando durante décadas. Había un panel secreto en la pared de la sala de barriles y otro en el edificio al otro lado de la colina. Dije el cuarto de barriles, pero todo eso fue remodelado para construir la tienda. Tal vez fue descubierto por los constructores cuando eso ocurrió y podrían haber mostrado a Héctor.

—¿Dónde estaría la entrada ahora?

—No podría decirlo con certeza, pero podríamos echar un vistazo si quieres.

—Está bien, podemos encargarnos de eso. Nos gustaría revisar el túnel desde ambos extremos. Supongo que tenemos su permiso.

—Sí, bien.

—Bien, sólo tengo unas cuantas preguntas más para usted. Hemos oído que hay rumores de que la compañía está en venta.

—Sí, ha habido muchos rumores.

—Lo que pregunto es si los rumores eran ciertos.

—Bueno, no exactamente. El negocio no se estaba comercializando para la venta, pero se nos había hecho un acercamiento y Héctor estaba bastante interesado en llevarlo a cabo. De alguna manera, se corrió la voz y cuando lo hizo hubo algunos acercamientos más.

—Dijiste que Héctor estaba interesado. ¿Estás sugiriendo que nadie más lo estaba?

—Héctor estaba interesado en cualquier cosa que le llenara los bolsillos. Tenía gustos caros y le gustaba el revuelo. Jugaba a las cartas, mal, y se las arreglaba para acumular deudas haciéndolo así, sí, le interesaba cualquier cosa que le diera un fajo de dinero.

—¿Eso realmente lo habría ayudado? Creía que Georgina tenía las acciones y no él.

—Sí, tienes razón, pero debes recordar que, aunque vivieran vidas separadas, seguían estando legalmente casados y Héctor tendría derechos. Hay una buena posibilidad de que Georgina quisiera usar el dinero para comprarle una separación completa. Sus hijos han crecido y nuestro padre ya no está en posición de hacer ninguna objeción efectiva. De ello se deduce que ella podría no estar en contra de una venta si ésta lograra su independencia.

—Supongo que el resto de los accionistas se opondrían a ello.

—No puedo hablar por nadie más, pero puedo dar mi opinión. Los inversores externos han estado muy contentos con los beneficios que han recibido, pero si se les diera la oportunidad de una ruta de salida y un gran pago en efectivo entonces quién puede decir cómo reaccionarían. Por supuesto, puede que no consideren un pago como su mejor opción, especialmente en el mercado actual. Se les impondría un impuesto sobre su ganancia de capital y luego tendrían que encontrar otra inversión adecuada para poner su dinero. Los bancos y las compañías de seguros están dando muy poco rendimiento en este momento, por lo que podrían tener problemas para encontrar algo seguro que dé un rendimiento fiable y alto de su inversión. Tal vez prefieran mantener su dinero donde está y seguir cobrando sus dividendos.

—Supongo que el resto de la familia no sería favorable, sin embargo...

—Bueno, padre estaría muerto contra una venta, pero desde su derrame, ya no tiene voz ni voto. Tenía un poder notarial en vida que fue invocado cuando se enfermó y nunca ha sido revocado. Georgina, Stanley y yo tenemos la capacidad de actuar en su nombre.

—En cuanto a mí, tienes razón, estoy totalmente en contra de una venta. El negocio fue creado por mi familia hace doscientos años y desde entonces ha sido propiedad y controlado por nosotros. Además del aspecto familiar, es un negocio tradicional escocés que fabrica un producto escocés líder en el mercado y lo vende en todo el mundo. Tipifica todo lo mejor de Escocia. Existimos en Escocia. Empleamos a gente local y pagamos nuestros impuestos, que no son insignificantes, para ayudar a la economía escocesa y del Reino Unido. Si fuéramos comprados, lo más probable es que fuera por uno de los consorcios internacionales. Esta parte del negocio sería despojada hasta los huesos y cualquier beneficio probablemente sería llevado al extranjero, de modo que el país perdería la mayoría de los ingresos fiscales para pagar a los accionistas en América o Japón o Arabia Saudita o en algún lugar así. Escocia saldría perdiendo y la gente local perdería sus trabajos. Ciertamente no estaría apoyando una venta.

—Suenas como si fueras un nacionalista escocés.

—¿Quién, yo? Ciertamente no, no soy del SNP, soy un conservador hasta la médula. Soy muy pro-escocés y me gustaría que tuviéramos una parte más justa del pastel. Incluso me gustaría ver más poderes transferidos de Westminster a Holyrood, pero eso no me hace un nacionalista o un separatista. No, soy unionista y conservador, miembro del Partido Conservador y consejero local. Si quieres hablar de nacionalismo, entonces es Callum McPherson con quien quieres hablar y no yo. Callum está a favor de una Escocia independiente y tenemos grandes debates juntos. Discutimos todo el tiempo y puede ponerse muy caliente y ruidoso. Algunos piensan que estamos peleando, pero no es nada de eso y todo es de buen humor.

—¿Sabe Callum lo de las discusiones sobre la venta?

—No está destinado a hacerlo. Cierto, es un alto directivo, pero sólo se ha mantenido informado a la junta sobre lo que realmente está pasando. Patrick Gillespie es su tío, y como secretario de la Compañía, asiste a las reuniones de la junta, pero estoy seguro de que Patrick no habrá dicho nada. Dicho esto, y como usted mismo me ha dicho, hay muchos rumores y estoy seguro de que Callum los habrá oído.

Tendrá sus sospechas, pero nunca me ha preguntado, a quemarropa, sobre lo que está pasando.

—¿Podría haberle preguntado a Héctor?

—Sí, supongo que es posible.

Alex miró su reloj y se dio cuenta de que el día se le escapaba y que debía volver a la oficina. —Me gustaría agradecerle toda su ayuda. Estoy seguro de que tendremos que hablar de nuevo, pero tenemos suficiente en lo que trabajar por el momento. Los mantendremos informados de los acontecimientos lo mejor que podamos.

—¿Cuándo podremos volver a poner en marcha la operación?

—No puedo decir con certeza todavía. Todavía tenemos que hablar con un número de personas y nuestros técnicos no han terminado todavía. No deberían tardar mucho más, entonces podemos devolverles el uso gratuito del sitio en su conjunto, pero es probable que necesitemos acceso a la gente y a algunas de las instalaciones durante unos días.

—¿Y mi oficina?

—Deberías tenerlo de vuelta al final del día, pero podríamos querer mantener la oficina de Héctor por un día o dos más.

CAPÍTULO SIETE

Sandra vio el coche de Sanjay desaparecer por la carretera de la granja adyacente antes de convertir su Mazda en la entrada de Daniel Burn. El camino era amplio y estaba cubierto de asfalto de un nivel más alto que el de la carretera exterior. Frente a la casa, el camino se dividió para rodear una fuente ornamentada coronada por una figura central esculpida que no habría parecido fuera de lugar en un parque público. La casa en sí era una imponente villa construida en piedra, con más de cien años de antigüedad. A la izquierda, y a un lado del camino, había un importante garaje construido en piedra, lo suficientemente grande como para albergar varios coches. Sandra aparcó su roadster al lado de la fuente dejando mucho espacio para que pase otro vehículo. Luego miró la fachada y dejó salir un silbato bajo. El edificio tenía tres pisos de altura y era simétrico. Una entrada sobresalía del centro y a cada lado había una habitación con un mirador de cuatro secciones, y más allá había otra gran habitación con ventanas al frente y al lado. Sandra no podía juzgar cuán profunda era la casa, pero pudo ver torres en forma de torreta que se extendían a ambos lados y se elevaban sobre el cuerpo principal de la casa. Las ventanas del primer y segundo piso reflejaban las del suelo y, como si alguien encontrara la casa demasiado pequeña en algún momento, se habían añadido extensiones de buhardilla al espacio del techo, quizás para los sirvientes, pensó.

Sandra y Phil se acercaron a la entrada principal, subiendo los cinco escalones de mármol hacia una pesada puerta de madera. Antes de llegar a la campana, la puerta fue abierta. Mirando hacia abajo sobre ellos estaba un hombre de sesenta años. Era alto, delgado y musculoso, vestido con una camisa blanca y un traje oscuro. Tenía un porte militar, de pie con sus amplios hombros hacia atrás y su pecho prominente, los pulmones completamente inflados. Su palidez era gris y su rostro inexpresivo.

—¿Sí? —preguntó secamente.

—Soy el Sargento Mackinnon y este es el Agente Morrison, —respondió sosteniendo su tarjeta de autorización. —Hemos venido a hablar con el Sr. Burns.

—Camina por aquí, —respondió el hombre, luego se dio vuelta y marchó de regreso por la entrada.

—No sin una operación, —respondió Phil en voz baja a Sandra, mientras sofocaba una risa. Ella le empujó el brazo como una pequeña amonestación, pero no pudo contener una sonrisa en respuesta.

Caminaron a lo largo de un pasillo bordeado de roble que conducía a una opulenta y abierta escalera que conducía a los pisos superiores. Había varias vitrinas de exhibición apoyadas contra las paredes que daban la impresión de un museo. El contenido eran varios coleccionables y objetos de arte, en su mayoría utensilios de madera. Antes de llegar a la escalera, se mostraron en la primera habitación de la izquierda.

—Por favor, tome asiento en el salón, le pediré al Sr. Burns que lo acompañe, —dijo el hombre mientras se adentraba en el pasillo.

—¿Salón? ¿Es esto un juego de "Cluedo"? Phil preguntó en voz baja.

—Cállate y pórtate bien, le susurró Sandra.

Mientras miraban alrededor, vieron varios sofás grandes rellenos de pelo de caballo colocados contra cada una de las paredes y varias mesas de bajo nivel intercaladas por toda la habitación. Los sofás parecían antiguos y cómodos. Los pisos eran de roble pulido con alfombras chinas que añadían opulencia. Las paredes estaban decoradas con un rico papel de borra y estaban además adornadas a intervalos regulares por pinturas paisajísticas en marcos ornamentados de color dorado. Dos de las mesas tenían cada una pieza central de una estatuilla francesa de bronce y una tercera tenía una pequeña colección de pisapapeles y ornamentos de vidrio de Caithness. Se sentaron juntos en uno de los sofás contra la pared del fondo, mirando a las ventanas.

Escucharon un ruido simultáneo de rodadura y raspado cuando la puerta se abrió y un caballero anciano de aspecto bastante enfermizo entró arrastrando los pies apoyado en un marco de andador.

Sus ojos eran agudos, pero su espalda estaba inclinada sobre el andador. Aún así, podían ver que era más alto y delgado que Quentin. Era claramente más viejo y su cara estaba arrugada, la piel colgaba un poco de sus mejillas y cuello, pero por lo demás estaban mirando al doble de Quentin.

—Te he estado esperando. Soy Daniel Burns. Usted debe ser el sargento Mackinnon, —dijo, extendiendo su mano hacia Phil.

Phil se puso en pie de un salto. —No, señor, soy el agente Morrison. Este es el Sargento Mackinnon, añadió, indicando hacia Sandra.

Burns retiró su mano y asintió con la cabeza. Abandonó el andador en el centro de la habitación y lentamente se tambaleó sin ayuda hacia un sillón y se cayó. Todo esto se llevó a cabo sin reconocer la presencia de Sandra.

—Gracias por recibirnos, comenzó Sandra. —Dijiste que nos esperabas, así que supongo que alguien ya te ha dicho el propósito de nuestra visita.

Burns miró con atención a Sandra, se quedó un momento demasiado tiempo sobre sus piernas, y luego se volvió hacia Phil para dar su respuesta. —El cuerpo de Héctor fue encontrado en la destilería.

Sí, Quentin me llamó por teléfono. ¿Podría dejar de hacer preguntas por un minuto hasta que Therese sirva el té?

Podían oír un sonido de traqueteo cada vez más fuerte y pesados pasos que resonaban en el suelo de madera marcando su aproximación.

Teresa entró en la habitación llevando una bandeja de té cargada con tazas, platillos y un servicio de té de plata. Era joven y guapa, probablemente de unos veinte años. Era alta, con piernas largas y bien formadas y tenía rasgos mediterráneos. Su cuerpo era delgado y curvilíneo. Llevaba lo que podría describirse como un disfraz de doncella francesa. La parte delantera era de corte bajo, dando una clara visión de su amplio pecho, y la falda era corta con medias de red negra por debajo.

Redondeó la mesa para estar de cara a los invitados y luego se inclinó lenta y cuidadosamente hacia adelante para colocar la bandeja en la mesa y dispensar el té. Phil tuvo una vista ininterrumpida de su escote y el Sr. Burns una vista cercana de sus piernas y trasero.

Phil miró al suelo para evitar la vergüenza, pero Burns estaba menos cohibido y estaba claramente disfrutando de su vista. Cuando Therese se levantó para irse, sonrió, le dio una palmadita en el trasero y dijo: —"Muchas gracias, fue muy amable".

Sonrió y dio un apreciativo meneo mientras salía por la puerta. Se volvió hacia Phil y le guiñó un ojo: —"Es una buena chica y me cuida muy bien".

No puede haber ninguna ambigüedad. Therese había estado actuando deliberadamente de una manera muy provocativa. La única pregunta que Sandra y Phil no podían responder era si era por su propia voluntad o si estaba siguiendo instrucciones.

Viendo el resplandor pétreo de Sandra, Daniel añadió, —Ya no soy un hombre joven, pero todavía puedo disfrutar mirando y tocando cosas hermosas. Mientras decía estas palabras, su mano acarició suavemente el bronce de la mesa a su lado. Era una pieza de calidad de 45 centímetros de altura que representaba a una voluptuosa chica semidesnuda. Los dedos de Daniel se mantuvieron sobre sus pechos mientras miraba fijamente a Sandra como si fuera un desafío.

—¿Quién vive en la casa ahora? Sandra preguntó.

—Esta casa fue construida para mis antepasados y mi familia ha vivido aquí por más de cien años. Ahora soy la propietaria. Soy viudo y los niños tienen sus propios lugares, así que soy el único que queda. Tengo dos empleados a tiempo completo que viven aquí. Travers, que te dejó entrar, cuida de todo lo que hay en la casa y administra la finca. Su familia ha trabajado para mi familia durante generaciones. Therese cocina y limpia. Ella viene de Rumania y ha estado conmigo desde hace seis meses.

—¿Cómo terminó aquí? Phil preguntó.

—Coloqué un anuncio en una agencia y ella era de lejos la mejor candidata. Ella viene de Bran en Transilvania y se mudó a Glasgow hace un par de años. Había estado trabajando en un hotel antes de que la contratara.

—¿"Bran"? ¿No es de ahí de donde viene Drácula? En un intento de mostrar el limitado conocimiento de la geografía que tenía, Phil soltó lo primero que se le ocurrió y las palabras salieron de su boca antes de que tuviera tiempo de pensar en lo que estaba diciendo.

—Difícilmente, joven. El castillo de Bran fue el hogar de Vlad de Valaquia, que se popularizó como Vlad el "Empalador". Puede que haya sido brutal, pero fue un gran héroe para su pueblo, liderando la batalla contra los otomanos y triunfando contra todo pronóstico. Es cierto que tenía el patronazgo de Drácula. Pero, por el contrario, el Drácula del que hablas es un personaje ficticio escrito por un irlandés y ambientado en Whitby en Inglaterra y en Transilvania. Puede que haya robado el nombre y se haya inspirado en la brutal reputación de Vlad, pero no es lo mismo. Le advierto que no haga comentarios como ese en la audiencia de Therese. Quién sabe, ella podría morderte, añadió con una risa. El discurso de Daniel era un poco laborioso y difuso, pero era perfectamente coherente y parecía disfrutar del papel de conferenciante que había asumido.

—¿Puede decirnos cuándo fue la última vez que vio a Héctor? Sandra preguntó.

—Hablé con él por teléfono ayer por la tarde, pero no lo había visto en un par de días antes de eso. Una vez más, Daniel respondió a la pregunta de Sandra mirando a Phil.

—¿Tienes problemas para hablarme? —preguntó, incapaz de contener su irritación por más tiempo.

Él seguía mirando a Phil mientras respondía, —De hecho, lo tengo. He estado al frente de los negocios en este país desde antes de que usted naciera. Estoy acostumbrado a mezclarme con las principales figuras del gobierno y de la sociedad. He ido a cenas con el Ministro del Interior, el Primer Ministro y varios jefes de policía en varias ocasiones. Ha habido un grave incidente que ocurrió en mis instalaciones y ¿a quién envía la policía a visitarme? A una pequeña muchacha a la que apenas se le han acabado los pañales. Sí, tengo problemas para hablar con usted.

Sandra estaba furiosa. Le resultaba difícil poner en palabras lo que quería decir. Respiró hondo antes de responder lentamente, en un tono bajo y amenazador, una técnica que había aprendido de Alex.

—Le haré saber, señor, que apenas soy una "pequeña niña, apenas sin pañales". Me gradué con honores y ahora he servido en la fuerza policial durante seis años. Fui seleccionado como detective por mis habilidades, entrenamiento y capacidad y desde entonces he sido promovido a sargento. Tiene razón en que estamos investigando lo que consideramos un incidente muy grave. El Detective Inspector Jefe Warren es el oficial superior en este caso y ha sido llamado a la oficina central para tratar asuntos no relacionados. Me ha enviado aquí como el siguiente responsable. Si cree que su posición justifica que sólo pueda hablar con él, entonces lo arreglaré. Haré que un coche patrulla te recoja en cinco minutos y te lleve a Glasgow y allí podrás esperar hasta que esté disponible para verte. De hecho, lo arreglaré ahora." Sandra levantó su móvil de su bolsillo y lo abrió.

Phil había visto a Sandra en acción antes y estaba muy familiarizado con lo asertiva que podía ser. Ella no era una persona que se dejara engañar y él sabía que ella no estaba mintiendo. Luchó por mantener la cara seria.

—No, eso no será necesario, —respondió Daniel. —Responderé a sus preguntas. Su tono era corto, pero por primera vez la miraba directamente a ella para dar su respuesta.

—¿Puedes decirme por qué te llamó Héctor?

—Era un asunto de negocios, asuntos confidenciales de la compañía.

—¿Tenía que ver con la potencial venta de la destilería?

Daniel levantó la vista, sorprendido.

—¿Quizás con respecto a su reunión planeada con Chuck Holbein? Sandra presionó la ventaja.

Daniel la examinó con un nuevo respeto. —Por qué sí, ¿cómo diablos supiste de eso?

—¿Cómo te sentiste en la reunión?

—Fue una total pérdida de tiempo y se lo dije. No tenía la autoridad para tener tales discusiones. Necesitaba mi aprobación para llevar adelante cualquier negociación y sabía que no la daría.

—Me dijeron que, desde su enfermedad, sus hijos habían tomado el control de sus acciones y que ya no puede actuar legalmente en su propio nombre.

—No fue una enfermedad, fue un derrame cerebral. Estaba temporalmente incapacitado. Tenían que ser capaces de manejar el negocio en mi ausencia, pero ahora he vuelto. Estoy lo suficientemente bien como para retomar el control.

—¿Es así como lo ven?

Daniel hizo una pausa por un segundo. —No irán contra mí, —dijo en poco más de un susurro. —Saben que podría llevarlo a la corte y que ganaría. No me lo tomaré a la ligera. Harán lo que yo quiera.

—¿Es esto lo que estabas discutiendo con Héctor?

—Supongo que, hasta cierto punto.

—¿Tuvo usted discusiones similares con Georgina, Quentin y Stanley?

—No, no lo necesitaba. ¿Y qué tiene que ver todo esto con la muerte de Héctor?

—Sólo intentamos tener una imagen completa de todas las relaciones.

—Bueno, no me hagas perder el tiempo con chismes.

—Apenas estamos haciendo eso, señor. Héctor está muerto. Aún no tenemos los informes médicos, pero estamos bastante seguros de que ha sido asesinado. Era el director general del negocio de la destilería y estaba participando en negociaciones de adquisición que podrían haber sido desconocidas u hostiles para algunos de los otros accionistas. También podría haber molestado a otras personas de la empresa o de la industria. No es 'chismorreo', es nuestro trabajo investigar sucesos inusuales para identificar quién podría tener interés en ver a Héctor muerto o incluso un motivo.

—Si estás pescando para todos los que tienen un motivo y todos los que se alegrarían de ver la espalda de Héctor, entonces será mejor que tengas una gran red. De hecho, parafraseando a Brody de "Tiburón", "Vas a necesitar un barco más grande". —Daniel empezó a reírse de su propio chiste y sólo se detuvo cuando sus carcajadas se convirtieron en un ataque de tos.

—Puede que sea así, pero tenemos que empezar en algún sitio y aquí es donde hemos elegido empezar. Nos ayudaría y ahorraría tiempo y esfuerzo si sólo respondiera a las preguntas. ¿Estabas al tanto de los detalles de lo que Héctor estaba discutiendo?

—No, no quiso darme los detalles porque sabía que me opondría a lo que se le ofrecía y no quería darme ninguna munición. Tenía razón, supongo.

—¿Discutiste el trato con Georgina, Quentin y Stanley?

—En realidad no. He tenido conversaciones con Quentin. Georgina no ha tenido mucho que decir y, aparte de las reuniones de la junta, no veo mucho a Stanley. No tiene ningún interés real en lo que pasa en el negocio. Sólo dale un poco de soledad, un pincel y un lienzo y será feliz.

—¿Qué hay de sus nietos?

—Sam sigue la guía de su padre y los otros tres no tienen mucha idea de lo que está pasando. Son jóvenes, dales otros cinco años y todos lo verán de manera muy diferente.

—Patrick Gillespie debe saber lo que está pasando.

—Estoy seguro de que lo hace y estoy seguro de que estará completamente de acuerdo conmigo. Y antes de que preguntes, creo que Callum McPherson y los otros gerentes y el personal se sentirán igual, si saben algo al respecto.

—Ninguno de los otros debería saber lo que está pasando.

—Tienes razón, no deberían, pero siempre habrá rumores. Héctor podría tener la lengua un poco suelta, sobre todo cuando ha bebido y esta es una comunidad pequeña. No es muy fácil mantener un secreto por mucho tiempo.

—Entendemos que había más de una compañía que mostraba interés en comprar Benlochy.

—Sí, supongo que es verdad. Tenemos una empresa muy buena y rentable. Tiene un nombre reconocido mundialmente, así que a cualquiera de los grandes jugadores le encantaría tenerla en sus manos. Héctor comenzó a hablar con Hanser y son un jugador obvio y uno de los más grandes. Operan produciendo una amplia gama de bebidas en Europa y Estados Unidos y son conocidos por estar en la pista de las adquisiciones. Recaudaron mucho dinero en el mercado de valores el año pasado y se está quemando un agujero en su bolsillo. Han declarado públicamente sus objetivos de crecimiento y necesitan hacer compras pronto o sus accionistas se pondrán inquietos.

—Si hubiera estado buscando vender, entonces ellos habrían sido los primeros a los que me habría acercado, así que supongo que fue una jugada inteligente de Héctor, si tan sólo hubiéramos estado en venta.

—De todos modos, de alguna manera se corrió la voz de que habían estado hablando y ahora ha habido un número de otros posibles compradores husmeando. Podría comenzar una guerra de ofertas. Todas las principales empresas están interesadas, así como algunas más pequeñas. Hay un equipo japonés que ha estado muy interesado en entrar a hablar con nosotros. No son tan grandes, pero son ambiciosos. Fabrican su propia versión de whisky escocés en Japón y ha tenido buenas críticas. Han ganado muchos premios.

—¿Entonces Héctor ha estado hablando con muchos de ellos?

—No lo creo. Por lo que sé, sólo se ha encontrado cara a cara con Holbein de Hanser.

—¿Y estaba previsto que se reuniera con él ayer?

—Tenía previsto reunirse con ella ayer. El CEO de Hanser es Chuck Holbein y ella es una mujer. Chuck representa a Charlene. Todavía se considera en gran medida como una industria de hombres, así que está feliz de adoptar lo que normalmente se considera un nombre de hombre. Ella tiene una reputación en la industria como una verdadera buscadora, toda una casa de poder. Ha estado a cargo de la compañía durante 15 años y ha ido creciendo cada vez más. Es una dama a la que no vale la pena subestimar.

—He conocido a algunos de esos, —dijo Phil. Parecía como si hubiera dicho más pero no procedió después de recibir una mirada helada de Sandra. —"Entendido," —susurró interiormente.

—Lo tendré en cuenta cuando vaya a verla. ¿Sabes cuánto tiempo se quedará en Glasgow y dónde estará?

—Según Héctor, ella iba a estar por aquí unos días y quería ver a toda la junta. Le dije que eso no estaba en marcha, así que tu suposición es tan buena como la mía si ella se hubiera quedado o no. En cuanto a la ubicación, Hanser es dueño de una villa en Pollockshields, cerca de St. Andrews Drive. La usan para sus ejecutivos, cuando los mueven, y a veces también para entretenimiento corporativo. Chuck puede quedarse allí o si quisiera el centro de la ciudad estaría en el Hilton.

—Gracias, lo comprobaré. Ahora, me gustaría preguntarle sobre el túnel...

—¿El túnel? Daniel palideció ligeramente.

—Sí, hemos sabido que Héctor tenía la costumbre de aparecer en su oficina por la noche sin pasar por la puerta de seguridad. La explicación más lógica es que usó el túnel.

—Bueno, eso podría ser una explicación. Probablemente es el tipo de cosa que él haría.

—¿Cómo se enteró del túnel? Pensé que estaba destinado a ser secreto.

—No podría decirlo, —respondió Daniel con brusquedad.

—¿No se lo dijiste?

—Yo no, tal vez Georgina dijo algo.

—No según ella o Quentin. ¿Alguna vez te habló de ello?

—Puede que lo haya hecho. No me acuerdo. No, espera, creo recordar que tuvimos una discusión sobre eso hace años. Preguntó sobre su historia temprana y sobre lo seguro que era.

—¿Qué tan seguro es?

—Debería ser muy seguro. La mayor parte se formó a través de la ampliación de una cueva natural que ya estaba allí. El frente de la cueva se usó originalmente para albergar un alambique en los viejos tiempos antes de que se convirtiera en un negocio legal. Cuando eso ocurrió, se construyó el nuevo edificio de la destilería en el frente, reemplazando el antiguo alambique. Supongo que ya conoce el fondo; el túnel se hizo hace años y se usó como ruta de escape y para el contrabando. Con el paso de los años, se reforzó con madera y ladrillo y es realmente bastante sólido. Mis hijos solían jugar allí cuando eran jóvenes, y nunca los habría permitido si no estuviera seguro de que era seguro.

—¿Cuándo fue la última vez que estuvo allí?

—Fue hace bastante tiempo.

—¿Dónde está la entrada?

—El frente se abría a una puerta en el cuarto de barriles y el otro lado salía en un viejo edificio de piedra al otro lado de la colina, una pequeña casa vieja.

—¿Esto es en tu tierra?

—Sí, eso es. Si sigues el camino de la granja justo antes de la entrada a mi entrada, está a casi un kilómetro de la pista.

—Gracias. Uno de mis colegas ya lo está comprobando. Una

última pregunta, es sólo una cuestión de rutina. ¿Puede decirme dónde estuvo anoche?

—No he salido de casa desde ayer por la mañana.

—¿Tiene alguien que pueda verificar eso?

—Bueno, tanto Travers como Therese viven en esta casa también. Travers estaba en casa, puedes hacer que lo confirme. Era el día libre de Therese y estaba fuera visitando a los amigos de su familia; hoy sólo ha vuelto a la hora del desayuno.

—Gracias por su ayuda. Con suerte, eso será todo y no necesitaremos molestarle de nuevo, pero nos gustaría hablar con ambos, Travers y Therese, antes de irnos.

—Bien, los llamaré, Daniel se levantó y se dirigió hacia la puerta. Antes de irse añadió: —"Espero que resuelva esto rápidamente y podamos volver a una especie de normalidad".

—Gracias. También lo esperamos y, por cierto, sentimos su pérdida.

Sandra se sentía cansada de la batalla, como si acabara de hacer diez asaltos en un cuadrilátero de boxeo, pero estaba contenta de haber dado al menos lo mejor de sí misma.

CAPÍTULO OCHO

SANDRA Y PHIL VOLVIERON A LA OFICINA DE QUENTIN Y SE reunieron con Sanjay y Mary.

Después de informarles sobre su entrevista con Daniel, Sandra les preguntó sobre su progreso y Sanjay estaba entusiasmado con su respuesta.

—Después de dejarlos, condujimos por el camino de la granja y llegamos al viejo edificio de piedra. La pequeña casa vieja, como Daniel se la describió a usted. La pista era de grava, y estaba bastante bien mantenida considerando que terminaba en la choza. No estaba cubierto de vegetación y el camino parecía como si hubiera sido usado con frecuencia. La propiedad parecía desocupada y bastante abandonada desde el exterior. Las ventanas estaban tapiadas con tablas. Probé la puerta y se abrió sin resistencia; las bisagras ni siquiera crujieron. Dentro había dos habitaciones de tamaño medio; estaban vacías de cualquier mueble. Estaba oscuro, porque las ventanas estaban cubiertas, pero vi un interruptor de luz justo dentro de la puerta. No esperaba que hubiera electricidad, pero accioné el interruptor y funcionó. Volví a salir para buscar cables de energía o un generador, pero no pude ver ningún rastro.

—¿Podría el cableado haber estado bajo tierra? Phil sugirió.

—No lo creo, no por un solo edificio remoto, y uno tan pequeño, habría costado una fortuna.

—De todos modos, volví a entrar y revisé el lugar. Había un piso de piedra, pero no había polvo y estaba limpio. Alguien ha estado cuidando de él.

—Las paredes interiores eran de piedra cubiertas de yeso y estaban pintadas de blanco. La segunda habitación fue acondicionada como cocina, aunque bastante básica. Había unidades a lo largo de una pared y la pared lateral tenía una gran puerta de armario. Abrí la puerta y el interior estaba revestido de madera. Me pareció un poco extraño, ya que no había paneles de madera en ninguna otra parte de la casa. Le di un golpecito y sonó hueco. Encontré un par de manijas empotradas y las tiré y todo el tablero se alejó revelando un estrecho pasillo, y al final, había escaleras que conducían hacia abajo. De nuevo había un interruptor de luz y lo encendí. Pude ver un túnel al final de las escaleras. Bajé para ver mejor. Tuve que agacharme porque sólo medía un metro y medio de altura, pero parecía muy sólido. La mayoría de las paredes y el techo eran de piedra natural, pero en algunos lugares tenía soportes. Podía ver una línea de conductos que se alejaba en la distancia, y supongo que la electricidad tanto para el túnel como para el edificio venía de lo que fuera que estuviera al otro lado del túnel. Volví a salir y llamé a Anne Dixon para que trajera a su equipo para echar un vistazo. El momento fue bueno porque estaba a punto de terminar con la oficina de Héctor. Será mejor que escuches el resto de la historia directamente de ella, si todavía está por aquí.

Sandra envió a María a buscar a Anne y regresaron en pocos minutos.

—Aún no hemos terminado todas nuestras comprobaciones y hemos tomado varias muestras que deben ser analizadas en el laboratorio. También hemos levantado un montón de papeleo que necesita ser revisado. Pero incluso con esa cláusula de exención de responsabilidad, tengo una serie de artículos de interés y puedo darle un vistazo rápido a lo que tenemos hasta ahora.

—Sí, por favor, hágalo, —respondió Sandra. —Estaríamos felices por cualquier pista que nos puedas dar.

—No sé sobre las pistas. Hay un número de cosas que hemos encontrado que plantean preguntas. Si puedes obtener respuestas a las preguntas, entonces podrías tener pistas.

—Me conformaré con eso. No podemos esperar empezar con respuestas, pero saber las preguntas correctas para hacer es ciertamente un buen comienzo. Entonces, ¿qué tienes para nosotros?

—Empezamos con el cuerpo, y puede que ya sepan esto como ya le he dicho al Jefe, pero nuestra primera impresión es que la causa de la muerte fue que lo golpearon en la cabeza con un instrumento contundente. Hay una pequeña depresión circular en la sien izquierda entre el ojo y la oreja y ligeramente por encima del nivel de los ojos. Parece un impacto único, pero con bastante fuerza. Por el ángulo y la posición de la herida, lo más probable es que haya sido causada por un asaltante que estaba de pie delante de él, lo que sugiere que el asaltante habría sido diestro y casi de la misma altura, tal vez un poco más alto que la víctima. Si ayuda, lo más probable es que sea un hombre, pero no es concluyente. La hora supuesta de la muerte es un poco después de la medianoche, una ventana de quizás dos horas. Se encontraron finas partículas de vidrio cerca de la herida y otras similares en el suelo. También había vidrio de botella roto en el suelo, pero eso era muy diferente. Hubo un derrame de whisky, un estante dañado y un barril roto en la zona. Creo que la botella y el barril podrían haber sido dañados para desviar la atención de los otros fragmentos. Aún no reconocemos ese vaso, pero intentaremos averiguar más.

—La puerta de la tienda contigua se había dejado abierta durante la noche, lo cual era fuera de lo común. No había indicios de entrada forzada, y creemos que fue abierta con una llave o tal vez no estaba cerrada con llave en primer lugar. La tienda en sí estaba desordenada y faltaban existencias, lo que también era fuera de lo común. He interrogado al personal y me han informado que había sido limpiada y todas las existencias repuestas anoche a las ocho. Si eso es cierto, entonces algo pasó entre las ocho y la medianoche para cambiar las cosas. Hemos tomado huellas, pero no espero que nos lleven a ninguna parte.

—A continuación, la oficina de Héctor parecía un poco desordenada, pero por lo que nos han dicho, ese era su estado natural. No había señales de ninguna escaramuza, y no creemos que nada malo haya pasado allí. Hemos recogido papeles del escritorio y de los cajones para revisarlos, pero aún no tengo ninguna información para darles sobre ellos. Había algo más en uno de los cajones, una gran caja de condones.

—¿Era una caja grande de condones o una caja de condones grandes? —dijo Phil.

La expresión de Anne no necesitaba palabras para transmitir su desdén por la interrupción. Sin mirar en dirección a Phil, continuó: —Cuando digo una caja grande, me refiero a un paquete de distribución utilizado por los minoristas, no al tipo de caja que se habría vendido en el mostrador, o debajo de él para el caso. Además, no es una marca normal para el Reino Unido. Es americana, creo, una especializada, no lo que se podría comprar en Boots o en una máquina expendedora. Lo más probable es que lo haya comprado en el extranjero o por Internet.

—La caja exterior dice que contiene doscientos condones, pero se ha abierto y se han retirado diecinueve.

—¿Por qué las guardaría en el escritorio de su oficina? Sanjay especuló, y luego respondiendo a su propia pregunta añadió, —Tal vez no quería dejarlos en casa para que su esposa no los encontrara.

—Dudo que eso hubiera molestado demasiado a ninguno de los dos, —respondió Sandra. —¿Había algo más en la oficina?

—Todavía no, te haré saber si hay algo en los periódicos. Tenía una línea de teléfono privada y tenía un teléfono con un banco de memoria adjunto. Aquí hay una lista de los números de las últimas diez llamadas hechas y otra lista de todos los números en marcación rápida con una nota de cuando fueron usados por última vez. También había un dispositivo de grabación digital conectado al teléfono, por lo que debe haber estado grabando algunas de sus llamadas por alguna razón. Todas las llamadas grabadas han sido eliminadas, pero normalmente eso sólo significa que los enlaces de acceso se eliminan y los mensajes permanecen en la memoria central. Todavía podríamos ser capaces de acceder y decodificar para ver lo que hay en ella.

—Es curioso. ¿Por qué demonios estaría grabando sus llamadas? Sandra preguntó.

—Es extraño. Estas cosas son normalmente usadas por las compañías de marketing para controlar lo que su personal de ventas dice a los clientes y para poder confirmar los detalles de los pedidos realizados. El hecho de que Héctor lo esté usando en una línea privada sugiere que estaba tratando de mantener registros exactos de conversaciones específicas o que estaba tratando de atrapar a alguien, — sugirió Sanjay.

—Sabremos más si y cuando tengamos las transcripciones, concluyó Anne.

—Después de todo eso, fuimos a revisar el túnel. Como puedes juzgar, hemos tenido un día muy largo.

—Y realmente apreciamos su ayuda, —comentó Sandra.

Anne sonrió benignamente y continuó: —Lo primero que vimos fue el camino de acceso. Parecía como si hubiera habido muchos vehículos usándola y una gran mezcla también, coches, motos y bicicletas, pero no había nada específico que señalar. Había una zona de aparcamiento detrás de la cabaña, lo suficientemente grande para tres vehículos, y el Jaguar de Héctor estaba allí. No estaba cerrado con llave, así que pudimos revisar el contenido. No había evidencia que sugiriera que alguien más que Héctor había estado en el vehículo recientemente. Luego entramos en la cabaña para buscar el túnel.

—No teníamos una orden de registro. ¿Podría eso crear algún problema? Phil preguntó.

—No hay absolutos, pero no lo creo, —respondió Sandra. —Le preguntamos a Quentin y nos dio su permiso para revisar el túnel por ambos extremos.

—¿Pero la cabaña está en la tierra de Daniel?

—Sí, eso es cierto y espero que no sea un problema. Quentin, junto con su hermano y su hermana, todavía tienen un poder notarial así que teníamos autoridad, pero para cualquier evidencia descubierta podría ser un punto discutible. El fiscal tendrá que considerarlo cuidadosamente y se lo indicaremos, —respondió Anne.

—Lo que sugiere que has encontrado alguna evidencia? Sandra preguntó.

—Sí, hemos encontrado bastante. Hasta ahora no sabemos lo que significa y cuán relevante puede ser para el asesinato, pero sí, hemos encontrado algunas pruebas.

—Vamos, —dijo Sandra.

—Bien, para empezar, la casa de campo. El lugar estaba limpio y había sido barrido recientemente, pero no había sido trapeado y todavía había alguna evidencia de huellas en el suelo. En su mayoría, han sido causadas por el polvo arrastrado desde el túnel o por calzado mojado que entra desde el exterior. Notablemente, estaba muy mojado anoche. Hemos registrado las marcas y había muchas de ellas. Tenemos que eliminar a Héctor, Sanjay y María, y luego ver lo que nos queda. Había evidencia de un tamaño de zapato más pequeño, posiblemente de mujer, y también muchas marcas de arañazos. Es como si algo pequeño fuera arrastrado por el suelo.

—Miramos cuidadosamente el interruptor de la luz y el tablero removible pero no pudimos detectar ninguna huella, sólo marcas de manchas. Quienquiera que las haya tocado probablemente llevaba guantes.

—A continuación, el propio túnel. El suelo era principalmente de piedra o roca y estoy seguro de que eso es lo que ha dado lugar a las huellas de polvo. Una vez más, un montón de huellas en el túnel y marcas de arañazos. También confirmamos que el tronco transportaba electricidad de la destilería a lo largo del túnel. Aunque no mucha, encontramos algunas diminutas huellas de patas y excrementos que son consistentes con alimañas.

—Bueno, recuerda el viejo adagio de que nunca estamos a casi dos metros de una rata, ofreció Phil.

Sanjay se estremeció y parecía bastante inquieto.

—No estoy tan seguro de que estemos a dos metros de una rata, pero por lo que nos han dicho, tenemos nuestra propia rata de casi dos metros en la morgue, añadió Sandra, rompiendo la tensión.

—Volvamos a los negocios, continuó Anne. —Pensamos que no era sorprendente encontrar rastros de roedores en un túnel, por lo que no tuvo un impacto real en la investigación. Pero continuando, lo más interesante fue lo que encontramos más adelante.

—Ahora me tienes intrigado, Phil levantó la vista y miró directamente a Anne.

—En varios puntos a lo largo del túnel, había cajas de whisky y algunas botellas individuales. Algunas eran bastante viejas y de añadas especiales, pero también encontramos otras bastante nuevas y algunas botellas estándar, si se puede describir las botellas de quince y diecisiete años de edad, whisky de malta simple como estándar, y ¿sabes lo que eso significa?

Todos miraron hacia arriba esperando la respuesta. —Significa que alguien, ya sea como individuo o como grupo, continuaba contrabandeando whisky de la destilería.

—Pero, ¿quién? ¿Y por qué? Mary expresó lo que todos estaban pensando.

—En quién, podemos hacer una suposición educada. El por qué podría ser multidimensional. Primero, para obtener un beneficio personal sin que pase por los libros y luego, porque no pasaba por los libros, para defraudar al hombre del impuesto sobre el consumo y a la Hacienda Pública.

—¿Puedes explicarlo? Phil preguntó

—Si no se revisara en los libros, es poco probable que se declarara el impuesto y eso defraudaría al hombre del impuesto. Además, los beneficios de la compañía serían subestimados, por lo que el recaudador de impuestos sería engañado.

—¿Deberíamos informar de esto al HMRC? Los chicos de la aduana seguramente querrán echar un vistazo de cerca.

—Primero, espera a que escuches lo que tengo que decirte, pero en respuesta a tu pregunta, sí, deberíamos, pero probablemente queramos esperar un poco. Estamos tratando con una investigación de asesinato y eso tiene máxima prioridad. Si traemos a la gente de impuestos de inmediato, no tendremos espacio para respirar, y mucho menos para pensar, así que creo que debemos esperar a contarle a otros departamentos del gobierno por el momento, al menos hasta que hayamos agotado nuestras investigaciones en el lugar.

—Bien, eso tiene sentido, —respondió Sandra, apreciando el consejo de Anne.

—Eso fue sólo la punta del iceberg. A lo largo del túnel encontramos una curva que llevaba a otra cueva. Estaba bloqueada por una pesada puerta de madera. Logramos abrir la cerradura y encontramos un verdadero cofre del tesoro.

—¿Un qué? Mary preguntó.

—Sólo hablaba en sentido figurado, —respondió Anne. —Había barriles y botellas y equipo de embotellamiento. Alguien había creado una tienda secreta para guardar y madurar el whisky y luego para embotellar el producto. También había un pequeño taller de fabricación.

—¿Cómo diablos funcionó? Sandra preguntó.

—Como primer paso, deben haber desviado parte del whisky que salió del alambique a barriles adicionales que fueron enviados allí en vez de al cuarto de barriles.

—¿No se habría dado cuenta alguien? ¿No habría habido escasez en los registros? Sanjay sondeó.

—En teoría, sí, pero dependería de quién controlara los registros. Alguien con suficiente antigüedad podría haber falsificado documentos para encubrirlo. No habría sido demasiado difícil.

—¿No tienen que llevar registros para que la Aduana los compruebe? ¿No está todo automatizado ahora?

—No podría decirle lo que dice el reglamento y, en cuanto a la automatización, no sé lo que hacen ahora, pero muchos de los barriles se remontan a muchos años atrás. Recuerden que deben mantener el whisky en el barril para madurarlo. Aún no he comprobado los detalles de lo que hay ahí, pero tengo un inventario preparado. No puedo decir por ahora si hay barriles recientes, pero pronto podré decírselo.

—Esta ha sido una operación a gran escala. Nuestros especialistas en fraude querrán participar y el HMRC también, pero como digo, avancemos en nuestras investigaciones antes de arriesgarnos a perder el control del sitio.

—Así que, ¿cuánto tiempo ha estado sucediendo esto? Sandra preguntó.

—El barril más joven que recuerdo haber visto tenía unos ocho años y había algunos más de tres veces esa edad. Esto ha estado sucediendo durante años, y por lo que sé, podría datar de generaciones anteriores. Había una larga tradición en el comercio del whisky de tratar de vencer al hombre del impuesto sobre el consumo. Pensé que todo eso estaba en el pasado, pero por lo que he visto hoy, parece que la tradición sigue viva, al menos en algunos lugares.

—Bueno, es seguro decir que Héctor no fue responsable de iniciarlo, —declaró Phil.

—Tal vez, pero eso no significa que no haya tenido el dedo en la llaga, —respondió Sandra.

—Sí, pero si sólo se hizo cargo como médico hace tres años y si no hay barriles más nuevos allí, entonces tal vez no estaba involucrado en absoluto, añadió Sanjay.

—Puede que todavía haya barriles nuevos ahí que no he visto, —respondió Anne. —Además, aunque no haya nuevos, podría ser que se hayan detenido debido a nuevos controles, no significa que sea por un cambio de gerente.

—La otra cosa es que Héctor estaba a cargo de la oficina antes de convertirse en médico. Incluso si era un poco tonto, como Sandy sugirió, habría sido difícil para cualquier otro operar un violín tan grande como este sin que Héctor se enterara, continuó Phil.

Se estaba convirtiendo en una sesión de tormenta de ideas con cada uno de ellos desarrollando ideas a partir de los comentarios de los demás.

—Hubo bastantes murmullos que oímos que sugerían que Héctor tenía algún tipo de control sobre Daniel. Tal vez Daniel estaba detrás de todo esto y Héctor se enteró y lo confrontó o incluso lo chantajeó. El resumen de Sandra puso fin a sus conjeturas. Todos se miraron entre sí y asintieron sombríamente, pensando que ahora tenían una hipótesis de trabajo.

—No he terminado todavía, resumió Anne. —Caminamos hasta el final del túnel. Había una pesada puerta de madera con pernos de tracción y una cerradura. Nos las arreglamos para abrirla. Había un pequeño espacio y luego nos encontramos con una puerta de pino ligero. La abrimos y descubrimos que formaba el fondo de un armario. El armario estaba más o menos vacío, pero también estaba cerrado con llave. Lo abrimos y nos encontramos en un estrecho pasillo que separa el baño de damas del de caballeros en la parte trasera de la tienda, junto al cuarto de barriles.

—Bueno, eso resuelve el misterio de dónde empieza el túnel, ofreció Phil.

—Estaba muy bien disimulado. Nadie hubiera adivinado que estaba allí. No es que nadie hubiera mirado, pero incluso si lo hubiera hecho, no había nada que indicara que era otra cosa que un armario.

—Obviamente revisamos todo alrededor, en los baños y en la tienda, buscando cualquier cosa sospechosa o cualquier evidencia de quién había estado allí recientemente. Una vez más, todavía tenemos que esperar los resultados de las pruebas, pero no hay pistas obvias. Bueno, sólo una en realidad.

—¿Qué es eso?

—Inmediatamente después de salir del armario, donde el pasillo se abre hacia la tienda, encontramos un trozo de envoltorio roto de un paquete de condones. La misma marca que Héctor guarda en su escritorio.

CAPÍTULO NUEVE

El brillo anterior disminuyó y un profundo gris se impuso, mucho más típico de la temporada. Alex tenía sus faros a plena luz, no sólo para iluminar su camino, sino más significativamente para ser visible desde la distancia mientras avanzaba a toda velocidad por el camino del campo, desandando su camino desde más temprano en el día. El tráfico era tranquilo y pudo concentrarse y planificar lo que le esperaba mientras avanzaba hacia la ciudad.

Ya había concertado una cita para ver a Simon Anderson, un fiscal adjunto, para discutir algunos casos judiciales pendientes, pero sabía por el informe de Sandra, que el caso de Abdallah probablemente dominaría su conversación.

Alex paró su coche en las líneas amarillas dobles fuera de su oficina en la calle Pitt. Le llevó menos de cinco minutos subir las escaleras y recoger los papeles que necesitaba, pero para cuando regresó, ya había un guardia de tráfico mirando su vehículo y preparándose para registrarlo. La mirada de decepción en su rostro era inconfundible cuando Alex mostró su tarjeta de autorización y se deslizó detrás del volante, tratando de reprimir una sonrisa.

Reinició el motor y accionó los limpiaparabrisas para limpiar la pantalla de las primeras gotas de lluvia que empezaban a caer. Tan pronto como maniobró el coche alrededor del sistema de un solo sentido hacia la calle St Vincent y la vía de acceso al puente de Kingston, todo el cielo se iluminó con un relámpago al que siguió casi inmediatamente el estruendo de un trueno. El coche vibró bajo su fuerza. Una fuerte tormenta se estaba desatando y se sintió como si estuviera inmediatamente encima de la cabeza cuando vinieron más relámpagos. Para empezar, grandes salpicaduras aterrizaron en la pantalla y luego la lluvia se intensificó. En poco tiempo fue como si una manguera de energía hubiera apuntado a la pantalla, e incluso con los limpiaparabrisas a toda velocidad, la visibilidad de Alex era muy limitada. Llevó el coche a un carril de autobuses a un lado de la carretera justo delante de la rampa de acceso y encendió sus luces de advertencia. Aunque sabía que la lluvia podía continuar durante un tiempo considerable, era consciente de que la intensidad no podía mantenerse y decidió esperar a que pasara lo peor. La autopista estaba a poca distancia y Alex sacudió la cabeza con asombro al ver las formas borrosas de los vehículos que iban a toda velocidad siguiendo ciegamente las luces traseras del que iba delante y viajando a una velocidad que no dejaba margen para el error. Gradualmente, la lluvia disminuyó, pero fue rápidamente reemplazada por duras bolas de hielo. Piedras de granizo del tamaño de canicas se asustaron al caer con una ferocidad que Alex temía que pudiera hacer mella en la carrocería de su coche. Mientras que la mayoría rebotó en la pintura, algunas eran más blandas y explotaron en el parabrisas, emulando el impacto de una bola de nieve. En la autopista, en lo alto, las advertencias de los pórticos guiaban a los automovilistas a reducir su velocidad a treinta y dos kilómetros por hora, pero Alex podía ver que las señales eran ignoradas ya que la mayoría de los conductores aún intentaban mantener o superar el límite de la autopista urbana de cincuenta. Duró menos de cinco minutos, pero en ese tiempo, se arriesgaron todo tipo de catástrofes. La precipitación disminuyó hasta convertirse en una llovizna constante y Alex se unió al tráfico y se puso en marcha sobre el puente.

Su reunión se celebraría en el edificio de la Oficina de la Corona y el Servicio Fiscal de la Fiscalía en Ballater Street, a sólo unos metros del Tribunal del Sheriff de Glasgow y cerca de la orilla sur del río Clyde.

Habiendo utilizado la autopista para cruzar el río por el puente de Kingston, Alex tomó la primera salida y luego giró a la izquierda para seguir la orilla del río. Un giro a la derecha en Bridge Street seguido de una izquierda en Oxford Street le llevó al edificio de la Corte. Dejó su vehículo en el aparcamiento oficial y luego enfrentó el tiempo para cruzar al lugar de la reunión.

Alex presentó su identificación en la recepción y fue llevado a una sala de reuniones. Era moderna, pequeña y confortable, con cuatro sillones alrededor de una mesa baja. Había otra pequeña mesa en la esquina de la sala que tenía un filtro de café ya burbujeante, junto a una bandeja de tazas de café y un bol con leche y sobres de azúcar. Un rico aroma a nuez llenaba la habitación. Alex medio llenó una taza con el líquido oscuro y se relajó en una silla, pensando en el contraste con las salas de entrevistas de la calle Pitt. Era la primera vez que se detenía en todo el día.

Su descanso fue breve, sin embargo, cuando la puerta se abrió y Simon Anderson entró. Al igual que muchos de sus socios legales que tienen derecho a presentar casos en el Tribunal Supremo, Simon era extravagante. Medía un metro ochenta y, aunque era razonablemente gordo, nunca lo hubieras adivinado, ya que su traje de tres piezas a cuadros perfectamente confeccionado proporcionaba un camuflaje ideal. El traje se complementaba con una camisa blanca almidonada y una corbata de colores. Alex sabía que tenía cincuenta años, pero al mirar su impresión era intemporal, con su pelo de color arena que se extendía hasta las tupidas patillas que llegaban hasta el nivel de sus labios. No se habría visto fuera de lugar como personaje de una novela de Dickens.

—Buenas tardes, Alex. Me alegro de que hayas podido venir. No estaba seguro de que lo hicieras. He oído que has tenido un pequeño problema relacionado con una destilería.

—Está muy bien informado.

—Todo es parte del trabajo.

—He oído que has tenido tu propia molestia.

—Oh sí, el caso Abdallah, eso podría ser muy problemático.

—¿Quieres ocuparte de ello primero?

—No, guardémoslo hasta el final. ¿Por qué estropear lo que de otra manera sería un buen día hasta que tengamos que hacerlo?

Hubo un zumbido y Alex sintió una vibración en su bolsillo que significaba otro texto. Levantó su móvil mientras hablaba en voz alta de una disculpa. —Lo siento, quería apagarlo, añadió.

Papá, necesito hablar contigo sobre un problema, algo importante. ¿Tendrás tiempo esta noche? Alex leyó.

Estaba un poco nervioso. ¿Qué clase de problema podría tener Andrew? Siempre fue el más sensato. ¿Podría ser personal para él o un asunto familiar, conjeturó?

—¿Una dificultad? Simon preguntó.

—Espero que no, —respondió Alex, pero no puedo estar seguro todavía. Sus dedos volaron a través del teclado, diciendo: —"No te preocupes, haré tiempo", entonces cambió el teléfono a silencio y se disculpó de nuevo.

Simón y Alex repasaron varios temas pendientes y asignaron puntos de acción para que cada uno de ellos progresara.

—Justo antes de pasar a Abdallah, Simon añadió, —Ya sabes que el caso de Forbes será el próximo mes. Se dice que hará un alegato de responsabilidad disminuida, tal vez se ofrezca voluntario para ser seccionado. Hará cualquier cosa para evitar una sentencia de prisión estándar. Un ex oficial de policía no quiere que lo encierren junto a los villanos que ayudó a encerrar. Otra cosa, ha preguntado si lo visitarás en Bar-L.

—¿Quién yo?

—Sí, dice que tienes antecedentes y quiere pedirte ayuda.

—Después de lo que me hizo pasar, soy el último que puede esperar que le ayude.

—Depende totalmente de usted, sólo estoy pasando la petición. No dispares al mensajero.

—Bien, ahora sobre Abdallah, ¿qué tan serio es el problema?

—No puedo estar seguro, pero posiblemente sea fatal.

—¿Tienes que estar bromeando? Creí que lo habíamos hecho bien.

—Así parecía, pero ahora todo ha cambiado.

—¿Qué? ¿Sólo porque algún idiota le dijo algo estúpido?

—Eso es sólo una pequeña parte. Tu chico Fulton...

—Detente ahí mismo. Fulton no es uno de mis chicos. No puedes culparme de esto. Ni siquiera era un verdadero oficial de policía.

—Bueno, bueno, no te pongas tan susceptible. Fulton lo llamó afgano, y se queja de racismo. Peor aún, lo llama racismo institucional y afirma que sólo fue arrestado porque se le consideraba asiático. Para colmo, ni siquiera es de Afganistán. Es musulmán, pero es yemenita. Es cierto que ha viajado a Afganistán, pero eso no ayuda mucho.

—Pero los atrapamos con el arma y el dinero.

—Si recuerda los detalles, tenemos tres sospechosos en custodia y todos viven en el mismo edificio en la calle Allison. Mohammed y Faisal son primos que viven en el apartamento donde encontramos las pruebas y Abdallah tiene su propio piso al otro lado del rellano. Luego tuvimos dos testigos que eligieron a Abdallah en la escena del crimen.

—Bien, ¿cuál es el problema?

—Nuestros testigos no están tan seguros de la identificación ahora y dicen que, aunque definitivamente era alguien que se parecía a él y con tez asiática, no pueden estar seguros de que fuera él.

—Oh Cristo... ¿no el argumento de "todos los negros me parecen iguales"?

—No exactamente, pero no demasiado lejos.

—¿Crees que alguien los tiene?

—Podría ser, pero nunca podríamos probarlo.

—Nuestro siguiente problema es que Abdallah es de un país diferente a los otros dos, y Fulton metiendo su pie en él ciertamente lo empeora. Entonces, para colmo, Mahoma y Faisal son musulmanes chiítas. Eso es bastante inusual para Afganistán, pero no tanto. Abdallah es suní y tradicionalmente se odian entre ellos. No hay nada que diga que no actuaron juntos y, personalmente, estoy bastante seguro de que lo hicieron, pero si llevamos esto a los tribunales podría convertirse en un avispero.

—¿Qué hay de los otros dos?

—No hay problema, pero creo que vamos a tener que liberar a Abdallah. No podemos permitirnos darle una plataforma para predicar sobre el odio racial y la brutalidad policial. Si tuviéramos una fuerte perspectiva de una condena, valdría la pena, pero el caso está desapareciendo ante nuestros ojos.

—¡Oh, mierda!

—No Shi'ite, ya lo he explicado, —respondió Anderson. "En un tono más ligero, escuché una historia de mi primo que podría divertirte.

—Continúa.

Había estado de vacaciones en Francia, donde tiene una segunda casa en la Dordogne. Normalmente es un poco teleadicto y, al experimentar un clima seco por primera vez en meses, se excedió un poco jugando a la petanca y se sacudió el hombro. Practicó su mejor francés antes de ir a ver a un médico local, sólo para descubrir que el médico hablaba mejor inglés que él. El doctor le echó un vistazo y le recetó un masaje térmico y algunos analgésicos. Funcionó bien, pero a su regreso a casa, pensó que sería mejor reportarse a su propio médico de cabecera para asegurarse de que estaba en su expediente médico. Fue a ver al Doctor Singh. Singh había sido su médico durante los últimos veinte años y se habían hecho amigos, a menudo socializando juntos. Singh se burló y preguntó qué le había dado el doctor "francés", mostrando un gran desdén. Mi primo le enseñó las recetas y Singh tarareó y murmuró, diciendo, —"Supongo que está bien y no te hará mucho daño".

—Mi primo lo desafió diciendo, "Cristo, hombre, eres un maldito indio, ni siquiera eres británico. ¿Qué tienes en contra de los franceses? ¿Cómo puedes menospreciar a los médicos franceses?" Él respondió: —"Bueno, me gradué en la Universidad de Edimburgo. ¿Quién ha oído hablar de la Sorbona?"

Alex se rió cuando se levantó para irse. —El mundo entero tiene prejuicios. Ya sea por raza, nacionalidad, religión, género, riqueza o educación, siempre hay una excusa para el esnobismo. Es un fenómeno natural, las personas son diferentes y el mero reconocimiento de que la diferencia existe es técnicamente un prejuicio. No está mal a menos que se use para herir o poner en desventaja a alguien. Pero la ley se ha excedido con el multiculturalismo.

—Gracias por venir, Alex. Siempre es bueno verte. Los dos hombres se dieron la mano antes de que Alex se dirigiera a la puerta.

CAPÍTULO DIEZ

Ya estaba oscuro cuando Alex salió de la oficina. Revisó su reloj y para su sorpresa vio que aún no eran las cinco. Normalmente habría regresado a su oficina para trabajar una o tres horas más, pero tenía que llevar a los niños a nadar esta noche y sintió la urgencia de la petición de Andrew y no quiso decepcionarlo por llegar tarde.

Sabía que alguien le llamaría si le necesitaban, así que decidió hacer un muy raro final temprano. Había sido un día largo y arduo y Alex estaba aprensivo por el problema de Andrew. Era tan diferente al muchacho. Siempre se lo tomaba todo con calma, así que para él buscar ayuda en "un problema, algo importante" indicaba algo serio.

Después de salir del aparcamiento de Court, Alex condujo de vuelta a su piso en Shawlands y estuvo allí en quince minutos. No le gustaba comer nada sustancioso antes de nadar, así que sacó una tina de su sopa de verduras casera del congelador y la puso en el microondas. Mientras se convertía de fría como el hielo a muy caliente, cortó y untó con mantequilla un par de rebanadas de pan crujiente para ayudar a limpiar. Alex se relajó y saboreó su comida, luego recogió sus pantalones de baño, gafas, una toalla y champú y lo metió todo en una bolsa de deporte. Para cuando había escaneado sus correos electrónicos para borrar el spam y comprobar que no había nada urgente, ya era hora de irse.

El matrimonio de Alex con Helen se había roto unos tres años antes, pero en medio de la considerable aspereza de ese tiempo, había consentido que ella conservara la casa familiar, un bungalow de tres habitaciones en Clarkston, para minimizar los efectos negativos en los chicos. Mantuvo la relación con sus dos hijos y aprovechó todas las oportunidades para utilizar sus limitados derechos de custodia. Había reconstruido una relación de trabajo aceptable con su ex esposa y su diálogo había restablecido un tono cordial, rozando la amabilidad a veces.

Aunque la disposición natural de Alex era ser puntual, a lo largo de los años las presiones y obligaciones de su trabajo le obligaron con frecuencia a atender emergencias y a cambiar sus planes personales en el último minuto, lo que a menudo le hacía perderse o llegar tarde a los arreglos domésticos. Esto puso una gran tensión en su matrimonio y fue ciertamente un factor que contribuyó a su desaparición. Ahora que estaba en la posición más alta de Inspector Jefe, Alex tenía un poco más de control de su horario y, siendo más sensible a sus fallas pasadas, hizo grandes esfuerzos para evitar que los chicos lo vieran como poco fiable.

La lluvia anterior había disminuido y, como el tráfico era inusualmente liviano para la hora del día, le tomó poco tiempo para el viaje desde su llanura de Shawlands hasta la casa de la familia. Alex miró el reloj de su salpicadero y observó con satisfacción que sólo marcaba las 6:40 mientras subía a la acera para aparcar delante de la casa.

Anunciando su llegada, los pesados pasos de Alex crujieron en el camino y escuchó a Jake, ladrando una bienvenida.

Unos segundos más tarde, la puerta se abrió y el perro salió de un salto, rebotando a su alrededor tratando de darle una lamida en la región de su cara. Alex atrapó al chucho en el aire y lo abrazó, luchando por llevar su bulto de tres piedras a través de la puerta, mientras que Jake intentaba pasarle por encima de las orejas. Alex entró a trompicones en la casa y depositó el perro en el suelo. Andrew miró, claramente divertido por las payasadas de Jake.

En los pocos días desde la última vez que vio a su hijo, Alex estaba seguro de que había crecido y su cara se veía más delgada. Andrew nunca podría haber sido descrito como gordo, pero era musculoso y bien construido con un aspecto redondeado y saludable y tenía una cara completa. Hoy Alex sintió que el niño parecía más rancio.

—Parece que te estás estirando.

Andrew estaba contento. —Sí, pronto me pondré al día con Craig y entonces no podrá darme tantas órdenes.

—¿Dónde está tu hermano? Esperaba que ambos estuvieran listos para que pudiéramos ir directamente.

—Está bien, tiene su equipo listo, pero desapareció de su habitación hace media hora. Creo que está en su iPhone hablando con sus amigos o estará en Facebook. No lo sé, tal vez está hablando con su novia, añadió Andrew, sonriendo, mostrando que estaba regalando lo que se suponía que era un secreto.

—Oh, ¿de qué se trata todo esto?

—¿No sabes lo de la novia de Craig?

Alex no dijo nada, pero miró de forma inquisitiva.

—Se llama Jenny y han ido juntos al cine. Los vi besándose y Craig me ha estado contando cosas... ¿sabes?

—No sé si deberías contarme esto. ¿Está bien que cuentes cuentos sobre tu hermano?

—No es contar cuentos. Eres un policía. Pensé que confiabas en los informantes para que te dijeran lo que pasa. Andrew no pudo reprimir una amplia sonrisa.

—Todo eso está muy bien para el trabajo, y sí, quiero saber qué está pasando. Quiero saber si se está cometiendo un crimen y quiero saber si algo peligroso está pasando para poder hacer algo al respecto. Pero eso es diferente a hablar de la vida privada de la gente. Si Craig quiere que sepa algo, me lo dirá él mismo. Y si tiene una pregunta, entonces la hará. Alex estaba atrapado entre la curiosidad natural, queriendo escuchar los chismes y tratando de abogar por un código de conducta aceptable.

Andrew parecía abatido. —Pensé que lo estaba haciendo bien.

—Estoy seguro de que tus intenciones eran buenas y no diremos nada más al respecto. Supongo que eso es de lo que estabas ansioso por hablarme.

—No, papá. Hay algo más y es mucho más serio, pero quería hablar contigo a solas y podría tardar un rato. ¿Podemos hacerlo después de la natación porque Craig podría entrar?

—Sí, por supuesto. Alex estaba preocupado e intrigado. —¿Pero no puedes darme una pista?

—Tiene que ver con un profesor de la escuela. Las palabras apenas salieron de su boca antes de que Alex oyera los pasos estruendosos de Craig bajando las escaleras de su dormitorio del ático.

—Hola, papá. Me pareció oírte entrar. Alex miró hacia arriba y vio la forma alta y desgarbada de su hijo caminando hacia él. A Alex le llamó la atención cómo crecían los chicos. Craig no estaba muy lejos de convertirse en un hombre y estaba empezando a parecerse a él. Aunque delgado hasta el punto de que sus huesos eran evidentes, era alto con hombros anchos y había signos distintivos de vello facial. Siendo rubio se saldría con la suya por un poco más de tiempo, pero el requisito de afeitarse regularmente no estaba muy lejos.

—Sí, estamos listos, porque se acerca la hora.

Ambos chicos levantaron sus bolsas y se dirigieron a la puerta,

—Ya nos hemos puesto nuestros bañadores, así que nos llevará menos tiempo prepararnos cuando lleguemos allí, —dijo Craig.

—Eso fue bien pensado. ¿Está tu madre en casa? No la he visto.

—Salió con Colin, dijeron que estarían en casa después de las ocho, así que debería estar en casa cuando volvamos si quieres hablar con ella.

—Está bien, sólo asegúrate de cerrar bien porque no hay nadie en casa.

—Jake está ahí, —respondió Andrew.

—Cierra con llave de todos modos.

Se instalaron en el coche y se abrocharon los cinturones de seguridad. Craig siendo el mayor reclamó el asiento delantero junto a su padre.

—Pensé que podríamos probar los baños de Barrhead esta semana. La última vez que fuimos a Eastwood, de una noche, estaba muy ocupado.

—Bien, vamos a intentarlo, los chicos hicieron eco al unísono.

Alex giró el encendido y empezó a acelerar.

—Oye, estaba hablando con mi Jenny por teléfono. Me dijo: —"Maderita" el profesor de matemáticas ha sido suspendido. Ha habido algunos negocios turbios que se están silenciando, les informó Craig con entusiasmo.

—Oh no. Es horrible. De eso quería hablarte, papá. Es tan injusto.

—Será mejor que me lo cuentes todo.

—Quería hablar contigo en privado, para ver si había algo que pudieras hacer. Pero si Jenny lo sabe y se lo dijo a Craig, supongo que la historia ya ha salido a la luz, así que no tiene sentido tratar de mantenerla en secreto.

—Entonces, ¿cuál es el problema?

—El Sr. Carpenter es mi profesor de matemáticas. Es genial, probablemente el mejor profesor de la escuela. Puso a mi clase en el desafío nacional de matemáticas y gané un premio, ¿recuerdas? Se supone que nos llevará a cuatro a Paisley la semana que viene para la entrega de premios.

—Bueno, hay un chico en nuestro año, su nombre es Sean Connelly y es un completo alborotador. Es un matón y va por ahí amenazando a otros niños. Siempre interrumpe las clases y causa problemas. Ha recibido muchas advertencias, pero no parece importarle.

—Nunca me habías mencionado esto antes. ¿Te ha estado dando problemas?

—No, yo no. No está en ninguna de mis clases, bueno, normalmente no. Bueno, de todos modos, hoy la Sra. Simpson estaba fuera y no había maestros de repuesto, así que su clase se dividió y la mitad de ellos se unieron a mi clase, con el Sr. Carpenter.

La atención de Alex estaba dividida entre su conducción y asimilar lo que Andrew le decía. Rodeó el peaje de Clarkston y, cuando la carretera se enderezó, se tomó un momento para mirar por el espejo. Pudo ver que Andrew estaba bastante animado y parecía disgustado, no lejos de las lágrimas.

—Después de que la lección comenzó, Sean comenzó a hacer un alboroto, gritando y chillando. Ninguno de nosotros podía concentrarse en su trabajo. El Sr. Carpenter le dijo que se callara, pero Sean no le prestó atención. En vez de eso, se subió a su escritorio y tiró libros y lápices y cosas por toda la clase. No era sólo la interrupción, estaba lastimando a la gente. El Sr. Carpenter le gritó que se agachara y se sentara en un rincón y Sean le ignoró. Entonces el Sr. Carpenter se acercó, lo levantó del escritorio, lo tomó del brazo y lo arrastró hasta la puerta. Nos llamó diciendo que iba a la oficina del rector y que volvería en un minuto y que debíamos continuar con nuestro trabajo.

—Bueno, volvió unos diez minutos después, sin Sean y todo parecía normal. Pero más tarde, Sean estaba en el patio de recreo y estaba contando historias. Dijo que había conseguido que sus padres se quejaran formalmente de que el Sr. Carpenter le había agredido y que le había tocado donde no debía. Por lo que oí, llamaron al Sr. Carpenter para que saliera de la clase y lo enviaron a casa.

—Bueno, si es un pervertido, no lo queremos en nuestra escuela, interrumpió Craig.

—No es un pervertido. Es un gran profesor y una muy buena persona. Es Sean Connelly que es una pequeña mierda malvada. Cree que haciendo una acusación contra el Sr. Carpenter se librará de los problemas, —respondió Andrew.

—Me temo que cuando se hace una acusación de ese tipo, hay que tomarla en serio e investigarla adecuadamente. Cuando se acusa a un profesor, es aún más grave por la responsabilidad de la escuela, —respondió Alex.

—Pero es tan injusto, Andrew intervino. —No ha hecho nada

malo. Pensé que se suponía que era inocente, a menos que se probara su culpabilidad, pero esto es al revés.

—No puedo discutir contigo, Andrew. Pero como acabo de decir, cuando se hace una acusación de este tipo, hay que investigarla. En mi experiencia, incluso cuando un acusado prueba su inocencia, sigue estando perjudicado. El barro se pega y siempre hay gente que elige creer lo peor. Lo siento, pero esa es la verdad.

—¿No hay nada que puedas hacer para ayudarlo?

—No puedo prometer nada, pero veré qué puedo averiguar. Llamaré a Brian Phelps, el subdirector. Lo conozco desde hace años. Fuimos juntos a la universidad y éramos muy buenos amigos. Veré si hay algo que pueda decirme y si hay algo en lo que pueda ayudar.

—Gracias, papá, sabía que serías capaz de hacer algo.

—No te hagas demasiadas esperanzas. Dije que lo investigaría, pero lo más probable es que no pueda hacer nada. Pero lo intentaré.

Los kilómetros habían pasado mientras hablaban y ya estaban en Barrhead. Alex convirtió el coche en el aparcamiento del centro deportivo y se metió en el único espacio disponible. Abrieron las puertas, teniendo cuidado de no rayar los vehículos adyacentes, atravesaron la puerta y subieron a la recepción. Cada uno de ellos se levantó y mostró sus tarjetas de descuento “All Access” de East Renfrewshire. Alex entregó un billete de diez libras y pidió un billete de adulto y dos de joven.

—¿Sabes que es una noche divertida? —contestó la recepcionista, su asiento bajo casi la esconde detrás del mostrador.

—Estamos aquí para nadar, así que sí, esperábamos una noche divertida, —respondió Alex.

—No, me refiero a que de seis a ocho es un momento de diversión en la piscina. El gran tobogán inflable y los juguetes se ponen para jugar, así que no hay mucho espacio para nadar. Ve a ver lo que quiero decir.

Alex, Craig y Andrew caminaron por el café hasta la gran ventana con vista a la piscina. Podían ver lo que la chica quería decir. Una enorme plataforma inflable con un alto paracaídas incorporado ocupaba la mitad del área de natación. Los niños saltaban y gritaban. Subían y bajaban por el tobogán o intentaban nadar cerca, pero había muy poca agua disponible para nadar y en qué zona había una gran concentración de personas que la compartían.

—Esto no sirve de nada, —dijo Alex. "Volvamos e intentemos entrar en Eastwood en su lugar.

Con una cortés ola de agradecimiento a la recepcionista, salió corriendo a su coche, seguido de los chicos.

Mientras pasaban a toda velocidad por las urbanizaciones recién construidas, Alex era consciente del diabólico estado de la superficie de la carretera, sin duda exacerbado por el tráfico de la construcción y la profunda helada de los últimos meses. Maniobró más allá de los baches y las trincheras y se sintió aliviado al girar en la carretera de Darnley, que era considerablemente más ancha, aunque todavía bastante masticada.

Sólo le llevó unos pocos minutos llegar al complejo de Eastwood, pero casi el mismo tiempo encontrar un espacio de estacionamiento. Llegaron a la recepción a las siete y veinte.

Alex pidió las entradas y le dijeron que la piscina sólo estaba disponible hasta las siete y cuarenta y cinco. Miró su reloj y consideró durante unos segundos mientras hacía los cálculos. Si eran rápidos, para cuando se hubieran cambiado y duchado todavía podrían nadar durante casi veinte minutos.

—Adelante entonces, —respondió. —Tendremos que aprovechar al máximo el tiempo que tenemos, añadió, dirigiéndose a los chicos.

Los chicos se apresuraron a los vestuarios, encontraron taquillas, y rápidamente se desnudaron para ponerse sus trajes de baño. Alex los siguió, necesitando un poco más de tiempo ya que necesitaba un cubículo para cambiarse.

Craig y Andrew ya estaban en la piscina cuando Alex llegó a las duchas y se consternó al ver que el tercio inferior de la piscina había sido acordonado y estaba siendo utilizado por una clase de aeróbicos acuáticos. Los dos tercios superiores de la piscina estaban llenos de cuatro veces más personas que la clase de ejercicio. —“Mierda”, —

murmuró en voz baja, pensando que esta noche no estaba funcionando como se había planeado.

Alex se unió a los chicos en el agua y decidieron que sería más fácil nadar a lo ancho que a lo largo parcial, dadas las circunstancias. No fue fácil mantener una conversación debido a la fuerte música de baile que resonaba por toda la zona. Pasaron unos frustrantes minutos tratando de anotar una serie de vueltas mientras que sus intentos se veían frecuentemente perturbados al tener que desviarse alrededor de otros bañistas que estaban nadando arriba y abajo de la piscina o simplemente retozando en el agua.

Detectaron que el área de natación se volvía más tranquila a medida que tenían más espacio para hacer ejercicio y luego se dieron cuenta de que el encargado del estanque estaba haciendo señales, indicando que era hora de salir de la piscina. Alex miró el reloj de pared y vio que eran las 7:35. Había estado en la piscina por poco más de diez minutos. No sabía si estar más aliviado de que la tortura había terminado o enojado de que él y los chicos no estuvieran teniendo la cantidad de tiempo que esperaban.

Alex salió del agua y se acercó al encargado. —Esto es jodidamente ridículo. No llegamos hasta las siete y veinte. Sólo hemos tenido diez minutos de natación. Es cierto que nos dijeron que la piscina se cerraría a las 7:45, pero faltan otros diez minutos. No nos dijeron que sólo tendríamos la mitad de la piscina disponible y todo esto ha sido una completa pérdida de tiempo y dinero. Cuando Alex miró alrededor, vio que la clase de aeróbic estaba todavía en pleno apogeo. —¿Y qué pasa con ellos? añadió. —¿Por qué nos han pedido que nos vayamos, pero ellos siguen aquí?

El encargado era un joven, apenas salido de la adolescencia. Era bajo, muy enclenque y tenía la piel pálida, con cicatrices de acné y el pelo color jengibre que le daba el aspecto de una piruleta gigante. Viendo el poderoso cuerpo de Alex acercándose a él y oyendo su voz retumbar sobre la música de baile, empezó a temblar incontrolablemente. —Lo siento mucho, señor, se disculpó. —Debería haberle dicho en la caja cuando entró. Si se lo dices y muestras tus boletos al salir, puedes recuperar tu dinero. Tenemos que limpiar la piscina temprano porque es una sesión sólo para mujeres a partir de las ocho y tenemos que vaciar el vestuario antes de eso. Sólo hay asistentes femeninas en servicio entonces también. La clase de aeróbic se puede hacer un poco más tarde porque todas son mujeres.

Alex sintió lástima por el muchacho, pero aún así estaba molesto y no quería dejarlo ir tan fácilmente. —Entonces, ¿qué noche es la única sesión de hombres?

—No hay ninguna.

—Bueno, eso no suena muy justo. De hecho, suena como un prejuicio tener momentos especiales sólo para las mujeres y no lo mismo para los hombres.

—Creo que es algo que tiene que ver con la religión. Con algunas religiones, las mujeres no pueden estar en la natación cuando hay hombres alrededor. También hay muchas mujeres a las que no les gusta la idea de estar en traje de baño o de cambiarse cuando hay hombres extraños alrededor, —respondió el asistente queriendo parecer conocedor.

—¿Me estás llamando extraño? Alex bromeó. —Pero en serio, no veo cómo puedes hacer provisiones especiales y no hacer lo mismo para los hombres. Es un prejuicio, Alex no pudo evitar pensar en sus conversaciones de ese día.

—No lo sé, señor. Tendría que hablarlo con mis jefes.

—No, creo que lo llevaré a la Corte Europea de Derechos Humanos, desafió Alex. El asistente parecía confundido.

Incapaz de resistirse, Alex añadió, —No es de extrañar que el país tenga tantos problemas de obesidad cuando la autoridad local hace tan difícil que un trabajador pueda hacer ejercicio en las instalaciones de la comunidad. Para entonces, Alex empezaba a sentir un poco de frío por estar de pie, casi desnudo, en el aire frío. Se giró y caminó hacia la zona de la ducha para unirse a sus hijos que estaban de pie riéndose, escuchando el intercambio. El asistente se quedó de pie con la boca abierta, sin pensar en ninguna respuesta.

Poco tiempo después, se secaron y cambiaron y se metieron en el coche. Los chicos se reían y hablaban de sus comentarios, pero habiendo tenido tiempo para pensar, Alex se arrepintió. —No hagas caso de nada de lo que dije allá atrás. Me equivoqué. No debería haberme desquitado con ese pobre muchacho, no fue su culpa. En realidad, yo tuve la culpa. Debí haber comprobado los horarios y las instalaciones antes de irnos. En retrospectiva, deberíamos habernos quedado en Barrhead, o eso o irnos en otro momento.

Antes de que hubiera tiempo de seguir discutiendo, un fuerte timbre los interrumpió. Alex miró a la pantalla del Loro y vio que era Sandra la que llamaba. Presionó un botón en el manos libres para aceptar la llamada e inmediatamente habló para avisarle que no estaba solo, para asegurarse de que ella estaba protegida en lo que decía.

—Hola, Sandra, estoy llevando a los chicos de vuelta de la natación. ¿Tienes alguna buena noticia para mí?

—Eso lo explicaría. Lo he intentado un par de veces, así que verás las llamadas perdidas. No sé si lo llamarías buenas noticias, pero hemos hecho algunos progresos y sólo quería ponerte al día. Recuerda, no estaré mañana por la mañana, así que ¿podrías llamarme cuando estés libre?

—Lo haré, tal vez de media hora a una hora, ¿de acuerdo?

Se alejó y unos minutos más tarde detuvo el coche fuera de la casa.

—¿Vas a entrar, papá? Olvidé que quería mostrarte mi invitación a la entrega de premios del Desafío de Matemáticas.

—Sí, por supuesto, pero no puedo quedarme mucho tiempo. Tengo que ponerme al día con el trabajo.

—Sí, lo oímos, —respondió Craig sin ton ni son.

CAPÍTULO ONCE

Craig abrió la puerta con su llave y Alex recibió otra entusiasta bienvenida de Jake, aunque no tan bulliciosa como la anterior.

Craig se fue a su habitación y Andrew desapareció arriba para encontrar su carta. Alex vio que Helen y Colin estaban sentados en el salón. Viéndole entrar en la casa, le llamaron y le ofrecieron un asiento. Su bienvenida parecía sincera y apagaron la televisión.

—¿Ya has comido? Helen preguntó. —Sé que a menudo sacas a los chicos directamente del trabajo.

—Llegué a casa temprano. Me tomé un tazón de sopa.

—Debes estar hambriento. Déjame traerte un sándwich.

Antes de que tuviera la oportunidad de protestar, Helen se había ido y podía oírla traquetear en la cocina. Regresó después de un par de minutos con un rollo de ciabatta relleno de carne asada en rodajas cubierta de mostaza. Para lavarlo, también había traído un vaso de Irn Bru.

Alex se sorprendió. Era un trato mejor y más atento del que recordaba haber recibido cuando se casaron, pensó, aunque no tuvo el valor de comentarlo. En su experiencia, Helen no era conocida por su hospitalidad desinteresada y sospechaba que había un coste a pagar. Esperaba que Helen quisiera un favor o que estuviera ansiosa por hablarle de algo.

—Esto es genial, justo lo que necesitaba. Muchas gracias.

Andrew volvió con su carta y Alex, Helen y Colin expresaron su entusiasmo por su logro.

—Pero, ¿qué va a pasar para llegar allí ahora que el Sr. Carpenter se ha ido?

—Estoy seguro de que la escuela organizará otra cosa, pero si no lo hacen, entonces encontraré la manera de conseguir tiempo libre, —respondió Alex.

—¿De qué se trata todo esto? Helen preguntó. —¿Qué le ha pasado a Carpenter?

Andrew le dijo, dando las mismas apasionadas súplicas que había hecho antes.

—He oído hablar de esta familia de Connelly, —aconsejó Colin. —Uno de mis amigos se dedica al alquiler de propiedades y me contó la historia. Un tipo que conoce de la Asociación de Propietarios es un propietario profesional con unas cuarenta propiedades. Tiene mucha experiencia, pero alquila a cualquiera, privados, estudiantes y **DSS**, a veces a gente recién salida de la cárcel. Hace su propia evaluación de los posibles inquilinos, pero toma algunos riesgos que casi siempre dan resultados. Sin embargo, cometió un verdadero error con los Connellys. Vinieron a ver un piso de dos habitaciones que tenía en Busby. Dijeron que lo querían y que tenían dinero para el depósito y el primer mes de alquiler. Tenían cartas de referencia que se veían bien y cuando el tipo llamó, todo parecía estar bien. Eso fue hace ocho meses y no ha recibido ni un centavo de alquiler desde entonces.

—¿Cómo puede suceder eso? Helen preguntó.

—Muy fácilmente, aparentemente, Connelly no trabaja y su esposa tampoco. El papeleo y las referencias eran todas falsas, habían sido falsificadas. Cuando el tipo comprobó los números de teléfono, era uno de los compañeros de Connelly. Cuando comprobó la calificación crediticia, obtuvo un buen resultado porque era para otra persona con el mismo nombre. Fraude de identidad, supongo, —dijo mirando a Alex, quien asintió con la cabeza.

—Connelly debería tener derecho a la prestación de vivienda, pero el propietario no puede obtenerla a menos que Connelly la reclame y, aunque lo hiciera, podría haber atrasos que le debe al Consejo que se quitarían primero. El propietario está angustiado. Ha estado tratando durante meses de sacarlos, sin éxito. Cada vez que se acerca al piso, o incluso si aparca al lado, donde tiene otro piso, el Sr. Connelly llama a la policía y dice que está siendo acosado. El casero ha entregado una notificación para que se vaya, pero la han ignorado y sigue esperando una fecha de juicio para conseguir una orden de expulsión. Incluso una vez que consiga la orden judicial, puede que no se muden y entonces tendrá que emplear a oficiales del sheriff para sacarlos. Le ha costado una fortuna y sólo Dios sabe en qué estado estará el piso cuando finalmente lo recupere.

—Es verdad, hay tanta ley para proteger a los inquilinos y muy poco que ayude a los propietarios, —comentó Alex.

—Una de las cosas más ridículas es que Shelter está aconsejando a los Connellys cómo evitar o retrasar el desalojo. Están destinados a ser una organización benéfica para ayudar a los desamparados y tienen un trabajo muy bueno e importante que hacer, pero están ayudando a cretinos inútiles como los Connellys que no son casos merecedores y cuyo único propósito es vencer al sistema. Todo lo que va a hacer es alienar a los buenos propietarios y hacerlos más reacios a arriesgarse a alojar a los verdaderos sin techo.

—De todos modos, toda la familia Connelly es un mal lote. Ambos padres y el mayor han sido atrapados robando y el menor es un verdadero desastre. Conocen el sistema al dedillo y toda esta farsa es probablemente un plan para evitar que Sean sea excluido de la escuela y tal vez para ayudar a evitar que sean desalojados.

—Te dije que el Sr. Carpenter no habría hecho nada malo, —exclamó Andrew.

—Bueno, como dije antes, veré qué puedo hacer, pero no prometo nada. Alex añadió.

Andrew se excusó de subir a su habitación y prepararse para la escuela.

—Buenas noches, hijo. Te haré saber si puedo hacer algo y te veré el fin de semana de todos modos.

Helen se dirigió a Alex: —Hay algo más que quería discutir contigo.

Sabía que algo se avecinaba, pensó, ¿pero qué? —Bien, ¿disparar?

—Se trata de Craig. Tiene una novia.

—Sí, lo he oído.

—¿Qué, te lo dijo?

—No, ni una palabra. Aunque Andrew dijo.

—Estoy preocupado por él. Creo que se está poniendo bastante serio.

—No tiene quince años hasta dentro de un mes. ¿Qué quieres decir con serio?

—La chica se llama Jenny y es casi un año mayor que Craig.

—¿Y qué?

—Bueno, es inusual. A esa edad, las chicas normalmente maduran mucho antes que los chicos. ¿Qué podría querer ella de él?

—¿Qué clase de pregunta es esa para una madre? Es inteligente y es un joven muy guapo. Es decente y puede que no sea rico, pero tampoco le falta dinero.

—Es una chica bonita y va a su escuela. Me preocupa que pueda tener demasiada experiencia para él.

—Lo siento, ¿y cómo es eso un problema?

—Ya sabes. Craig es joven e inexperto. Podría aprovecharse de él.

—Debería ser tan afortunado.

—No, hablo en serio. ¿Alguna vez has hablado con él? Ya sabes, la conversación entre padre e hijo.

—A su edad, creo que no habrá mucho que no sepa. Tuve la charla de "pájaros y abejas" con él cuando estaba en la escuela primaria e hice lo mismo con Andrew. No aprendían mucho porque ya habían tenido clases de educación sexual en la escuela. Me decían tanto como yo a ellos, bromeaba Alex.

—Pero él es demasiado joven para involucrarse.

—Tal vez, pero no vas a detenerlo diciéndole que no haga algo, sino todo lo contrario, lo más probable. Sí, podemos hablar con él sobre las relaciones y la responsabilidad y tener cuidado de evitar los riesgos para la salud, pero eso es más o menos el límite. Incluso podemos hablar de la edad de consentimiento.

—¿Harás eso?

—¿Yo?

—Bueno, sí, usted es su padre. No puedo y no se lo quitaría a Colin.

—Bueno, puedo hablar con él y asegurarme de que sabe todo lo que debería saber, pero hasta ahí llega. No puedo regular su comportamiento y no estoy seguro de querer hacerlo.

—Bien entonces, Helen se sentó con los labios fruncidos y una expresión obstinada.

—¿Qué, quieres decir ahora?

—¿Hay un mejor momento? Durante todo esto, Colin se sentó junto a Helen, quizás dándole apoyo moral, pero no tomó parte en la conversación. Su cara estaba sonrojada y parecía avergonzado.

Alex subió las escaleras y llamó a la puerta del dormitorio de Craig, giró la manija y la abrió un centímetro. —"¿Puedo entrar?"

—Sí, claro, —respondió el chico.

Alex abrió la puerta completamente y entró. Craig estaba en una silla de oficina sentado frente a un escritorio con su computadora de escritorio iluminada frente a él. Rápidamente pulsó unas teclas y la pantalla cambió a un documento de palabras abierto con lo que parecía ser un proyecto de geografía en curso. Alex levantó una silla a su lado, pero vio unos iconos en la parte inferior de la pantalla que mostraban sitios de Internet que mostraban cuerpos desnudos.

—Hola, papá. No me di cuenta de que todavía estabas aquí.

—Sí, pensé en subir a charlar antes de salir. ¿En qué estás trabajando allí?

—Es un proyecto sobre los desiertos.

—¿Muy caliente?

—¿Sí?

—¿Es por eso que nadie lleva ropa en las otras fotos que tienes abiertas?

La cara de Craig se volvió escarlata brillante y se puso nervioso tratando de pensar en lo que podía decir. —Ya no soy un niño, comenzó a la defensiva.

—No estoy sugiriendo que lo seas. Sólo pensé que había un filtro para adultos en tu conexión a Internet.

—Es bastante fácil de evitar, —respondió Craig tímidamente. —Además, estas fotos son bastante inocentes comparadas con algunas que los chicos de la escuela pueden conseguir en sus teléfonos.

—No entres en pánico. Soy un detective del crimen, no la policía de la moralidad. No estoy aquí para hacerte pasar un mal rato.

—¿Por qué estás aquí?

—Tu mamá pensó que tal vez debería tener una pequeña charla contigo, Alex comenzó de manera cobarde. —Ella se preocupa y está preocupada por ti.

Craig puso los ojos en blanco. —¿Cuál es su problema ahora?

—Eso no es justo, advirtió Alex. —Ella sólo quiere lo mejor para ti. Ambos lo queremos.

—Bien, ¿de qué se trata todo esto? Como si no pudiera adivinarlo.

—Tienes una nueva novia y ella, no nosotros, Alex se corrigió rápidamente, —está preocupada de que te involucres demasiado y seas demasiado serio.

—¿Cómo puedo ser demasiado serio? Sólo hemos estado saliendo durante tres semanas. Hemos ido al cine dos veces y nos hemos encontrado en el café un par de veces.

—¿La has traído a la casa?

—Dios no. No soy estúpido. Mamá le daría el tercer grado.

—¿Has estado en su casa?

—Todavía no, pero me han invitado a tomar el té este fin de semana.

Alex levantó las cejas y Craig interpretó correctamente la

pregunta. —No estaremos solos. La madre de Jenny estará allí. Ella es la que me invitó.

—¿Ya la has conocido?

—Sí, nos recogió después del cine la semana pasada, parece muy agradable.

—¿Y no te ha hecho el tercer grado?

—Bueno, eso es diferente.

Alex se encogió de hombros, —Es lo mismo en todo el mundo, los padres quieren saber lo que sus hijos están haciendo y quieren saber con quién están para saber que están a salvo.

—Supongo.

—Bueno, si todo va bien este fin de semana, tal vez traigas a Jenny de vuelta para que tu madre la conozca, entonces ella tampoco se preocupará.

—Lo pensaré.

Alex sabía que era la mejor respuesta que podía esperar. —Bueno, ¿qué tan serio se está volviendo esto?

—No estamos teniendo sexo si eso es lo que estás preguntando.

—Sólo quiero saber que estás a salvo y que estás siendo responsable.

De nuevo Craig puso los ojos en blanco, pero esta vez tenía una media sonrisa en su cara. —Sí, papá, he estado en todas las clases, sé todo sobre el sexo seguro y tengo un cajón lleno de condones que nos dieron en las clases. No tienes nada de qué preocuparte.

—Bueno, eso está bien. Te dejaré para que sigas con tu tarea. Y me refiero a tu proyecto de desierto no a los otros sitios, —dijo sonriendo.

—Sí, y todavía tienes que llamar a tu novia. Dijiste que llamarías dentro de una hora y ya es mucho más tarde que eso.

—No es mi novia, es la sargento de policía que trabaja a mis órdenes en una investigación, —respondió Alex a la defensiva, aunque de forma poco convincente.

—Vamos, papá, escuché el cambio en el tono de tu voz cuando contestaste el teléfono. Y la recuerdo de cuando vino a visitarte al hospital después de que te apuñalaran el año pasado. De todos modos, ¿qué quieres decir con trabajar a tus órdenes? Craig respondió con una amplia sonrisa.

—Tendremos menos de tu mejilla, joven. No voy a tener esta conversación, —respondió Alex, pero no pudo ocultar su sonrisa. No sabía si estar más enfadado u orgulloso de la perspicacia de su hijo. También era muy consciente de que él y Helen estaban siendo un poco presuntuosos al tratar de sermonear a Craig sobre las relaciones después del lío que habían hecho de las suyas.

Alex volvió abajo e impartió las buenas noticias, diciéndole a Helen que no se preocupara y preparándola para conocer a un posible invitado en una semana o dos.

CAPÍTULO DOCE

Alex se acomodó en el coche, giró el encendido, dio la vuelta a la esquina lentamente, luego se metió en el bordillo y llamó al número de Sandra.

—Lo siento, llego mucho más tarde de lo planeado, pero he tenido que resolver la última crisis doméstica.

—¿Cuál es el problema?

—Realmente no quieres saber, aparte de que Craig ha descubierto que somos un artículo. Podría tener un futuro en la fuerza.

—¿Somos un artículo?

—Bueno, eso depende de tu definición, ¿cómo lo llamarías?

—¿Qué tal si vienes y vemos si podemos solucionarlo? Mis padres están fuera, visitando a mi tía en Aberdeen, y no volverán hasta mañana.

—Me encantaría, pero estoy totalmente agotado. Necesito dormir un poco porque mañana también será un día pesado.

—Es una lástima. Pero si no te estoy viendo, será mejor que te haga saber lo que ha estado pasando. Sandra procedió a pasarle a Alex toda la información que hasta entonces se había recogido.

—Voy a ir al agente a firmar el piso a primera hora de mañana y luego trasladaré algunas de mis cosas. Si todo va bien, debería estar de vuelta en el trabajo antes del mediodía. Hemos concertado una cita para ver a Chuck Holbein en la casa de los Pollockshields. La hemos hecho para las diez y media. Sanjay podría dirigirla si no estás disponible o si prefieres estar en la destilería. Pero ya sabes lo que pasa con los empresarios americanos y su estatus, y ella es una gran jugadora, así que quizás quieras hacer eso tú mismo, quizás con Phil. Podrían reunirse en la oficina primero. Así Sanjay podría ir directamente a Benlochy y vigilar las cosas y yo podría unirme a él tan pronto como esté libre.

—Sí, eso sería lo mejor. Todavía tengo que conducir a casa y se está haciendo tarde para llamar. ¿Podrías enviarles un mensaje de texto para prepararlo? Y dile a Phil que se vista apropiadamente.

—No hay problemas. Pasé por mi nuevo piso hace media hora. Pude ver que todas las luces estaban encendidas en el piso de arriba y pude oír el ruido, el ruido de la música de baile desde la calle. Tal vez he sido un poco ambicioso en lo que he hecho. ¿Qué pasa si no puedo resolver los problemas?

—No creo que tengas nada de qué preocuparte. Lo tendrás arreglado en poco tiempo y, afrontémoslo, en el peor de los casos, puedes devolver las llaves. Ni siquiera perderías el depósito.

—Tienes razón, son sólo nervios. Me estoy poniendo nervioso. Todo saldrá bien.

—Bien, necesito amarte y dejarte; necesito volver a casa ahora. Buena suerte mañana.

—¿Acabo de oír una palabra de cuatro letras? Sandra preguntó, bromeando.

—Tómalo como quieras, —respondió Alex y se marchó.

Alex tuvo una noche inquieta, despertando frecuentemente de sueños problemáticos. Entre tanto, y sin duda afectando a su sueño, no dejaba de pensar en las diversas relaciones que le afectan actualmente. En el trabajo, consideró la familia disfuncional de Burns, con todo el entretejido de odios y disgustos y la actividad criminal y lo que todo esto podría significar. Pensó en el pobre profesor de Andrew cuya vida podría estar en ruinas debido a las acusaciones fabricadas por los Connellys. Pensó en Craig y su novia en el umbral de la edad adulta, pero sobre todo consideró su propia situación personal, su matrimonio fallido y su actual relación con Sandra. ¿A dónde iba y cuán involucrada podría llegar a estar? Se habían estado divirtiendo y disfrutando de la compañía del otro, pero era hora de considerar cuidadosamente las implicaciones. Si Craig podía resolver su relación, entonces difícilmente podría ser un secreto y la gente en el trabajo debe sospechar también. Necesitaría tener una charla seria con Sandra.

Normalmente era madrugador, pero en esta ocasión Alex tuvo que volver a la consciencia cuando extendió la mano para silenciar su alarma de radio. "Huele a espíritu adolescente" del Nirvana estaba sonando y a las siete de la mañana, no se sentía bien. Su cabeza estaba húmeda y se sentía aún más cansado que cuando se había ido a la cama. Ahora se arrepentía de no haber aceptado la invitación de Sandra. No habría estado menos cansado, pero habría sido mucho más feliz.

Alex se metió en la ducha y puso el chorro en alto y frío. Después de un par de minutos, se sintió despierto y moderó la temperatura a un tibio más aceptable.

Se permitió una ducha tranquila y, después de enjuagar el champú y el gel de ducha, se afeitó con cuidado y se fue a su armario. Aunque se negó a gastar mucho dinero en su ropa, Alex se enorgullecía de su apariencia y le gustaba transmitir siempre una imagen profesional. Tenía una selección de trajes que había comprado en Slaters Menswear. El negocio familiar se había convertido en una gran cadena con ventas por Internet y sucursales en todo el país, pero Alex todavía disfrutaba de la experiencia de compra de su tienda original en el centro de la ciudad de Glasgow, que se distinguía por ser la tienda de ropa masculina más grande del mundo. Sabiendo que iba a entrevistar al CEO de una gran empresa internacional, Alex estaba decidido a lucir lo mejor posible. Reconoció que era una investigación de asesinato y que Holbein no recibiría mejor trato que nadie, pero Alex consideró su propia posición. También actuaba como embajador de la policía y del país cuando se reunía con personas de alto perfil.

Seleccionó un traje oscuro, a rayas, de Pierre Cardin que sólo había usado un par de veces desde que lo compró en un estante de liquidación en la venta de Slaters. Eligió una camisa blanca de Peter England, una corbata de seda azul de color propio y zapatos Loake para completar la imagen correcta. Se miró en el espejo de su armario y se sintió satisfecho.

La mañana estaba seca, aunque algo nublada y gris, y la temperatura era suave. Después de depositar su vehículo en el aparcamiento, Alex caminó a paso ligero hacia su edificio de oficinas. En el camino, vio al mismo guardia de tráfico que había visto la tarde anterior. Creyendo en la cooperación entre los funcionarios públicos, Alex saludó con la mano y dijo: —"Hola".

El director respondió por reflejo. Estando en un trabajo donde su presencia es rara vez, si es que alguna vez es bienvenida, sin embargo, lentamente se dio cuenta de que había visto a Alex antes y su sonrisa se convirtió en una mueca al pasar.

Aunque todavía estaba cansado, Alex tenía un resorte en su paso y subió las escaleras de su oficina. Phil ya estaba en su escritorio y Alex se alegró de ver que se veía limpio y ordenado. Esto no era inusual para Phil, pero había habido una extraña ocasión en la que su sentido del vestir, si no su habilidad como detective, se había aproximado al de Colombo. Afortunadamente, hoy no era uno de esos días. Vino a discutir los desarrollos del caso y la estrategia a seguir. Una vez hecho esto, Alex encargó a Phil que contactara a Stanley Burns para que lo entrevistaran más tarde. Le contó a Phil el problema con el profesor de Andrew y le pidió que investigara los antecedentes de Carpenter y de los Connelly.

Alex tenía unos minutos libres, así que consultó su guía telefónica y luego llamó a la escuela de Andrew y pidió hablar con Brian Phelps.

—Hola, Brian, soy Alex Warren. ¿Cómo estás?

—Lo estoy haciendo muy bien, Alex. Es bueno saber de ti, pero me temo que sólo tengo un momento porque tengo que ir a clase y no estaría bien llegar tarde. Nunca se sabe lo que los pequeños cabrones van a hacer.

—Está bien, pero llamaba para pedir un favor, estoy buscando información y es todo extraoficial. ¿Estás libre esta noche? ¿Podríamos vernos para tomar una pinta?

—Me temo que tengo algo que hacer esta noche, pero tal vez podría reunirme por media hora. Digamos que a las seis. Todavía estoy en Muirend, así que, ¿podríamos vernos en el Banco? El pub que está justo al final de la carretera de Sainsburys.

—Trato hecho, te veré a las seis.

Alex volvió a prestar atención al caso de Héctor Mathewson. El informe provisional del forense ya estaba listo y confirmaba que no había duda de que se trataba de un asesinato. Alex revisó las transcripciones de las entrevistas de ayer y las notas tomadas. Su cabeza comenzó a palpitar cuando Phil llamó a su puerta para alertarlo, advirtiéndole que era hora de irse.

El tiempo de viaje fue de sólo unos minutos tomando la autopista y luego a lo largo de Haggs Road y St Andrew's Drive.

Alex aparcó en la carretera y ambos se bajaron del coche. El edificio era grande y aislado, construido de arenisca rubia con un techo de pizarra y fue construido a finales del siglo XIX. Caminaron a lo largo de un amplio camino pavimentado monobloque para acercarse a la puerta principal, subieron los dos primeros de los tres grandes escalones de mármol pulido semicirculares y presionaron el timbre de la puerta.

—No me gustaría estar corriendo por estos en un día helado. Hermoso aspecto, pero un poco traicionero, comentó Phil.

En cuestión de segundos la puerta fue contestada por un joven alto y delgado vestido con un traje de mañana. —¿Puedo ayudarles, caballeros? —preguntó.

Phil se quedó mirando, pero Alex mostró su identificación y respondió: —Soy el Detective en jefe Warren y este es el detective Morrison. Tenemos una cita para ver a la Sra. Holbein.

—Sí, le está esperando, pase por favor, —dijo, privando a Phil de la oportunidad de repetir su chiste del día anterior.

Mientras el hombre se giraba para indicar el camino, Phil miró a Alex y dijo en voz alta: —"En realidad tienen un mayordomo".

Se les mostró en un gran salón. La sala era alta, de casi tres metros de altura, y tenía elaboradas molduras de yeso en la cornisa y el techo. Ventanas muy grandes daban al jardín y a la entrada y estaban enmarcadas por ricas cortinas de terciopelo sujetas con tirantes. El suelo estaba cubierto por una pila profunda, Axminster, alfombra de tartán. La habitación era cómoda, lujosamente amueblada y decorada, pero con una completa falta de estilo. Para los muebles, una de las largas paredes estaba cubierta por estanterías de libros de suelo a techo que rebosaban de una profusión de textos encuadernados en cuero. Había un desajuste de tamaños, géneros y colores. Volúmenes de clásicos se intercalaban con ficción moderna y libros de texto antiguos. El único rasgo común era que todos eran libros y todos tenían encuadernaciones de cuero. Las estanterías estaban forradas con ellos, pero en algunos casos las pilas de libros se colocaban delante y en el suelo. El efecto general era más desordenado y desordenado.

En el centro de la pared opuesta había una gran chimenea abierta. Estaba apilada en lo alto con leños ardientes y cada pocos segundos, se oía un crujido o un escupitajo. A pesar de su tamaño cavernoso, la habitación era caliente y tenía una sensación acogedora. Tres grandes y profundos sofás separados por el mismo estilo, pero más erguidos, sillones en las esquinas, completaban una forma cuadrada alrededor del fuego, y esto continuaba el tema del cuero establecido por la biblioteca. En el centro había una colorida alfombra china que chocaba con el tartán que había debajo. Un pesado aparador de madera se sentaba contra la pared completa restante. En la parte superior había folletos publicitarios apilados al lado de una exhibición de botellas que mostraban algunas de las muchas marcas distribuidas por el Grupo Hanser. La gama era amplia e incluía varios Bourbons, whiskies escoceses, irlandeses y japoneses junto con una gama de rones y vodkas y varios licores especializados. Alex notó que una botella de Benlochy de veinticinco años estaba entre ellos. Un poco presuntuoso, pensó.

Estando muy interesado en el arte, Alex reconoció las obras en la habitación y consideró que parecían totalmente incongruentes con todo lo demás. En la pared sobre la exposición de bebidas había dos grandes pinturas enmarcadas. Uno era de Jack Vettriano y parecía una postal de gran tamaño. Junto a ella estaba uno de los retratos de estilo industrial de Peter Howson. Alex consideraba que la yuxtaposición era casi dolorosa para el ojo. La pared con la chimenea tenía un cuadro a cada lado de la chimenea. A la izquierda había un paisaje de Hornel y a la derecha un retrato de Holbein que Alex estaba seguro que debía ser una impresión. Los originales de Hornel, Vettriano y Howson no eran baratos, pero se podían permitir. Un Holbein era algo más. A Alex le resultaba difícil imaginar cuatro artistas cuyos estilos chocaran más. Phil no tenía nada parecido al mismo interés, pero sin embargo miraba a su alrededor con la boca abierta.

Sus reflexiones se vieron perturbadas por el sonido cercano de pasos pesados y laboriosos.

—Caballeros, por favor tomen asiento. Escucharon la voz antes de que ella entrara. Era una voz fuerte y confiada con sólo las más mínimas entonaciones americanas.

Alex y Phil se volvieron para ver la fuente. La mirada coincidía con la voz. La dama parecía tener unos cuarenta años y era de mediana estatura, pero no había nada más promedio en ella. Su rostro profundamente bronceado acentuaba sus brillantes y profundos ojos azules. Tenía una cara bonita con una nariz de botón y pómulos altos y ni el más mínimo indicio de mejora cosmética. Su pelo era corto y rizado. Su esbelto físico estaba bien formado y se mostraba mejor con un traje de pantalón azul oscuro perfectamente ajustado. Sin embargo, la impresión general fue ligeramente estropeada por un molde de yeso que cubría su tobillo y la mitad de la pantorrilla de su pierna izquierda. Entró cojeando en la habitación ayudada por una muleta de aluminio que se agarraba a su brazo con un soporte justo debajo de su axila.

—Soy Chuck Holbein, añadió extendiendo el brazo en señal de saludo.

—Encantado de conocerle, estamos muy agradecidos de que haya podido tomarse el tiempo para vernos. Alex le devolvió su firme apretón de manos y luego le pasó su tarjeta de visita.

—Accidente de patinaje, —dijo Chuck, anticipando su curiosidad. —Mi propia y estúpida culpa. Solía ser bastante competente en mis días de juventud y no había reconocido los años que han pasado. Me golpeé el tobillo, me lo torcí y me astillé un hueso.

—¿Pasó aquí?

—Sí, hace unos días, el domingo pasado. Llevé a mi hija a East Kilbride y pensé en mostrarle que aún hay vida en la vieja chica. Un error. Se reía en voz alta y tenía un tono irónico. —Estaba yo, queriendo impresionarla y parecer guay y ¿qué pasa? Está mortificada, avergonzada de que la vean conmigo mientras me arrastran en una ambulancia mientras un grupo de sus contemporáneos la miran y aplauden.

—¿Qué edad tiene? Alex preguntó

—Cumplió catorce años el mes pasado, pero como todos los adolescentes cree que lo sabe todo y es hipersensible, sobre todo cuando está a la vista de otros adolescentes".

—Sí, pueden ser bastante sensibles, lo sé muy bien, —respondió Alex, preguntándose si Craig podía ser uno de los espectadores ya que él y sus amigos se reunían a menudo en la pista de hielo los domingos.

—Ahora, por favor, siéntese, invitó.

Alex y Phil se sentaron en el sofá al lado del fuego, esperando evitar la ferocidad de su calor. Chuck se deslizó en la silla vertical que tenían enfrente y dejó caer su muleta al suelo.

Alex apreció la habilidad de Chuck para recibir a sus invitados y hacerlos sentir cómodos. Sólo estaba ligeramente perturbado por la disposición de los asientos. Sabía por su entrenamiento y experiencia la ventaja psicológica de tener a alguien que se cuestiona tener que admirar físicamente. Chuck había logrado lo contrario con la obvia excusa de su pierna dañada.

—¿Sin duda tienes un poco de curiosidad por la obra de arte? Chuck preguntó, viendo que Alex no podía mantener sus ojos alejados de las fotos.

—Sí, lo estoy, no es la combinación más probable.

—No, me temo que no. Fue la elección de mi padre. Cuando dirigía el negocio, compró esta casa para poder usarla para visitas y reuniones de negocios. Siempre estuvo orgulloso de sus raíces escocesas; sus abuelos maternos eran de Stirling. Debido a su herencia, quería comprar arte escocés para decorarlo. No sabía nada de arte y le pidió a un marchante que comprara piezas que pensó que serían una buena inversión. Sin embargo, no estoy seguro de que lo haya hecho bien.

—¿Qué pasa con el Holbein? Alex preguntó. —No es escocés, ¿hay alguna conexión familiar? añadió sonriendo.

—Nos gustaría. No hay ninguna conexión que conozcamos. Ni siquiera estamos seguros de que haya raíces alemanas. Pero como tenemos el mismo apellido, pensó que sería una buena idea.

—¿Pero no es un original?

"Otra vez, deseamos. El original de este está en el Louvre y vale millones, pero no es una mala copia, bueno la impresión en realidad."

—Sí, lo reconozco. Los otros también valen unos cuantos chelines. El Hornel es bueno; he visto otros similares en las Cámaras de la Ciudad. El Vettriano se ha usado para carteles y postales, así que espero que tenga derecho a los derechos de autor, y el Howson es uno de los primeros, antes de que fuera “descubierto” y empezara a batirse.

—Sabes de ellos, estoy impresionado. Mi padre compró el Howson después de saber que Madonna tenía uno, y tienes razón, es uno de sus primeros trabajos. No esperaba que la apreciación del arte fuera parte del entrenamiento de la policía.

—No lo es. Por mucho que me gustaría hablar de eso con usted, hemos llegado a un tema mucho más serio.

—Sí, ¿cómo puedo ayudarle?

—Entendemos que ha estado discutiendo con Héctor Mathewson sobre la toma de la destilería Benlochy.

—Cualquier discusión sobre una adquisición es información comercialmente sensible.

—Lo entendemos, pero Héctor fue encontrado muerto ayer por la mañana y creemos que ha sido asesinado. Tenemos que investigar toda la información sobre sus actividades recientes, de negocios y recreativas.

—Oh Dios mío. Lo conocí en la cena de la noche anterior.

—Eso confirma la información que nos dieron.

—Pero, ¿qué pasó? Chuck Holbein tenía una expresión aturdida.

—Todavía estamos tratando de reconstruir todo el cuadro.

—Vi en las noticias escocesas, ayer, que se había informado de una muerte en Benlochy y que las visitas a la destilería se estaban reduciendo temporalmente. Nunca hubiera adivinado que era Héctor. Traté de llamarlo cuando escuché las noticias, pero la recepcionista dijo que no estaba disponible. Eso es un eufemismo, si es que alguna vez lo he oído. Intenté llamarle al móvil, pero me saltó el buzón de voz. Nunca sospeché que podría haber sido él.

—Dijiste que habías cenado la noche antes de que muriera. ¿Podría darnos todos los detalles y los antecedentes?

—Bien, puedo entender tu necesidad de saber. Es de conocimiento público que Hanser está en el camino de la adquisición. Recaudamos dinero en los mercados monetarios hace unos meses y buscamos crecer. No estamos lejos de hacer la lista de Fortune 500 y planeamos llegar allí antes de fin de año. Hasta ahora todo eso está al descubierto.

—Conozco a Héctor desde hace varios años. Nos conocimos en conferencias de la industria y eventos comerciales, cosas así. Héctor me llamó hace un mes y me preguntó si estaría interesado en comprar Benlochy. Al principio pensé que bromeaba porque es uno de los grandes nombres entre los independientes. Tiene reconocimiento mundial. La Premier League, creo que es como se expresa en Gran Bretaña. Nuestras marcas de whisky también son reconocidas. No me malinterprete, nos va muy bien con ellos, las mezclas en particular, pero si tuviéramos a Benlochy en nuestro portafolio, entonces estaríamos desafiando por el primer lugar en la industria. Por supuesto que me interesaba. Le pedí a Héctor que preparara los hechos clave para que mi junta los viera y firmamos un acuerdo de confidencialidad, así que soy un poco cauteloso en lo que puedo decir.

—Creo que encontrará que una investigación criminal por asesinato triunfa sobre un acuerdo comercial, pero consulte con sus abogados por todos los medios.

—No, tienes razón, no necesito que un abogado me lo diga. Además, con Héctor muerto, el acuerdo es nulo. Probablemente no iba a ir a ninguna parte de todos modos.

—¿Por qué no iba a ninguna parte?

—Prefiero no decirlo.

—Creo que es necesario, pero por el momento escuchemos lo que pasó entre tú y Héctor.

—Héctor me envió por correo electrónico los datos que le pedí. Lo presentó como un memorándum de información formal y fue tal como yo sospechaba; tenían el rendimiento y la penetración en el mercado que buscábamos. Sus cifras eran incluso mejores en realidad, excepto por el beneficio neto. Eso no nos molestó demasiado ya que son un negocio familiar, por lo que esperábamos muchos costos inusuales. Todos se eliminarían después de una compra. Lo que más nos interesa es el beneficio subyacente, no lo que se declara en sus cuentas y, por supuesto, aún más, queríamos evaluar el potencial que podíamos explotar. Nuestra fuerza combinada nos daría acceso a algunos mercados en los que ninguno de los dos podríamos penetrar individualmente. Siendo el todo mayor que la suma de las partes.

—No hay ciencia espacial en nada de esto, es una táctica de evaluación estándar en una adquisición o fusión.

—De todos modos, me reuní con Héctor anteanoche para ver a dónde lo llevábamos. Esta fue la primera reunión real y no queríamos que fuera demasiado pesada, así que sólo estábamos nosotros dos. Necesitábamos un lugar neutral, así que nos reunimos en el Rogano para cenar. Héctor me regaló una botella antigua. Es la que está en el aparador.

—Me di cuenta antes. Me preguntaba qué hacía entre sus marcas.

—No se pierde mucho, ¿verdad, Inspector?

—Inspector Jefe, en realidad, Phil interrumpió, las primeras palabras que había dicho en voz alta desde que entró en la casa.

—Mis disculpas, no estoy familiarizado con la estructura de la policía en este país.

—No hay problema, —respondió Alex. ¿Hablaron de negocios durante la cena?

—Un poco, aunque en su mayoría hablaba de los viejos tiempos y de cómo el negocio ha ido cambiando a lo largo de los años.

—¿Su relación con Héctor era sólo de negocios?

La cara de Chuck se sonrojó. Se masticó el labio y miró hacia abajo, incapaz de satisfacer la mirada de evaluación de Alex. Por primera vez, perdió su aire de confianza, pero sólo por unos segundos. En el corto espacio de tiempo, parecía estar considerando cómo reaccionar; ¿debía ser ofendida, enojada, honesta o qué? Decidió su curso de acción y levantó la cabeza y lo miró fijamente.

—Hace unos años, tuvimos una aventura. Yo estaba entre maridos en ese momento y bastante sola. Estábamos en un evento de marketing en Londres y pasamos un tiempo juntos. No había nada más que hacer. Los dos éramos adultos y pasamos unos días sin ataduras. Nos separamos como amigos, por lo que sintió que podía llamarme.

—¿Y qué hay del miércoles por la noche?

—No pasó nada entonces. Cierto, Héctor sugirió que podíamos continuar donde lo dejamos, pero no me interesaba.

—¿Cómo se produjo todo esto?

—Durante el café, estábamos discutiendo el negocio y me sugirió que me llevara a ver la operación, de vez en cuando. Puso su mano sobre mi rodilla, la que no estaba herida, y fue más que un gesto amistoso. No soy una mujer vanidosa. Desde ese momento supe exactamente lo que estaba sugiriendo. Dijo que me sacaría y me mostraría la destilería y que sería nuestro secreto, ya que nadie lo sabría. Dijo que, si me apetecía un poco de aventura, podríamos tener algo de sexo sucio en el local. Creo que me dijo que, si quería que me dejara follarle en un trato, lo menos que podía hacer era dejarle follarme a mí primero. Decliné su oferta.

Viendo la expresión inexpresiva de Alex, Chuck continuó: —"¿No pareces sorprendido, o incluso sorprendido?"

—En realidad no, ya hemos oído hablar de algunas de sus hazañas. Ahora, usted ha dicho que la visita a la destilería habría sido un secreto, ¿le explicó cómo podría mantenerse en secreto?

—No exactamente. Dijo que podía meternos sin que nadie lo supiera, pero no dijo cómo y no quería que pensara que me interesaba su invitación, así que no pregunté.

—¿No mencionó un túnel?

—¿Un túnel? No, y tan bien como odio los espacios pequeños. Eso me habría desanimado mucho.

—No es que haya que aplazarlo de todos modos, Phil intervino con uno de sus pocos comentarios.

—No, joven, no lo hice, —respondió.

—¿Hasta dónde llegaron las discusiones de negocios? Alex preguntó.

—Discutimos las cifras y le pregunté por qué quería vender. Me dijo que quería salirse y que deseaba maximizar su dinero. Dijo que no había nadie más en la empresa capaz de hacerse cargo. Daniel era demasiado viejo y enfermo, Georgina no había estado involucrada durante años, Stanley no estaba interesado y no valoraba a Quentin y dijo que no podía llevar el apoyo de los demás de todos modos.

—No creo que Quentin lo vea de esa manera.

—Eso es lo que yo también dije. Conozco a Quentin desde hace años, las amistades de nuestros padres se remontan aún más, pero nunca estuve cerca de Quentin.

—¿No es la forma en que estabas con Héctor? Phil preguntó.

—No, —respondió fríamente. —Le pregunté cómo se sentía la familia sobre la venta y él sólo enjabonó suavemente la respuesta. Cuando lo presioné, dijo que habría cierta resistencia, pero estaba convencido de que podría lograrlo. Dijo que querría que fuéramos un poco creativos en el paquete, ya sea con empleo retenido o con generosos pagos para los familiares empleados por la compañía. Le dije que no iba a perder tiempo y dinero buscando una valoración y una oferta hasta que supiera que sería considerada adecuadamente. Le pedí que me diera una declaración de la junta aprobando una venta o al menos la consideración de una venta.

Chuck hizo una pausa por unos segundos, sus ojos se escudriñaron alrededor de la habitación. Parecía no estar segura de sí continuar. —Hay algo más, no sé si debería decírtelo.

—Déjeme ser el juez de eso, si me lo permite. Cualquier información podría ser relevante e importante.

—Héctor me dijo que había un segundo negocio, que se ejecuta en el lado. Dijo que todo el volumen de negocios de Benlochy no pasaba por las cuentas y que tenía una operación especial que proporcionaba un flujo de efectivo muy útil, con énfasis en el 'efectivo'. Le pregunté si era legítimo y no respondió, sólo levantó las cejas y dijo que no creía en el pago de impuestos y deberes que no tenía que hacerlo. Tenía curiosidad y le pregunté cómo lo vendía y me dijo que tenía contactos especiales. Lo detuve y le dije que no siguiera. Le dije, en términos muy claros, que Hanser era una gran empresa y totalmente legítima. Sí, usamos contables y abogados para asegurarnos de presentar las cifras de la manera correcta y para asegurarnos de que la estructura y las residencias se optimizan para reducir los impuestos, pero no vamos a violar la ley. Tenemos grandes ambiciones y tenemos un listado de Wall Street. No vamos a perjudicar nuestra posición involucrándonos en nada dudoso y ciertamente no nos vamos a involucrar con canales de distribución criminales.

—Creo que ya sabemos de qué se trata, así que no tienes que preocuparte por traicionar confidencias, le aconsejó Alex tranquilizándola y pareció relajarse visiblemente.

—Creo que es todo lo que tengo que pedir por el momento, pero puede que queramos hablar de nuevo. ¿Cuánto tiempo te quedarás en Glasgow?

—Voy a volar de vuelta a Nueva York el lunes. Melissa tiene que volver a la escuela. Aunque siempre puedes localizarme. Aquí está mi tarjeta, tiene mi celular privado y mi correo electrónico. Por favor, discúlpame si no me levanto para acompañarte a la salida, pero haré que Jeeves lo haga.

—¿Jeeves? Alex y Phil cuestionaron en perfecta armonía.

—Su verdadero nombre es Hartley, pero es nuestra pequeña broma.

CAPÍTULO TRECE

UNA VEZ DE VUELTA EN EL COCHE, ALEX SE VOLVIÓ HACIA PHIL.

—Si Mathewson suministraba whisky ilegal a los contactos del hampa, debe haberse mezclado con gente muy peligrosa. Esa industria está controlada por los sindicatos del crimen organizado y los jefes de las pandillas involucradas no son con los que uno querría meterse. Si hubiera cerrado un trato o decepcionado a alguien, o si hubiera dejado que se enteraran de que se retiraba del negocio, no habrían pensado en aplastarlo. Todo este negocio está tomando un sabor aún más desagradable.

Antes de encender el motor, tanto Alex como Phil revisaron sus teléfonos, recuperándolos del modo silencioso. Alex vio que tenía dos llamadas perdidas de Sandra, así como un mensaje de voz. Presionó y mantuvo presionada la tecla "1".

—Hola, Alex, estoy en el piso y es genial. Estoy planeando subir y confrontar a los vecinos pronto y pensé en comprobar en el improbable caso de que pudieras estar disponible. Alex comprobó los detalles y vio que la grabación se hizo sólo tres minutos antes. Volvió a llamar, y mientras sonaba, salió rápidamente y se puso al lado del coche.

—Es genial, Alex, es simplemente perfecto.

—No puedo hablar ahora, estoy fuera de la casa de Holbein y tengo a Phil en el coche. Aguanta ahí veinte minutos y me uniré a ti para que no tengas que subir las escaleras sola. Me iré ahora, nos vemos pronto.

Sin esperar una respuesta, Alex hizo click y luego volvió a subir al auto y encendió el motor, hizo un giro en U y volvió a su ruta anterior.

Phil comenzó: —He recibido algunos comentarios de las investigaciones de esta mañana. Primero, Stanley Burns está en casa y estará toda la tarde, así que podemos ir ahora si quieres porque ya estamos en el lado sur.

—Me temo que tengo algo que atender primero. Te dejaré en la oficina y te recogeré entre media y una hora después, ¿de acuerdo?

—Seguro. Tú eres el jefe. Tomaré un bocado de almuerzo en el medio.

—Dijiste "primero", ¿qué más tienes?

—Lo siento, casi lo olvido. Es sólo un poco de retroalimentación sobre las preguntas que me pediste que hiciera. Carpenter salió limpio. Sin antecedentes penales, ni siquiera una multa de estacionamiento. Está casado y tiene dos hijos, ambos en la escuela primaria. Se graduó con honores en St. Andrews y luego fue a la escuela de magisterio de Jordanhill. Eastfarm es su segundo trabajo de profesor y todo suena kosher. Conoció a su esposa en TTC y ella enseñó primaria hasta que llegaron sus retoños y luego lo empacó. Su historial también está limpio. Juega al bádminton y al tenis de mesa en el County Standard y es un entusiasta del ajedrez y ayuda a entrenar en estas actividades en la escuela.

—Eso es bueno, ¿algo sobre los Connellys?

Oh sí, pero no están tan limpias.

—Cuéntame más.

—Paul Connelly es el padre. Tiene media docena de condenas que van desde el robo de coches hasta el asalto con agravantes. También está siendo investigado por hacer reclamos de beneficios fraudulentos. Ha cumplido un poco de tiempo, pero eso fue hace varios años por uno de los asaltos. Desde entonces sólo tiene sentencias de servicio comunitario. Tiene 37 años y nunca ha tenido un trabajo adecuado en su vida. Su esposa, bueno, socia en realidad porque nunca se han casado, es Margaret Doherty. Ha sido condenada varias veces por robo en tiendas y en una ocasión denunció una agresión sexual contra un tipo que la estaba entrevistando para un trabajo. No consiguió el trabajo, ni ningún trabajo, según los registros. Solicitó asistencia jurídica y encontró un abogado que la representara, pero el caso fue abandonado antes de que llegara a los tribunales y se sospechó que, en esta y tal vez en otras ocasiones, era una estafa. Ella hace alguna reclamación falsa contra algún pobre diablo y obtiene un pago para no arrastrarlo por la cuneta.

—Eso suena muy útil. Podría ser que estén variando la fórmula y usando al chico para la misma estafa. ¿Conseguiste algo de sus hijos?

—No mucho, porque muchos de los registros son inaccesibles, pero hay dos chicos. Dean tiene trece años y Sean doce. Hay historias sobre ambos extorsionando dinero con amenazas de otros escolares. Los informes se remontan a su anterior escuela en Barrhead, así como a Eastfarm. Por lo que pude ver, el joven, Sean, es el realmente malvado y el mayor sólo sigue su ejemplo. Otra cosa, hay un caso judicial pendiente para que los desalojen de su piso. Aparentemente nunca han pagado el alquiler y hay varias otras demandas por deudas incobrables. ¿He hecho el bien o he hecho el bien?

—No podría haber pedido más, bien hecho.

Las pesadas nubes se habían despejado y se podía ver el azul en el cielo. Estaba iluminado por un brillante, aunque acuoso, sol de invierno. Alex dejó a Phil fuera de la calle Pitt y consideró que su mejor ruta hacia el West End era encontrarse con Sandra. Aunque más lejos, eligió tomar la autopista Clydeside para evitar el tráfico pesado de la carretera de Dumbarton. Esto le permitió recorrer la mayor parte de la ruta a una velocidad constante de ochenta kilómetros por hora en lugar de cinco. En el camino pudo apreciar el avance de la construcción del nuevo Hydro Arena, la última adición al complejo del Centro Escocés de Exposiciones y Conferencias. Alex había leído un artículo que mostraba que la nueva arena nacional tendría 12.000 asientos y sería el mayor lugar de entretenimiento de Escocia. En progreso se veía como cualquier otro sitio de construcción, pero con una estructura compuesta de grandes huesos de acero que sobresalían del suelo en ángulos extraños. parecido a un esqueleto de dinosaurio.

Alex pasó por la salida principal del West End, en su lugar salió en Whiteinch y regresó a la ciudad. En total, le tomó menos de diez minutos antes de llegar al piso y vio a Sandra cuidando de su llegada. Salió del coche y se acercó a la entrada principal. Escuchó el zumbido de Sandra liberando remotamente el sistema de seguridad de la entrada antes de que llegara a la puerta y la atravesara y subiera las escaleras para encontrarse con ella en unos segundos.

—Me gustaría mostrarle el lugar, pero sé que tiene prisa, así que puede quedarse hasta más tarde. Subamos ahora. Ya sabes lo que tengo en mente.

Alex miró a Sandra con aprobación, estaba tan limpia y fresca y sana. Podía oler el jabón y el champú. Era delgada y flexible, llevaba vaqueros ajustados a la piel y un suéter que se aferraba a su forma acentuando sus curvas. Alex no dijo nada: sólo asintió con la cabeza y le dio un apretón de manos tranquilizador antes de que subiera los escalones del siguiente piso. Alex la siguió, admirando sus rápidos y elegantes movimientos, y luego se colocó a un lado de la entrada. La puerta no parecía sustancial. Parecía más bien el estilo de una puerta interna de paneles con una superficie áspera que había sido mal pintada en un color claro. Esto sólo enmascaraba completamente el verde de debajo en algunos lugares, pero toda la superficie estaba manchada. El marco de la puerta era todavía de color verde botella excepto cuando la madera natural se veía con astillas ásperas. Alex calculó que debió ser forzada a abrirse, probablemente con una palanca, en alguna ocasión anterior y que se había usado pintura blanca en un intento inútil de cubrir el peor de los efectos. No hubo timbre y en su lugar se colocó una aldaba de latón en el centro.

Alex observó mientras Sandra agrietaba ruidosamente la aldaba. No hubo respuesta al principio, así que esperó unos segundos y luego lo intentó de nuevo. Un perro gritó, luego hubo un sonido sordo de arrastre y lo que sonó como un bostezo exagerado, seguido por un clic metálico. Un rayo de luz se escapó por un pequeño hueco cuando la puerta se abrió ligeramente.

—¿Quién eres y qué quieres?

—Buenos días, me llamo Sandra Mackinnon y soy su nueva vecina. Me estoy mudando abajo y pensé en venir y presentarme, —llamó entusiasmada.

Se oyó un chirrido cuando se abrió la puerta por completo, revelando a un hombre, de unos veinte años y vestido sólo con calzoncillos. Era pequeño de estatura y delgado, con el pelo sudoroso y arenoso pegado a su ceja y dos o tres días de crecimiento de vello facial. Olía a rancio. Al ver a Sandra, su rostro se iluminó con una amplia sonrisa, pero le faltaban algunos dientes delanteros y los que quedaban estaban sucios y manchados de nicotina.

—Soy Mark, encantado de conocerte, pasa. Lo siento, no estoy vestido todavía, acabo de despertarme. Tuve una noche larga con algunos amigos alrededor. A menudo tenemos fiestas, ¿tal vez te gustaría unirte a nosotros?

—Gracias por la invitación, —gritó Alex y tanto él como Sandra se adelantaron por el pasillo y entraron en una sucia y desordenada sala de estar con ropa desechada que cubría un sofá, el único asiento designado en la habitación. Un pequeño, pero mórbidamente obeso Jack Russell terrier estaba sentado entre la ropa mirando hacia arriba. El joven lo siguió y luego levantó su cuello para mirar a Alex con temor. "No te vi allí.

Alex dejó a Sandra para que hablara.

—Sí, como dije, soy su nuevo vecino y este es mi amigo, Alex Warren, Detective Inspector Jefe Alex Warren para usted. Soy la Detective Sargento Sandra Mackinnon y sí, ambos estamos en la fuerza policial. Como puede imaginar, trabajamos muy duro y trabajamos muchas horas, así que queremos poder descansar completamente cuando lleguemos a casa. Gracias por su amable invitación a sus fiestas, pero no aceptaremos. También esperamos no sufrir ninguna molestia de los invitados que puedan recibir o los haremos responsables. ¿Entienden?

Mark asintió con la cabeza, su boca estaba abierta y sus ojos estaban muy abiertos y aterrorizados.

—Hay un par de otros asuntos que quiero mencionar mientras estoy aquí. Primero, hay un olor distintivo de cannabis en esta habitación y, a menos que me equivoque, es lo que tienes en la bolsa sobre la mesa. No quiero verlo, no estoy en el escuadrón de drogas y no estoy muy interesado en el daño que los individuos quieren hacerse a sí mismos, pero si tengo algún problema con usted, entonces me aseguraré de que algunos de mis amigos le hagan una visita y lo vigilen muy de cerca. El otro asunto es que revisé el patio trasero esta mañana y está lleno de caca de perro. Ahora, soy tan amante de los perros como cualquiera, pero no voy a tolerar que permitas que tu perro estropee lo que es parte del área común. Te daré hasta el domingo por la mañana para que limpies el área y, si no lo hace o si dejas que tu perro se ensucie en cualquier lugar de nuevo sin limpiarlo, entonces vas a tener serios problemas. ¿Está todo esto muy claro?

—Pero algo de eso no era mi perro.

—Lo que significa que mucho de ello fue. Te he dado mis instrucciones.

Mark hizo una especie de asentimiento. Estaba temblando y le temblaban las rodillas. No era por el frío.

—No te escuché. ¿Está todo muy claro?

—Sí, —respondió Mark con pesar.

Alex y Sandra se fueron y volvieron a su piso. Ella abrió la puerta con llave, —No sé cómo lo hice. Ahora, ya está hecho, estoy temblando como una hoja.

—No está tan cerca como él. Lo manejaste perfectamente.

—¿Quieres entrar?

—Me encantaría, pero debo volver. Te alcanzaré más tarde.

—Muchas gracias por venir, me dio fuerzas. Sandra rodeó con sus brazos el cuello de Alex y se abrazó estrechamente, frotando su mejilla contra la de él y acariciando su oreja.

—Alex disfrutó sintiendo el calor de su cuerpo cerca de él. Se quedó en el abrazo por unos segundos y luego pellizcó afectuosamente su nalga mientras se movía hacia atrás. "Sólo aguanta el humor hasta esta noche. ¿Qué tal si vengo después del trabajo con una buena botella de vino para bautizar el piso?

—Me parece bien, no soy muy buen cocinero, pero prepararé algo para que podamos comer dentro.

—Puedo traer el postre también.

—Confío en ello, —respondió Sandra lascivamente con voz ronca.

Alex sacudió la cabeza mientras se dirigía al coche y saltó. La sugerencia de comida le hizo darse cuenta de que no había comido nada todavía y previó una larga tarde de trabajo que se extendía por delante. Sandra nunca había cocinado para él antes y no estaba muy seguro de qué esperar. Tal vez ella estaba en el nivel de gourmet y lo mantenía en secreto y sólo había sido modesta. Por otro lado, él nunca la había oído hablar de comida. Ella podría haber estado diciendo la verdad y el "Pot Noodle" instantáneo con tostadas habría sido un desafío. Decidió no arriesgarse demasiado y llamó a Phil.

—¿Estás listo? Estoy en camino de regreso y sólo me tomará diez o quince minutos. Si puedes, ¿me traes un sándwich?

—No hay problema, jefe. Sólo dígame su pedido. Podría ir a la nueva tienda de bagels a la vuelta de la esquina. Oh, y algo nuevo. Anne Dixon llamó y sugirió que queríamos hablar con ella y Connors, tienen los resultados del forense del Primer Ministro y otras pruebas que han hecho y pensamos que querríamos saberlo de inmediato.

—Pregúntale a Dixon si ella y Connors pueden vernos ahora. Estaré allí en unos minutos y luego podremos ir a ver a Stanley Burns. Si pudieras conseguirme un atún fundido, un bollo y un paquete de patatas fritas de queso y cebolla, me conformaré contigo cuando vuelva.

Alex se alejó y no prestó demasiada atención al límite de velocidad mientras corría de regreso a su oficina.

A su llegada, sus invitados habían llegado para su reunión, su comida estaba en un plato y junto a ella había una taza de espuma de poliestireno medio llena de café humeante.

Estrechó la mano de Connor y Dixon. —Siento las prisas, pero me voy a otra entrevista. ¿Has ofrecido a nuestros invitados cafés, Phil?

—Lo ha hecho, pero no estamos tan desesperados como para beber cosas de esa máquina, —respondió Connors. —Después de todo, ¿quién quedaría para llevar a cabo las pruebas forenses de nuestros restos?

—Buen punto, —respondió Alex. —Por favor, discúlpeme por comer, pero no tengo mucho tiempo. Levantó medio bagel y lo mordió a través de la cobertura de queso y atún.

—No hay problema para nosotros, aunque puede que no te apetezca comer mientras discutimos el contenido del estómago", continuó Connor con un parpadeo de una sonrisa. "Dejaré que Anne te dé los detalles de cómo dirigía el departamento mientras yo no estaba."

—Bien, comenzó Anne, —para empezar, hemos vinculado la hora de la muerte entre la medianoche y la una de la mañana. Esto se confirma por la temperatura corporal junto con la digestión del contenido del estómago basado en la hora que entendemos que tuvo su cena. Tenía un gusto muy caro. A menos que nos equivoquemos, empezó con salmón ahumado, luego pasó a tener langosta thermidor y había una bola de masa clootie no digerida, al menos así me han dicho que se llama. Fue regado con una amplia cantidad de vino blanco, un Sancerre podría haber ido bien, especulo.

—Todo muy apasionante pero no creo que nos lleve más lejos, —respondió Alex.

—No, pero puede que seas más feliz con esto. Mathewson estuvo involucrado en actividad sexual sólo un poco antes de su muerte.

Alex la miró, claramente ahora mucho más interesado. —¿Puede decirnos algo más?

—Sí, detectamos un número de vellos púbicos. Su pareja era mujer, blanca, rubia y probablemente tenía entre dieciocho y sesenta años.

—¿Puedes ser más específico?

—¿Ayudaría si te dijera que tiene 22 años, que su pelo es platino blanqueado, ojos verdes, 1.67 metros de altura, con un lunar a cinco centímetros del pezón izquierdo y que tiene un juanete en el dedo gordo del pie derecho?

Alex la miró con asombro. —¿Tienes que estar bromeando?

—Sí, tengo que estar bromeando, —respondió Anne. —La ciencia forense ha avanzado considerablemente en los últimos años, pero no somos magos. Podemos analizar el vello púbico y decir el sexo, la raza, el color verdadero del pelo y la etapa de desarrollo, es decir, niño, adulto o anciano, pero no mucho más, a menos que tengas el equipo ficticio que ves en CSI.

—¿Hay algo más?

—Bueno, sí, había estado usando un condón y el lubricante era consistente con los paquetes que encontramos en su escritorio.

—Así que practicó el sexo seguro. Eso es lo único que hemos comprobado a su favor. ¿Qué hay del condón?

—Bueno, eso es lo extraño. No encontramos ninguno.

—Eso es un poco extraño. ¿Dónde has mirado?

—En todas partes eso parecía realista. No estaba en ningún lugar cerca del cuerpo. No se dejó en ningún cubo de basura o armario. También revisamos los contenedores de basura y no hubo suerte. No creemos que pudiera haber sido tirado por el retrete. No es imposible, pero es improbable, revisamos las cañerías y no hay señales de ello.

—Bueno, ¿tal vez tuvo sexo antes de volver a la destilería?

—Eso es posible. Si sucedió en el sitio, entonces plantea las preguntas con quién y cómo entraron. ¿Los trajo? ¿Podrían haberlo matado y luego haber salido de la misma manera en que entraron?

—Por otro lado, ¿tuvo relaciones sexuales antes de entrar en el sitio? Si es así, tendría que haber llevado el condón con él, lo que es muy posible porque podría haber esperado engancharse con Holbein. Si eso no hubiera sucedido, no habría tenido mucho tiempo, lo que plantea la pregunta de dónde, cuándo y con quién. ¿O podría la persona haberlo seguido y luego haberlo matado? En cualquier caso, el compañero tiene que ser un sospechoso. Si el sexo fue en el lugar, ¿es probable que el compañero se hubiera quitado el condón y se lo hubiera llevado? Y si es así, ¿por qué? A menos que hayan llevado a cabo el asesinato y quieran eliminar las pruebas de que han estado allí.

—¿Así que es una gran prioridad descubrir con quién se acostó? Alex preguntó.

—O no se 'acostó' con para ir más al grano, añadió Phil.

Ignorando la broma, Alex continuó, —Así que eso nos ha dado algo con lo que seguir. ¿Hay algo más?

—Las pruebas y controles de rutina habituales, —respondió Anne. —Todo estará en el informe formal y lo recibirás mañana. Pensamos que necesitabas la información sobre el sexo y el condón más temprano que tarde.

—Tienes razón, muchas gracias. Puedo ver por qué mi buen amigo Connor, aquí presente, fue tan rápido en contratarte.

—Sí, pero ahora no estoy tan seguro de que haya sido una buena decisión. Dijo que quería que el trabajo aprendiera de mí. Sólo ha estado aquí unas pocas semanas y ya está cerca de superarme. Creo que lo próximo que hará será buscar mi trabajo, intervino Connor.

—No te preocupes. Pasará mucho tiempo antes de que eso suceda, —respondió Anne.

CAPÍTULO CATORCE

Phil llamó para avisarle a Stanley Burns que estaban en camino y luego Alex y Phil fueron a su auto. Lo había dejado aparcado en un espacio amarillo en la calle Pitt en las afueras del instituto de Glasgow, pensando que sólo tardaría un par de minutos. En cualquier caso, su sesión había durado un poco más, y cuando Alex se acercó a su vehículo pudo ver un trozo de papel de color verde en un envoltorio de plástico clavado bajo su limpiaparabrisas.

—Bastardo, —dijo, condenando su propia pereza y estupidez al no tomarse el tiempo de aparcar correctamente, en lugar de dirigirse a nadie en particular. Phil miró, un poco preocupado pensando que había hecho algo para invocar la ira de Alex y temeroso de que, por alguna razón, pudiera ser obligado a soportar el peso de su ira.

—Está bien, —dijo Alex. —Mi propia y estúpida culpa". No pudo evitar preguntarse si era el mismo alcaide con el que se había encontrado el día anterior y de nuevo esta mañana, el que finalmente había sido capaz de llevar a cabo su venganza. Le molestaba tener que cancelar la multa de sesenta libras para ahorrar unos minutos. Aunque había estado en asuntos policiales, sabía que no podía recargar el costo ya que la policía no podía ser vista como que condonara su delito menor, incluso si era para su beneficio. Alex levantó el sobre de plástico y lo metió en su bolsillo.

Poco después llegaron a la casa de Stanley en Newton Mearns. Era similar en edad, tamaño y forma a la casa de la familia de Alex en Clarkston, a sólo cinco o seis kilómetros de distancia.

Subieron por el camino de entrada y Alex pulsó la campana. La puerta fue abierta por una criatura parecida a Adonis. Sólo un poco más pequeño que Alex, tenía los hombros anchos y la piel profundamente bronceada. Tenía el pelo rubio muy corto y puntiagudo y una cara que no estaría fuera de lugar en un anuncio de cuchillas de afeitar o artículos de aseo para caballeros. Sus músculos se ondulaban al moverse y su chaleco ajustado no ocultaba su físico de paquete de seis.

—Tenemos una cita para ver a Stanley Burns, ofreció Alex, sin saber con quién hablaba.

—"Entren y tomen asiento", fue la respuesta, mientras señalaba una puerta abierta a su derecha.

Alex y Phil siguieron la dirección y luego miraron alrededor de la habitación minimalista y fastidiosamente limpia. Las paredes eran uniformes y de color crema, complementando el suelo laminado de haya y los muebles eran una simple suite de tres piezas de color rojo que rodeaba una mesa baja de haya. La única decoración era un gran jarrón de cristal sobre la mesa, rebosante de docenas de narcisos que estaban en plena floración. La calefacción estaba puesta en alto y la habitación se sentía sin aire y claustrofóbica.

Escucharon una voz desde fuera, —"Stanley, cariño, han llegado tus invitados", y en un tono lo suficientemente alto como para que los oyeran claramente, añadió, —"y los dos parecen muy desanimados, aunque no lleven uniforme, especialmente el alto". Volviendo a un volumen normal continuó: —"¿Quieres que me quede por aquí en caso de que me necesiten, o debo ir al gimnasio?"

Alex no escuchó la respuesta, pero la misma voz continuó:

—"Bien, entonces, siempre y cuando estés seguro. Tomaré la Harley y luego puedes conducir y unirte a mí cuando estés libre". La puerta se cerró de golpe y se escucharon pasos fuera de la ventana y luego el tono distintivo de una moto que se arranca y se revoluciona antes de que el ruido del motor se desvanezca en la distancia.

Tan pronto como el último eco desapareció, apareció una nueva figura en la puerta.

—Soy Stanley Burns, siento mucho haberte retenido, pero me estaba cambiando y estaba listo para el gimnasio. He enviado a Barry para que podamos hablar, pero ¿puede decirme cuánto tiempo tomará esto? Porque le he dicho que me reuniré con él en el Parkview tan pronto como terminemos. Stanley tenía la misma apariencia inicial que su hermano y los otros miembros masculinos de la familia Burns, compartiendo la misma forma facial y orejas pronunciadas. Sin embargo, ahí es donde el parecido se detuvo ya que su figura era enjuta y musculosa, sin duda mantenida por sus sesiones regulares de entrenamiento en el gimnasio. También era muy campestre y vestía ropa suelta en forma de chándal de color turquesa. La tela era brillante pero no parecía ser una sintética barata. Tenía un aspecto chino con bordados de colores en los puños y el cuello y podría haber sido de seda. —Tengo mi equipo de gimnasia debajo para poder cambiarme rápidamente, —explicó. Levantó su brazo en saludo y su apretón de manos fue suave y húmedo, apenas haciendo contacto.

Alex y Phil se esforzaron por no mirar fijamente su extravagancia mientras se deslizaba elegantemente por la habitación para acercarse a una silla frente a ellos.

—¿Puedo traerle un zumo de frutas? Tengo un poco de naranja recién exprimida si quieres o hay otras opciones de un cartón. No puedo ofrecerte té o café porque no lo guardo en la casa. No soporto la cafeína, creo que es malvada.

—¿Y qué piensas del whisky? Alex preguntó.

—No puedo hablar en contra, me proporciona mi nivel de vida, pero nunca lo toco, me gusta más la ginebra cuando bebo alcohol.

—Gracias, pero estamos bien, además no queremos retenerte más de lo necesario. Sin esperar a que Phil reaccionara, Alex respondió por ambos.

Mientras hablaba, Alex notó un movimiento cerca del suelo y, al mirar hacia abajo, vio un hermoso gato siamés que caminaba arrogantemente hacia él. Era elegante, delgado y estilizado, con un cuerpo bien musculoso y una cabeza triangular. Su coloración era marrón oscuro, sus ojos de forma almendrada y azul claro, y tenía grandes orejas de base ancha colocadas más hacia el lado de su cabeza. Alex estaba familiarizado con la expresión de los perros que frecuentemente se parecían a sus dueños; en este caso, pensó que también podía aplicarse a los gatos. Tal vez, reflexionó, era más un caso de dueños de mascotas que elegían una raza con características similares a las suyas.

El gato se detuvo a unos centímetros de distancia, evaluando a los visitantes que invadían su territorio y luego, pareciendo dar su aprobación, se levantó primero contra el sofá y luego se frotó el costado contra la pierna de Alex.

Aunque le gustaban los animales, Alex nunca se había encariñado con los felinos. Sentía que los gatos eran demasiado independientes y nunca fueron realmente domesticados. Dejando de lado el hecho de tener un gato como mascota, Alex sentía que era el gato el que fomentaba sus asociados humanos y no al revés. El humano fue entrenado para atender y cuidar al gato, pero cualquier muestra de afecto era rara y nunca se podía confiar en ella. Un perro, por el contrario, podría no ser tan inteligente, pero era considerablemente más probable que fuera leal y cariñoso.

Phil sacó un pañuelo de su bolsillo y se frotó los ojos que lagrimeaban profusamente. —Lo siento, Sr. Burns, pero soy alérgico a los gatos, ¿podría pedirle que se vaya?

Burns miró a Phil como si acabara de llegar de otro planeta, pero luego cedió y recogió a su querida mascota. —Vamos, Sheba, te llevaré al lado, —dijo mientras le acariciaba la espalda y le daba pequeños besos en la nuca.

Alex reanudó la conversación: —"Supongo que ya habrás oído hablar de tu cuñado".

—Bueno, más o menos. Oí que lo encontraron muerto en la destilería, pero eso es todo lo que sé. Georgina llamó para decírmelo.

—No sabemos mucho más nosotros mismos, todavía. Todavía estamos tratando de reconstruir quién es quién y qué podría haber pasado. Me gustaría que nos ayudaras diciéndonos lo que sabes.

—Estoy feliz de darte cualquier ayuda que pueda.

—Bueno, empecemos preguntando cuándo fue la última vez que viste a Héctor.

—No estoy seguro, ya debe haber pasado más de una semana. Sí, así es, fue en una reunión de la junta directiva el miércoles pasado.

—¿Dónde fue eso?

—Fue en la sala de juntas, en Benlochy. La reunión duró hasta la una de la tarde, luego almorzamos y me fui a casa.

—¿Adónde fuiste a almorzar?

—No fuimos a ninguna parte. Se sirvió en la sala de juntas. Traemos a los proveedores externos. Son muy buenos. Puedo darte su número si quieres, incluso puedo decirte su menú.

—Gracias, pero no creo que sea necesario. ¿Ha visto a algún otro miembro de la familia desde la reunión?

Stanley se detuvo a pensar un momento. —No, no lo he hecho. Georgina vino a una galería en la que yo estaba exhibiendo, pero eso fue el domingo anterior.

—¿Así que se mantienen en estrecho contacto?

—¿Con Georgina? Supongo que sí. Yo era el bebé de la familia. Georgie es seis años mayor y Quentin ocho. Georgie siempre me cuidó.

—¿Qué pasa con tus padres?

—Yo estaba muy cerca de mi madre, pero ella se enfermó cuando yo todavía era un adolescente. Tenía una enfermedad cardíaca crónica y finalmente la mató hace unos diez años. Los ojos de Stanley se veían tristes y llorosos. —Mi padre, por el contrario, era poco emocional e intransigente. Siempre fue su manera o no. Mi madre me protegió cuando era joven, pero cuando se enfermó, necesitó toda su fuerza para cuidar de sí misma. Georgie me ayudó un poco.

—¿Y qué pasa con Quentin?

La cara de Stanley se puso tiesa. —Quentin y yo no nos llevamos bien.

—¿Qué quieres decir?

—Quentin siempre fue cruel, incluso peor que su padre. Empezó cuando yo era joven. Creo que él sabía que yo era gay incluso antes de que lo hiciera. Se burlaba de mí sin piedad y se burlaba de mí en cada oportunidad. Me menospreciaba delante de mi madre y mi padre y mi padre le dejaba salirse con la suya, incluso le animaba.

—¿Todavía te intimida?

—Ya no tiene ninguna oportunidad. La mayoría de las veces me mantengo fuera de su camino, pero además de eso, tiene miedo de Barry. Barry y yo hemos estado juntos desde hace unos años. Cuando nos conocimos, él era un campeón de Tae Kwon Do y eso asustó mucho a Quentin. Ahora no sigue así porque se lesionó la rodilla, pero Quentin sigue manteniendo la distancia.

—¿Es por Quentin que no tomas parte activa en el negocio?

—Es la razón principal, ni siquiera me gusta estar en su compañía. Todavía se burla de mí. Soy un adulto, pero él todavía tiene una manera de hacerme sentir pequeño e inadecuado.

—¿Pero asistes a las reuniones de la junta?

—Sí, soy bastante bueno en entender lo que está pasando y participo en las decisiones. Tengo derecho a estar ahí ya que soy accionista y fideicomisario del fideicomiso familiar. Lo que, es más, me gusta estar allí porque sé que eso molesta a Quentin. No puede soportar el hecho de que el maricón de su hermanito tenga un voto que tiene el mismo peso que el suyo.

—Puedo ver cómo podría funcionar. ¿Cómo te llevaste con Héctor?

—Nos toleramos el uno al otro. Nunca me gustó la forma en que trató a Georgie y se lo dije en más de una ocasión, pero aparte de eso estaba bien conmigo. Se aseguró de que yo recibiera mi salario y mis dividendos.

—¿Puede decirme dónde estuvo la noche del miércoles hasta el jueves por la mañana?

—Barry y yo salimos a comer y luego al teatro en Glasgow. Después de eso nos fuimos a casa y nos quedamos en casa. Volvimos alrededor de las once, tal vez un poco más tarde.

—¿Dónde fuiste a comer? Alex preguntó, preguntándose si su camino podría haberse cruzado con el de Héctor y Chuck.

—Fuimos al Barolo Grill en Mitchell Lane. ¿Por qué?

—¿Sabías que Héctor estaba en la ciudad? Estaba cenando en el Rogano. Está en Exchange Place; no puede estar a más de cien metros de la Barola.

—No, no lo sabía. ¿Hace alguna diferencia?

—Podría ser, estaba cenando con Chuck Holbein.

—¿Qué? ¿Holbein de Hanser? ¿Por qué?

—No creo que necesites que te responda a eso.

—Se ha hablado de que Héctor quería vendernos, pero yo creía que eran todo chismes. ¿Mi padre sabía de esto?

—En cuanto a que tu padre lo sepa, sería mejor que hablaras con él tú mismo. Por su reacción, es evidente que no estaba al tanto de ninguna discusión de ventas. ¿Es eso cierto?"

—No sabía nada al respecto.

—Se nos hizo creer que se discutió en sus reuniones de la junta. Tal vez deberíamos revisar las actas.

—No, nunca me lo dijeron, pero tal vez no sería tan malo, reflexionó Stanley. —¿Pero con todo esto, en que queda el trato, con Héctor muerto?

—Hasta donde sé, no ha habido ningún trato.

—Tal vez llame a Georgie y vea lo que sabe.

—Sí, tal vez haga eso. Ella podría apreciar tu ayuda para organizar el funeral también.

El sarcasmo de Alex se perdió en Stanley.

—Sí, será mejor que la llame y vea qué puedo hacer, —respondió Stanley.

Alex sintió que habían agotado sus preguntas, al menos por el momento. Agradeció a Stanley su cooperación y se fue con Phil para volver al coche. Para cuando se sentaron, la nariz de Phil estaba chorreando y sus ojos estaban rojos y manchados. —Ojalá lo hubiera sabido de antemano, habría tomado algún antihistamínico.

CAPÍTULO QUINCE

Aunque era un día frío, completaron el viaje desde Newton Mearns al centro de la ciudad de Glasgow con las ventanas abiertas y el ventilador a tope para que Phil pudiera inhalar aire fresco, o lo más cerca posible de algunos con la abundancia de gases de gasolina y diesel. En cualquier caso, la combinación parecía ayudar y para cuando volvieron a la calle Pitt, Phil respiraba normalmente de nuevo y sus ojos y nariz habían dejado de fluir.

Regresaron a su oficina, en el camino discutiendo la etapa a la que habían llegado en la investigación.

—Podría haber participación del crimen organizado aquí. ¿Deberíamos traer a los equipos de especialistas? Phil preguntó.

—Tiene razón en que hay una implicación con la distribución ilegal de whisky y sí, necesitamos mantener a nuestra gente al tanto, pero estoy seguro de que los padrinos no fueron responsables de matar a Mathewson. Si pensaban que Mathewson estaba en ello, entonces no se habrían ocupado de él de una manera tan simple. Hubieran querido un asesinato más espectacular para hacer una declaración pública. De esa manera todos serían advertidos de no meterse con ellos. Un solo golpe en la cabeza no es su estilo.

—Entonces, ¿a dónde vamos desde aquí?

—No sé tú, pero yo tengo un montón de papeleo para ponerme al día. Lo que, es más, me voy al final de las cinco. Tengo una cita en el lado sur a las seis. Mientras tanto, necesito que compruebes todo lo nuevo que llegue y te asegures de que toda la administración se ha completado correctamente. Revisa todos los datos de la entrevista, asegúrate de que han sido correctamente transcritos, firmados y archivados. Comprueba los registros de las pruebas recogidas hasta ahora, asegúrate de que están etiquetadas y que el transporte se ha registrado para mostrar que no hay posibilidad de contaminación cruzada. Eso debería mantenerte ocupado por un tiempo.

Alex se sentía totalmente exhausto. Cerró la puerta de su oficina y se sentó en su escritorio. Cruzó los brazos y bajó la cabeza para descansar un momento. Pensando que una siesta corta le daría energía, cerró los ojos. El tono de llamada del móvil de Alex le devolvió la vida en lo que imaginó que sería sólo un instante después. No reconoció de inmediato el identificador de llamadas e inhaló profundamente, queriendo asegurarse de que no sonaba demasiado somnoliento. Al ver el reloj en la pantalla, Alex se quedó atónito al ver que debía estar inconsciente al acercarse a la media hora. En su frustración, sacudió su cabeza mientras presionaba el botón de recepción.

—Warren.

—Hola, Alex. Soy Simon. Esta es sólo una llamada de cortesía para hacerte saber que estamos liberando a Abdallah. No tenemos suficiente para asegurar un enjuiciamiento exitoso y no queremos la mala prensa que obtendríamos de uno fallido. Todo el mundo estaría detrás de nosotros. Los grupos asiáticos y los izquierdistas nos criticarían por el racismo y todos los lectores del Daily Mail nos acusarían de incompetencia para no encerrarlo.

—No puedo decir que esté feliz, pero al menos estaba preparado para ello después de nuestra charla de ayer. Estoy seguro de que estaba involucrado y no sólo involucrado, creo que lo dirigió. Supongo que nuestra única oportunidad es si los otros lo lanzan a él y no puedo ver que eso suceda.

—En ese caso, sólo tendremos que esperar hasta que puedas colgarle algo más, y te deseo suerte.

Alex pasó el poco tiempo que le quedaba archivando informes y poniéndose al día con sus correos electrónicos. Quería asegurarse de no llegar tarde, así que se dio tiempo suficiente para viajar a su reunión. Llegó a Clarkston Road con diez minutos de sobra. Había una docena de aparcamientos en el pequeño callejón sin salida al lado del pub, pero todos estaban ocupados. Clarkston Road en este lado tenía doble línea amarilla y el aparcamiento estaba restringido en las horas punta del lado opuesto. Alex no estaba dispuesto a arriesgarse a otra multa de aparcamiento dejando su coche donde pudiera ser reservado, así que en su lugar condujo hasta Sainsburys, que estaba sólo a cien metros más allá, y encontró un espacio en su aparcamiento. Como cliente, se le permitiría hasta dos horas de estacionamiento gratuito y era su intención ser cliente después de su reunión.

Alex cruzó al Banco y verificó primero para asegurarse de que Brian no había llegado ya. El pub fue nombrado apropiadamente, habiendo servido previamente a la comunidad local como un banco de ahorros. Después de las fusiones, fue cerrado y permaneció vacío durante varios años antes de ser ampliado y reformado y luego reabierto como un pub/restaurante. El exterior tenía una fachada de piedra tallada ornamentada que se ajustaba a su antiguo estatus y el interior se había modernizado, modificando su antigua austeridad en un lugar de encuentro de moda. Alex se acercó al bar y pidió una pinta de soda con lima. Encontró un taburete vacío e intentó relajarse, tomando la bebida refrescante. Diez minutos después llegó Brian. Se saludaron calurosamente y se dieron la mano con entusiasmo.

—¿Qué vas a tomar? Alex se ofreció.

—Una Guinness para mí, gracias.

—¿Guinness? Pensé que siempre fuiste un hombre de cerveza.

—Los tiempos cambian, y además, conoces el viejo dicho, "Si el fondo se está cayendo de tu mundo y quieres revertirlo, entonces bebe Guinness".

—No he escuchado esa. He oído el anuncio de que 'Guinness es buena para ti', pero no que te cambie la vida. No me digas que han demostrado que tiene efectos medicinales beneficiosos.

—En absoluto, lo que estoy hablando es un juego de palabras. En lugar de que el fondo se caiga de tu mundo, el mundo se cae... Bueno, ¿sabe? Funciona incluso mejor si también tienes un curry.

—Demasiada información. Espero que no sea el tipo de cosas que le enseñas a los niños. De todas formas, debería haberlo visto venir. Estoy un poco lento hoy.

—Eso no es propio de ti, Alex.

—Supongo que tengo muchas cosas en la cabeza. Estoy supervisando tres casos en curso, uno de los cuales acaba de empezar, así como una docena de casos cerrados esperando para ir a la corte y uno de ellos acaba de ir en forma de pera.

—¿Dime más?

—Me encantaría, pero si lo hiciera tendría que dispararte.

—¿Cómo que pensé que eras del CID, no de la División Especial o del MI5, o es del MI6?

—Elige, pero sí, sólo soy de la CID. Sin embargo, todavía no puedo hablar de una investigación abierta.

—Estoy bastante cansado, después de otra semana cuidando a todos estos mocosos.

—Antes de que te hundas más, creo que debes recordar que dos de estos mocosos son mis hijos.

—Siendo así, no debería tener que explicarte nada. Es justo, la mayoría son buenos chicos, pero incluso los mejores tienen sus momentos. Bien, ¿para qué querías verme?

—Consigamos una mesa, será un poco más privada.

Porque temprano en la noche de un viernes, el pub estaba inusualmente tranquilo. Normalmente, el bar se asociaría con los viajeros que pasaban a tomar una copa o dos al final de la semana antes de volver a casa. También había un flujo constante de clientes que buscaban aperitivos y comidas a precios razonables como alternativa a trabajar en una cocina caliente.

Brian miró a su alrededor y vio un par de mesas vacías que le sugirió a Alex.

—No, vamos arriba. Este lugar se llenará pronto.

Brian vació su vaso. —¿Es hora de otra rápida si estás en el juego?

—No, todavía estoy bien. Tengo el coche conmigo, así que estoy tomando refrescos por el momento. Estoy planeando compensarlo más tarde.

—Tú eliges, —respondió Brian y ordenó que le rellenaran la bebida antes de seguir a Alex hasta el entresuelo y sentarse en una mesa con vistas a la zona principal del bar. El piso de arriba estaba caliente y cargado, así que ambos se quitaron sus chaquetas y las colgaron de los respaldos de sus sillas.

—Esto es serio. Quieres verme con poca antelación, quieres privacidad y no estás bebiendo alcohol.

—Oye, se supone que yo soy el detective aquí. Suena como si hubieras vuelto a leer a Conan-Doyle.

—No puedo volver a lo que nunca dejé, —respondió Brian, con una amplia sonrisa en la cara.

—La única razón por la que no estoy bebiendo es porque tengo el coche, como dije antes. Sospecho que puedes adivinar de qué se trata, continuó Alex. —Soy consciente de que hay un supuesto problema con uno de sus empleados.

—Olvida lo alegado, hay un problema con la mayoría de mi personal.

—¿Carpintero?

—Ah. Ahora no es un asunto de broma. El comportamiento de Brian cambió, la sonrisa siempre presente dejó su cara. —¿Cuál es tu interés?

—Te dije que esto sería extraoficial. Es un asunto privado para mí. Carpenter es el maestro de Andrew y lo ve como si estuviera en un pedestal como una especie de dios.

—¿Y quieres saber cómo es realmente y si Andrew ha corrido algún riesgo?

—No, no es eso. Conozco a Andrew lo suficiente y puedo confiar en su juicio. Está disgustado por lo que ha pasado y estoy intentando averiguar más y ver si hay alguna forma de ayudar. Por supuesto, quiero preguntarle sobre los preparativos para asistir a la entrega de premios del Desafío de las Matemáticas también, pero eso es sólo una cuestión práctica.

—La entrega de premios es la más fácil. Hay cuatro niños involucrados y la Sra. Rankine los llevará a Paisley. En cuanto a Jimmy Carpenter, tienes razón, Andrew tiene un buen juicio. Jimmy es un muy buen maestro y uno de los chicos más agradables que conozco. Su esposa y mi Trisha también son muy amigas. pero diría que es uno de los profesores más queridos y valorados que tenemos. Es bueno en su trabajo, obtiene excelentes resultados y puede lidiar bien con los malhechores. Bueno, hasta ahora podía. Nunca ha habido el más mínimo indicio de problemas con su comportamiento, y si me pidieran que nombrara a los profesores contra los que podríamos hacer acusaciones, creo que sería el último en añadir a la lista.

—Esa es más o menos la reacción que he tenido de mi propia gente. ¿Qué hay del demandante?

—Ah, ahora es un parque de béisbol totalmente diferente. Sean Connelly es una mala noticia para todos. Una completa sabandija... no, peor que eso, es un pequeño bastardo malvado. Brian miró a su alrededor para comprobar que no estaba al alcance de nadie más. —Toda la historia, hasta donde yo sé, es que se unió a la escuela el verano pasado. Había estado en Barrhead antes, pero como se mudó a la zona se le dio una plaza. No ha sido más que un problema desde que llegó. Interrumpe las clases y acosa a otros niños. Se sabe que está involucrado en robos y extorsiones, pero nunca hemos tenido ninguna evidencia que se sostenga. Los otros chicos involucrados le tienen demasiado miedo como para hacer una declaración formal. Incluso algunos de los profesores le tienen miedo.

—¿No puedes hacer nada al respecto?

—No sin pruebas contundentes, no necesito explicarte. Ha tenido innumerables advertencias, sobre todo para los problemas menores, y en los buenos tiempos, habría sido expulsado mucho antes, pero ya sabes cómo es el sistema. Necesita que le pillen con las manos en la masa por algo bastante serio antes de que podamos darle una exclusión temporal.

—Lo peor es que ahora que ha hecho esta acusación, se ha hecho casi a prueba de bombas. Mientras que la investigación está en curso, él puede casi salirse con la suya. Si se nos ve tomar alguna acción contra él, entonces podría interpretarse que lo estamos molestando porque ha hecho una denuncia, así que tendremos que tratarlo con guantes de seda, si me disculpan el juego de palabras.

—Mierda, es lo último que quería oír.

—Déjame asegurarte, Alex, que es lo último que queremos también. Según tengo entendido, ha hecho una denuncia formal, criminal. Eso significa que su gente está involucrada, pero me sorprendería que se fuera a alguna parte. Sin embargo, la investigación del departamento de educación es otra cosa. El pobre Jimmy ha sido suspendido, y mientras eso sucede, el pequeño bastardo aparece en la escuela todos los días para restregárnoslo en las narices. Para cualquier extraño que mire, parece que Jimmy debe ser culpable por la forma en que se está manejando.

—Se rumorea que los Connelly corren el riesgo de ser desalojados de su piso y toda esta farsa es un invento para luchar contra ello. Creen que pueden argumentar ante el tribunal que sería demasiado injusto y perturbador que la vida del chico se viera alterada cuando ya ha pasado por el trauma de ser agredido sexualmente. ¿Crees que eso podría funcionar?

—En teoría, no debería haber ninguna posibilidad. Siempre que haya motivos para el desalojo, haya un contrato legal y los papeles hayan sido debidamente notificados, entonces el resultado debería ser automático, pero hay muchos "si" ahí y sabes lo que es cuando tienes un abogado inteligente y un sheriff indeciso. No debería afectar el resultado, pero podría alargar los plazos.

—Incluso si es desalojado, entonces tiene que ir a algún lugar. Es poco probable que la familia consiga un alojamiento de reemplazo cerca de aquí. Pero incluso si son trasladados a una distancia, el cerdito podría solicitar una colocación fuera del área para que pueda seguir yendo a la misma escuela. No es probable que su familia se vaya, pero me imagino que el Consejo pagará los taxis para traerlo.

—No es la noticia que esperaba, pero no puedo decir que esté muy sorprendido.

—Lo más triste es que es un niño muy inteligente y está lleno de energía. Si pudiera ser canalizada en la dirección correcta, podría hacerlo muy bien. Lo hemos intentado e intentado, pero no está interesado en mejorar, bueno, no por medios legítimos."

—¿Así que no será una historia de "Good Will Hunting" con un final feliz?

—Cristo, no. Más bien "Ciudad de Dios".

—Es una lástima, si sólo los chicos así tuvieran algo de orden, algo de disciplina, entonces tal vez podrían salir bien. ¿Quizás traer de vuelta el Servicio Nacional ayudaría?

—Sí, una idea brillante, Alex. Los pequeños bastardos malvados no son lo suficientemente malos ya, ¿quieres enseñarles a luchar y a usar las armas?

—Bueno, es justo, pero podría funcionar para muchos de ellos.

—Claro, y para los que no funcionó nos mataría en nuestras camas. Aún así, sería bueno para el negocio para ti.

Brian vio su reloj y se puso de pie.

—Oh, carajo, se me hace tarde. Tengo que irme. Deberíamos reunirnos más a menudo. Es bueno ponerse al día y tener una charla. Todavía no podemos arreglar el mundo más de lo que podíamos cuando estábamos en la Uni, pero podemos tener un buen lamento. Te llamaré si me entero de algo nuevo", y con eso agarró su chaqueta y huyó por las escaleras y salió por la puerta.

Alex se sentó durante un par de minutos más, volviendo a juntar sus pensamientos y preguntándose qué podría decirle a Andrew, que no estaba tan ictérico como se sentía actualmente con respecto al sistema. Recordó que ahora estaba fuera de servicio y planeaba tomarse mucho del fin de semana libre. Había planeado algo de trabajo para el sábado por la mañana, pero tenía entradas para llevar a Craig y a Andrew a un partido de fútbol por la tarde y tenerlos con él durante la noche. El domingo aún no estaba planeado y podría depender del progreso del caso Mathewson. Para empezar su fin de semana, Alex fue invitado a pasar la noche con Sandra en su nuevo piso.

Quería comprarle un regalo de bienvenida, pero no sabía qué podría necesitar o querer, así que aplazó la decisión hasta que hubiera llevado a cabo la investigación y tuviera más tiempo. Para esta noche, había prometido traer vino y postre y corrió a Sainsburys pensando que allí encontraría lo que buscaba.

Primero localizó una botella de Moet, creyendo que el champán era el mejor comienzo para la celebración. Mientras estaba en la sección de vinos, vio una etiqueta familiar, era "Perro Longue", un rico tinto afrutado de la región de Languedoc. Alex recordó a Sandra hablando de sus padres, dueños de una segunda casa en la región, y sus desvaríos sobre la excelente calidad de la comida y el vino cuando los visitó allí. Añadió esto a la cesta y fue en busca de algo dulce. Manteniendo el tema francés, localizó una deliciosa Tarte au Citron, y para complementarla, añadió una tarrina de arándanos frescos y un cartón de crema doble. Rápidamente giró hacia el pasillo que estaba parado, y después de unos minutos de búsqueda, localizó una tarjeta de felicitación de buen gusto con el mensaje "Bienvenido a su nuevo hogar". Luego volvió a la puerta y eligió un ramo de una docena de rosas rojas. Satisfecho con su selección, caminó hacia las cajas. Era un pequeño supermercado y siendo un momento tranquilo del día sólo había un cajero de guardia y una cola de tres personas esperando ser atendidos. Dándose cuenta de que sólo tenía siete artículos y viendo que había cuatro cajas automáticas de autoservicio, de las cuales dos estaban vacías, Alex fue directamente allí para ahorrar tiempo. Escaneó los códigos de barras y se encontró tan irritado por las instrucciones grabadas que le decían qué hacer que empezó a hablar con la máquina. Sólo cuando completó su transacción y cargó sus bolsas se dio cuenta de que el champán tenía una etiqueta de seguridad. Observó la cola de personas que había evitado que terminaran sus compras y salieran de la tienda mientras marcaba los minutos que pasaban, de pie, habiendo tenido que llamar y esperar a que un asistente viniera a quitarle la etiqueta para no disparar las alarmas de robo al salir de la tienda.

Alex corrió unos tres kilómetros de vuelta a su piso y tuvo suerte de encontrar un espacio de estacionamiento vacante inmediatamente fuera de la entrada. Levantó su bolsa de golosinas y corrió a abrir la puerta. Siguiendo con lo que le había dicho a Brian, esperaba beber un refresco alcohólico y, no queriendo ser cargado por su vehículo, llamó a un taxi pidiendo que lo recogieran de su dirección en veinte minutos. Se deshizo de sus ropas, dejándolas donde se cayeron y se zambulló bajo la ducha. Luego se afeitó muy rápido y se limpió los dientes antes de buscar una camisa, un suéter y unos pantalones frescos e informales. Tuvo tiempo de recoger su ropa de trabajo en un cesto de ropa sucia antes de que sonara su móvil anunciando la llegada del taxi. Levantando su cartera y su chaqueta, salió corriendo, y estaba a medio camino de bajar las escaleras antes de que recordara la bolsa de regalos. Corrió a recogerla y al mismo tiempo tomó un bolígrafo para poder escribir un mensaje en la tarjeta mientras viajaba.

CAPÍTULO DIECISÉIS

ALEX REVISÓ SU RELOJ Y VIO QUE SE ACERCABA A LAS 8:15 cuando el taxi se detuvo fuera del piso de Sandra. Esperaba llegar a las ocho, pero, en general, sintió que lo había hecho bastante bien.

Presionó el botón del sistema de entrada y estaba a punto de anunciar su llegada, pero hubo un zumbido y la puerta se abrió casi inmediatamente.

Se resistió a su primera inclinación de subir las escaleras, en lugar de tomarlas a un ritmo constante y conservar más de su fuerza.

La puerta principal de Sandra ya estaba abierta antes de que él llegara al primer piso y ella estaba de pie justo dentro. Alex recuperó el aliento ante la visión. Llevaba un vestido de noche de terciopelo fino. Era de color azul celeste que combinaba perfectamente con sus ojos. Colgaba de un hombro y se aferraba a su esbelta y atlética figura como si fuera una segunda piel. Su longitud estaba muy por debajo de la rodilla pero tenía una abertura a lo largo del costado que subía hasta la mitad del muslo y, desde el ángulo en el que Alex se acercaba, fue tratado por la vista de su pierna en forma. El pelo oscuro y rico de Sandra brillaba, recién lavado, y aunque apenas llevaba maquillaje, Alex detectó un ligero soplo de perfume de ángel.

Recordó la fragancia como Helen la había comprado una vez, pero no le había convenido, ya sea por sus aceites naturales para el cuerpo o por su carácter, pero la delicada dulzura de las flores no le parecía bien. En Sandra, sin embargo, era perfecto. Llevaba tacones altos y Alex podía ver que sus uñas de los pies estaban barnizadas y podía ver que no llevaba mallas o medias. Los ojos de Alex se abrieron mucho y conscientemente tuvo que evitar que su mandíbula cayera. Nunca antes había visto a Sandra vestida con otra cosa que no fuera ropa casual o de trabajo y estaba completamente cautivado por su apariencia. Se detuvo, congelado, a un par de pasos del rellano y sólo la miró con admiración.

Sandra, pensando que estaba actuando, se rió de su reacción. —¿Te comió la lengua el gato? —preguntó mientras alcanzaba la mano de Alex para guiarlo hacia el piso. —Por lo que he oído, el gato ya ha tenido algún impacto en Phil, tal vez no su lengua, sólo sus ojos y su nariz.

Alex recuperó parcialmente sus sentidos. —Lo siento, me has pillado desprevenido. Nunca te había visto con un vestido antes.

—Puedo quitármelo si te hace sentir más cómodo.

—No estoy bromeando, eres asombrosamente hermosa, y como sabes no doy complementos a la ligera.

La sonrisa de Sandra en respuesta estaba radiante. —Bueno, gracias, amable señor, se inclinó y suavemente rozó sus labios con los de él. Aunque no fue un beso apasionado, fue cómodo y justo por el momento, traicionando su verdadera cercanía. —Ahora, entra y te mostraré el lugar.

El piso era cálido y cómodo y Alex se quitó la chaqueta y la colgó en un gancho en el pasillo, depositando también su bolso antes de avanzar.

Sandra guió a Alex por el salón, la cocina y el baño señalando lo excelentemente equipado y decorado que estaba el piso. Su recorrido continuó mientras ella abría la puerta del dormitorio. Las cortinas oscuras ya estaban corridas, cerrando la oscuridad. Dentro, la habitación estaba brillantemente decorada y tenía armarios empotrados de color teca y un tocador independiente. Las sospechas de Alex se confirmaron cuando miró esto y vio que entre un conjunto de cosméticos había una botella de Ángel. Contra la pared opuesta había una cama king size ya hecha con almohadas y un edredón. Las fundas de las almohadas, el edredón y las sábanas eran de satén negro y parecían suaves, cómodas y seductoras.

Recordando su bolso, Alex dijo: —He traído algunas cosas.

—Oh, tu ropa de dormir, sólo cuélgala en un armario.

—No, he traído vino y otras cosas. No traje una bolsa de viaje. No esperaba... las palabras que faltaban colgaban en el aire.

—No sabía si lo harías, pero en caso de que lo decidas, compré unas maquinillas de afeitar desechables, espuma y un cepillo de dientes de repuesto que puedes guardar aquí. Extra duro, ¿**si**? Sandra guiñó un ojo y se acercó para acariciar el lado de la cara de Alex. Acercó su rostro y esta vez su abrazo no tuvo ninguna intensidad. Sus cuerpos chocaron en un abrazo lujurioso y sus labios se unieron y luego usaron sus dientes y lenguas para explorar los rostros, cuellos y orejas del otro. Sus formas se moldearon juntas mientras sus brazos se rodeaban con las manos sobre la espalda y los miembros. Podían sentir el calor que emanaba de sus cuerpos y Alex podía sentir los firmes pechos de Sandra presionando su pecho. Por la sensación, estaba seguro de que ella no llevaba sujetador. Apretando su espalda y acercándola aún más a él, no le quedó ninguna duda y se deleitó en el calor de la cercanía de sus pieles.

Pasaron varios segundos antes de que Sandra saliera a tomar aire, preguntando con una voz infantil imitada, —¿Qué me has traído?

Alex recuperó su bolso en el pasillo, primero presentando las flores. —Aquí hay una tarjeta para darle la bienvenida a su nuevo hogar y algunas flores para alegrar el lugar, no es que sean necesarias. Cavando más profundamente, extrajo el postre.

—Mmm, eso se ve delicioso, reconoció Sandra.

—Y ahora para que puedas celebrar, Alex levantó el champán y luego dijo, —¿o te gustaría tener esto con la cena? La botella de vino tinto le siguió.

—No, no, Sr. Policía. Creo que podría estar tratando de emborracharme.

—No, no, —respondió Alex a la defensiva. —No quise decir que tuvieras que beberlos todos a la vez.

—Bueno, ya veremos. Abre el burbujeante y yo buscaré unos vasos. Alex siguió a Sandra a la cocina, arrancando el envoltorio de papel aluminio y quitando la cubierta de alambre mientras caminaba.

Sandra sacó dos "globos" y declaró: —Estos tendrán que servir, no tengo flautas de champán.

—Estoy seguro de que estarán absolutamente bien, Alex apretó el corcho hacia arriba hasta que, con un fuerte estallido, explotó de repente de la botella, rebotó en el techo y las unidades de la cocina se cayeron girando un par de veces antes de caer al suelo. Mientras Alex observaba los movimientos del corcho, el líquido espumoso fluía y caía en cascada por el lado de la botella.

—Maldita sea, no tuve tiempo de enfriarla bien, maldijo mientras alcanzaba los vasos, esperando minimizar la pérdida por el escape de líquido. El líquido verde y burbujeante salió y llenó rápidamente el vaso.

Sandra rió alegremente mientras Alex llenaba el segundo vaso. Levantó uno, lo sacó del otro y llamó, —"Por nosotros", antes de tragar un bocado. La efervescencia burbujeó en su boca y garganta y tosió un par de veces mientras se reía simultáneamente.

Alex levantó su copa en el aire y brindó, —Aquí tienes los deseos de todo lo que quieras para ti y buena suerte en tu nuevo hogar, antes de tragar un bocado y seguir el ejemplo de Sandra.

Mientras Alex levantaba la botella para rellenar sus vasos, escucharon un golpe seguido de un fuerte ruido de roce desde el piso de arriba. Ambos miraron hacia arriba como si esperaran usar la visión de rayos X para ver a través de lo que estaba sucediendo.

—Será mejor que lo compruebe mientras aún estoy lo suficientemente sobrio, se ofreció Alex.

—Voy a ir, —respondió Sandra.

—No, espera, yo me encargo de esto, sólo escucha en la puerta.

La apariencia de Alex se había desviado ligeramente de su abrazo íntimo y se enderezó la ropa mientras caminaba.

Cuando llegó al piso superior, estaba más feliz de que se veía suficientemente sombrío y amenazante. Estaba a punto de golpear la puerta cuando se dio cuenta de que estaba ligeramente entreabierta, así que en su lugar la abrió unos centímetros más. En el pasillo, pudo ver tres bolsas de basura negras rebosantes de ropa, ropa de cama, DVD y otra parafernalia irreconocible, y a su lado había un horno microondas y un centro de música estilo gueto. Alex golpeó la aldaba y su voz retumbó: —"Oye, ¿hay alguien ahí? ¿Qué está pasando?" A juzgar por el tamaño y la forma del pasillo, el piso era el mismo que el de Sandra. A diferencia del de Sandra, era oscuro, sucio y poco acogedor.

Una cabeza salió de lo que Alex juzgó como la puerta de un dormitorio. —Sí, ¿qué es? Era el mismo joven que había visto antes. Tenía una mirada preocupada en su cara. Entró en el pasillo y fue seguido por otros dos. Uno de ellos sostenía un cuchillo.

—Oímos un montón de ruido desde abajo, ¿qué está pasando?

—No hay nada de lo que preocuparse, sólo estamos empacando y mudándonos.

Alex mantuvo la mirada en el muchacho con el cuchillo, vigilando cuidadosamente sus movimientos.

—Creo que deberías bajar eso, hijo, antes de que alguien salga herido.

El chico no dijo nada, pero se retiró al dormitorio.

—¿Adónde vas?

—Sólo me estoy mudando con mis compañeros por el momento.

—Será mejor que me dejes tu dirección de envío. Su casero podría necesitar contactarlo.

—¿Qué te importa? Voy a ver al agente, —respondió de forma poco convincente.

Alex no dijo nada. Sólo levantó las cejas y se quedó dónde estaba, con un aspecto amenazador.

—Es justo a lo largo de la carretera en Scotstoun, en la Avenida Larchfield.

—¿Número?

—67, frente a los pisos de Kingsway.

—Está bien entonces. Asegúrate de no tomar nada que no te pertenezca y mantén el ruido bajo. ¿Cómo vas a llegar hasta allí?

—Tenemos la pequeña furgoneta azul abajo.

—¿Ya limpiaste el desastre de la parte de atrás?

—Me mudo, no necesito hacerlo.

—Ahí es donde te equivocas. El sargento Mackinnon te dio hasta el domingo para limpiarlo, así que tienes todo el día de mañana antes de que vayamos a buscarte. ¿Me hago entender?

El chico asintió tristemente.

Alex tomó cuidadosa nota de la apariencia de los tres muchachos y luego bajó las escaleras y salió del edificio para escribir la descripción y registro de la furgoneta antes de volver satisfecho, para encontrar a Sandra de pie en su puerta.

—Ese fue un buen trabajo hecho. Te tomó menos de doce horas deshacerte de él y ahora tienes tu piso perfecto y con un enorme descuento. El único problema que veo es que el piso de arriba probablemente necesite un poco de renovación, así que podría haber un poco de ruidos extraños mientras eso sucede, pero espero que tengas algunos vecinos decentes como resultado.

Escucharon y observaron durante los siguientes minutos mientras los chicos cargaban la furgoneta y luego se marchaban.

—Puse un tapón en la botella. Con suerte no habrá perdido mucho burbujeo.

Alex trató de juzgar si debía interpretar sus palabras literalmente o si estaba aludiendo a la espontaneidad perdida de su noche, después de la interrupción. No tenía por qué preocuparse, porque cuando se volvió para reabrir la botella y rellenar los vasos, sintió sus manos en sus hombros y el siempre suave abrazo de los labios de Sandra en la nuca.

Se movió lentamente para devolver la caricia. —Tal vez deberíamos dejar el vino para más tarde.

Sandra se tranquilizó un poco, —No, tenemos toda la noche, ve y sirve y yo nos conseguiré algo de comida. Estoy hambriento. Hay algunos asuntos de negocios que debemos discutir también, así que tal vez deberíamos quitarnos eso de encima primero y luego podremos sentarnos y relajarnos.

—No me gusta cómo suena eso, pero tienes razón, debemos lidiar con cualquier cosa que tengamos que hacer primero y luego nuestro tiempo será nuestro. Mientras estamos tratando con asuntos serios, hay algunas cosas importantes que necesitamos discutir.

La sonrisa desapareció de la cara de Sandra. —¿Debería preocuparme? —preguntó.

—De ninguna manera, pero me gustaría que discutiéramos a dónde vamos. Tal vez este sea el peor momento para sacar el tema. Se supone que debemos tener una celebración.

—Todavía tendremos nuestra celebración, no te preocupes, pero has empezado algo y no hay que volver a meter al genio en la botella. Ahora sírvenos un poco más de burbujas y sacaré nuestros entrantes de la nevera.

Alex hizo lo que se le pidió y se sentó a la mesa mientras Sandra colocaba un plato delante de cada uno de ellos junto con los cubiertos. Luego se sentó en una ensaladera entre ellos, apilando hojas verdes mezcladas, tomates cherry y trozos finos de pimiento rojo. Luego se preparó un trozo de paté junto con un frasco de mermelada de cebolla epicúrea y un plato de tortitas de avena en bruto. La mesa se completó cuando añadió botellas de vinagre balsámico, aceite de oliva virgen y los correspondientes molinos a pilas para moler recientemente la sal marina y la pimienta negra.

—¿Quieres mantequilla o Flora con ella?

—No, estoy bien con esto tal como está. Esto se ve muy bien.

—Y fácil también. Sabía que no tendría mucho tiempo, así que me pasé por Morrisons de camino a casa. Al darse cuenta del significado de sus propias palabras, Sandra sonrió y añadió: —"Y ahora es mi hogar. Se siente bien".

Alex le devolvió la sonrisa, genuinamente complacido de verla tan contenta. Miró de cerca la vajilla y los cubiertos y vio que eran de buena calidad, Denby y Viners respectivamente. —Quería comprarte un regalo de inauguración, pero tengo que ser inventiva, parece que tienes todo lo que necesitas.

—Sí, tienes que recordar que tuve un piso hace años, con mi pareja de entonces. Compré o me regalaron todo lo que necesitaba en aquel entonces. Cuando la relación se rompió, empaqué todas mis cosas en el sótano de mis padres para que estuvieran listas para mí cuando las necesitara. No hay nada que necesite, así que no te molestes en pensar en un regalo. Ya has traído los caramelos y las flores.

Alex cortó una rebanada de paté y la levantó en su plato y luego agregó los acompañamientos.

—El paté es un Forestiere con setas silvestres, creo que te gustará.

Alex extendió una galleta y luego la mordió. La torta de avena se rompió en su mano y torpemente se las arregló para meter los pedazos en su boca. —Sí, es delicioso, se las arregló para chisporrotear con la boca medio llena.

Sandra levantó algo de comida a su propio plato. —Bien, suéltalo. ¿Qué tienes en mente?

Alex tragó otro bocado de vino para darle valor.

—Sabes que realmente me preocupo por ti.

—Oh Cristo, ¿a dónde va esto? ¿Es este el gran empujón?

—No, no, ciertamente no. Me preocupo por ti y quiero estar contigo. Quiero salir contigo, salir contigo, pero tal y como están las cosas, no podemos hacer eso.

—¿Qué estás diciendo?

—Ambos somos policías y eso no es un problema, pero trabajamos en el mismo departamento y en los mismos casos y tú trabajas bajo mi mando y eso no es aceptable.

—¿Preferirías que trabajara encima de ti? No, lo siento, no

debería estar bromeando.

Alex trató de ignorar el comentario, pero su cara estaba arrugada, incapaz de ocultar su diversión.

—Si los altos mandos se enteran, ambos estaremos en problemas, particularmente yo, ya que se verá que me aprovecho de un subordinado. No está bien que trabajemos juntos si tenemos una relación personal íntima. Conoces las reglas, el riesgo de colusión y todo eso.

—Bueno, ¿qué podemos hacer?

—No hay una respuesta fácil. Ambos amamos nuestros trabajos, ambos somos ambiciosos y ninguno de los dos querría que cambiara.

—¿No podemos seguir como estamos?

—No creo que eso tampoco funcione. La gente está obligada a sospechar. Estoy seguro de que ya sospechan. Incluso Craig me estaba haciendo preguntas sobre que eras mi novia. No podemos mantenerlo en secreto mucho más tiempo, y además, no creo que sea justo para ti, para ninguno de los dos. Deberíamos ser capaces de salir juntos, mezclarnos con otras parejas, y si las cosas funcionan, me gustaría que conocieras a los chicos adecuadamente y no te escondieras de ellos. Me gustaría conocer a tu familia también.

—Podrías pensar de forma diferente si lo haces. Entonces, ¿cuál es la respuesta?

—No hay una simple. Tal vez si uno de nosotros consiguiera un traslado.

—Pero disfruto trabajando contigo y con el resto del equipo. Tenga en cuenta que si voy a conseguir mi ascenso a inspector, lo más probable es que tenga que mudarme de todas formas. Ya he rechazado la oportunidad de volver al uniforme porque no quiero dejar el CID. Tal vez podría mudarme a una unidad diferente.

—Tampoco quiero que te mudes, pero puede ser la única solución y puede ser lo mejor para tu carrera también. Podría haber nuevas oportunidades con la unificación de las Fuerzas.

—¿Qué quieres decir?

—Ya eres muy consciente de los estragos que está causando. A partir de abril, Escocia tendrá una fuerza policial, que fusionará las ocho comisarías. Se pueden ver todos los ataques y puñaladas por la espalda en los pasillos de arriba, mientras se disputan la posición. Strathclyde y Lothian creen que tienen derecho a gobernar el gallinero, pero quién dice qué puede pasar y de dónde vendrá el nuevo jefe. Hay una buena posibilidad de que alguien totalmente nuevo pueda ser empujado a la cima.

—¿Crees que será una mejora?

—A largo plazo, sí, tiene que tener sentido y ser más eficiente tener un conjunto de sistemas en todo el país y permitirá una mayor especialización. A corto plazo, sin embargo, puedo ver dificultades porque cada área tiene sus propios sistemas y métodos y tienen que ser capaces de hablar entre sí. Está el otro problema de los egos personales y de los individuos que quieren mantener el control de sus propios reinos mezquinos. Por eso creo que puede haber oportunidades, tiene que haber algo de adelgazamiento en la cima, pero tiene que haber mucha gente trabajando en la consolidación y cualquiera que esté involucrado en eso tendrá más oportunidades de ser visto y conocido. Busca cualquier posición que se anuncie en esa área. Aunque no sé dónde podrían tener su base.

—No quiero mudarme, acabo de encontrar este piso. Además, si me mudara, ¿cómo podríamos estar juntos?

—Tomemos esto despacio y con cuidado.

Mientras hablaban, devoraron el resto de la comida de la mesa y terminaron el champán.

Alex se inclinó y puso su mano sobre la de Sandra y la apretó suavemente. En respuesta, ella entrecruzó sus dedos. —Tenemos esta noche sin restricciones y sin nadie a quien cuidar. Ni siquiera tenemos que preocuparnos por molestar a los vecinos, se rió. —Ahora, has traído otra botella, así que te traeré un sacacorchos para abrirla y también tengo rebanadas de Country Pork Pie para sacar. ¿Lo quieres caliente o frío?

—El frío es bueno para mí y no te molestes con el sacacorchos porque es un tapón de rosca de metal. Sólo lo mejor.

—Bueno, la mayoría de las botellas son ahora tapones de rosca o corchos sintéticos. Cuando estaba de vacaciones con mis padres en Francia, íbamos a la tienda de vinos o a la cooperativa con nuestros propios envases y los llenaban con vino local de un barril, a precios que empezaban a no mucho más de un euro por litro. La mayoría de la gente usa tanques de plástico de tres o cinco litros. El vino también sabe muy bien, aunque no viaja bien ni se conserva mucho tiempo. No tiene oportunidad de hacerlo de todos modos. Hay tanto esnobismo estúpido con el vino y hay gente que dice que siempre debería tener un corcho de verdad. Recuerdo haber leído que hasta un tercio de las botellas selladas con corcho están infectadas y el vino contaminado.

—Sí, yo también he leído eso. Escucha, dijiste que tenías algo que discutir sobre el caso. Saquemos todos los asuntos del camino y luego podemos disfrutar.

—Suena bien para mí. Ha habido algunos acontecimientos desde que te fuiste esta tarde. Nada demasiado estremecedor, pero nunca se sabe adónde puede llevar.

—En primer lugar, nos reuniremos en la oficina mañana a las diez para comparar notas, pensar en lo que tenemos e identificar quién hace qué.

—Ahora, las nuevas cosas que tenemos. Donny ha estado trabajando en la calle Pitt y llevando a cabo algunas investigaciones de fondo. Tiene el móvil de Mathewson y ha estado revisando la libreta de direcciones y vinculando los nombres y también ha estado comprobando la actividad en el registro del teléfono.

—Bien, comprobaciones estándar, ¿qué se le ocurre?

—Todo y todos los que esperas, varios miembros de la familia y gerentes, algunos empleados y varios otros contactos de negocios de la industria y la comunidad local. Chuck Holbein estaba en ello y las fechas y horas coincidían con lo que podíamos esperar de lo que nos había dicho. Sin embargo, descubrió que también había una serie de llamadas recibidas y realizadas a otro número. Resultó ser el Sr. Yakimoto, o si fuera Yakimoto san, nunca he sido muy conocedor de los títulos japoneses.

—No es necesario, el señor lo hará, y si no le gusta, es una lástima. ¿Quién es él?

—Es el Director Comercial Internacional de Teiko, son una gran compañía de bebidas de propiedad japonesa de rápido crecimiento. Donny se registró con ellos y es un negocio antiguo que solía producir sake, pero sólo en los últimos treinta años comenzaron a hacer whisky en Japón. Han tenido mucho éxito y han ganado un montón de premios en los mercados internacionales. En los últimos diez años, han crecido enormemente y han hecho varias adquisiciones de empresas europeas y norteamericanas. Creo que Mathewson está hablando con ellos también sobre la venta de Benlochy. Donny dijo que ayer por la mañana se dejaron un par de mensajes de voz con tono enojado preguntando por qué Mathewson no se presentó a una reunión planeada.

—Muy interesante. ¿Ya se ha puesto Donny en contacto con él?

—No, él quería consultarlo contigo primero.

—Bien, cuando tengamos la reunión del equipo por la mañana podremos decidir quién lo llevará adelante. ¿Algo más?

—Sí, los dos hijos de Mathewson regresarán de sus vacaciones esta noche. Están en el último transbordador de B.A. así que probablemente estén en Heathrow mientras hablamos esperando para embarcar. He arreglado que podamos ir a su casa para hablar con ellos por la mañana. Georgina sabe que nos espera. Además, Callum McPherson regresará esta noche también. Recuerda que es el Controlador de Materiales, el otro gerente superior. Se fue el miércoles por la noche porque tenía reuniones en el norte para ver a varios proveedores. Hemos hablado con él por teléfono y no tenía sentido que lo trajéramos de vuelta antes de tiempo. Ya debería estar en casa y hemos arreglado para verle por la mañana también.

—¿Es ese el lote?

—Creo que es suficiente. Para la reunión de mañana, he arreglado que Sanjay, Phil, Donny y Mary estén todos allí. ¿Estás disponible para ello?

—Sí, tenía la intención de venir parte de la mañana y creo que valdría la pena estar en ella.

Mientras hablaban, Sandra había servido el pastel en un plato junto con algunas verduras que había calentado en el microondas. Alex había abierto y vertido el vino tinto y ya se habían bebido la mayor parte de la botella. Los dos se sentían cómodos y tranquilos y un poco intoxicados.

—Tengo algo de queso y galletas si quieres o podemos ir directamente al postre. Sandra se ofreció.

—Estoy muy lleno. Estoy feliz de saltarme el queso y no sé si podría manejar el postre tampoco. Realmente lo disfruté, buena comida, buen vino y lo mejor de todo, buena compañía.

Sandra sintió que le ardían las mejillas, pero no sabía si era por vergüenza o por intoxicación. —Es usted muy amable pero la comida se acaba de preparar con los artículos que recogí en el supermercado. Un día, cuando tenga más tiempo para prepararme, cocinaré para ti "plepriamente", —respondió tropezando con sus consonantes.

—¿Tú también cocinas? ¿Qué otros talentos ocultos podrías tener? Alex preguntó en un tono ligeramente lascivo.

Fue al armario y sacó dos copas con una botella de Remy Martin, volvió y las puso sobre la mesa. Se paró al lado de Alex y acarició su cara antes de bajar la suya hacia él y rozar sus labios con los de ella. —He estado guardando esto para una ocasión especial. Creo que es una forma encantadora de terminar una comida y podríamos pasar los vasos por la puerta de al lado.

—Lo siento, pero también voy a pasar el brandy. Los dos tenemos que estar levantados y conduciendo mañana por la mañana y ya sabes lo paranoico que soy con la conducción bajo los efectos del alcohol. He bebido tanto como he podido para estar totalmente sobrio para conducir mañana. Dejemos el brandy para otro momento, pero se me ocurren mejores formas de celebrarlo. Alex se puso de pie y tiró de Sandra contra él, le enmarcó la cara entre las dos manos y luego le besó suavemente los ojos y la nariz antes de que sus bocas se juntaran. Después de unos segundos, Sandra se retiró y sostuvo la mano de Alex en la suya mientras caminaban de la cocina hacia el dormitorio.

CAPÍTULO DIECISIETE

La habitación estaba todavía a oscuras cuando los ojos de Alex se abrieron de par en par. Las cortinas no estaban bien cerradas y el brillo amarillo de la luz de la calle se reflejaba en la grieta. Cuando giró la cabeza, pudo ver la radio del reloj del armario de al lado que mostraba unos minutos antes de las siete de la mañana. El aire era cálido y sólo una sábana cubría su cuerpo desnudo. Sandra seguía durmiendo a su lado, con su brazo estirado sobre su pecho. Podía sentir su calor y oír su respiración rítmica y constante. Se tomó un momento para admirar su silueta, sus delgados miembros musculares que tan recientemente se habían entrelazado con los suyos. Levantó cuidadosamente su brazo para permitirle escapar, deslizándose por debajo de la sábana. Cuando recogió su ropa y llegó a la puerta, miró hacia atrás a la cama y luchó contra la tentación de volver a entrar para reanudar su unión física. Alex entró en el baño y puso la ducha fría, decidiendo que lo mejor era enfriar su ardor si esperaba conseguir algún trabajo. Su cabeza estaba todavía un poco húmeda por el efecto combinado de sus esfuerzos, la falta de sueño y las secuelas del vino. Unos minutos de pie bajo los chorros de hielo y se sentía más preparado para afrontar el día.

Alex arrancó los envoltorios del nuevo cepillo de dientes que Sandra le había proporcionado y descubrió que no sólo había sido una broma cuando dijo que había comprado extra duro. Se limpió los dientes, pero encontró las cerdas duras desgarrando sus encías e hizo una nota mental para reemplazar el cepillo por algo más suave. La navaja de afeitar desechable le permitió limpiar su cara, pero no tan efectivamente como su propia navaja, y nuevamente pensó que necesitaría proveer un reemplazo más apropiado. Sandra había hecho bien en proveerlo y él estaba agradecido. Esperaba que quedarse a dormir se convirtiera en algo habitual, pero no quería parecer demasiado presuntuoso trayendo su propio equipo.

Alex se puso su ropa y salió del baño, sólo para ver a Sandra caminando hacia él. Se veía somnolienta y su cabello estaba despeinado. Llevaba una bata sobre los hombros, pero no estaba atada por delante, dejándola expuesta. El efecto de la ducha fría se perdió instantáneamente ya que encontró que esta apariencia era más sexy y más atractiva que si se hubiera quedado desnuda.

—Te has levantado muy temprano.

—Sí, necesito volver a Shawlands para recoger mi coche y mis papeles. Estaba a punto de llamar un taxi.

—No hay necesidad de eso, sólo dame diez minutos para volver en sí y te llevaré.

Sandra siguió la dirección de la mirada de Alex. Sonrió, y encogiéndose de hombros, la bata cayó en un montón a sus pies. —Voy a ducharme, ¿te gustaría acompañarme? Sandra alcanzó su mano.

—Ya he tenido una, una fría, pero creo que el efecto ha desaparecido.

—Razón de más para otro. Sandra no encontró resistencia cuando llevó a Alex al baño y lo ayudó a desvestirse. Abrió la ducha y se metió bajo el chorro, pero sólo por una fracción de segundo. —Maldita sea, hablabas en serio sobre el frío. Ajustó el termostato y luego, con más precaución, volvió a meterse bajo el agua que fluía, extendiendo la mano para atraer a Alex con ella. Se turnaron para enjabonarse mutuamente con las manos y los dedos cubiertos de jabón para explorar la forma de cada uno, deteniéndose sobre los bultos y protuberancias, pliegues y grietas. Sus labios se juntaron y sus lenguas lucharon mientras, en medio de una laboriosa respiración, compitieron para darse consuelo y placer el uno al otro.

Pasó más de una hora, en lugar de los diez minutos sugeridos, antes de que salieran del piso para que Sandra llevara a Alex a casa. En ese tiempo, habían agotado su apetito sexual, al menos por el momento, habiéndose duchado, alimentado y regado.

Sandra encendió la ignición, y mientras el motor se encendió, también lo hizo la radio del coche.

Estamos atrapados en una trampa
Y no puedo salir
Porque te quiero demasiado, nena.

Las inconfundibles entonaciones de Roland Gift los saludaron cantando la portada de "Mentes Sospechosas" de Fine Young Cannibals. Aunque con un significado diferente, muchas de las letras representaban la relación actual de Alex y Sandra y su discusión de la noche anterior. Simultáneamente, se miraron el uno al otro, se rieron irónicamente, y sus manos se encontraron cuando ambos alcanzaron para apagar la radio.

Alex corrió a su piso, recogió su maletín y las llaves del coche y regresó antes de que Sandra tuviera tiempo de terminar de dar la vuelta a su coche. Ambos se dirigieron de nuevo a Glasgow para encontrar un estacionamiento adecuado y regresaron a su oficina. Alex llegó a un par de minutos de Sandra y notó que el resto del equipo ya estaba en sus escritorios. No estaba seguro de si era sólo su imaginación o si detectó miradas encubiertas y sonrisas que se intercambiaban mientras miraban entre él y Sandra.

—¿Esta es tu ropa de fin de semana? Phil preguntó, mirando su ropa casual. Alex se dio cuenta de que, al no tener tiempo, no había pensado en cambiarse a su ropa de trabajo normal. —Tal vez me estoy volviendo paranoico y eso es todo lo que estaban mirando, reflexionó.

—Sólo estaré aquí una o dos horas y luego me llevaré a mis hijos. Me quedaré para la reunión, por supuesto, pero no participaré en ninguna entrevista. Ya que todos están aquí, ¿por qué no empezamos temprano?

Alex reunió al equipo y todos se sentaron en círculo. —Repasemos lo que tenemos. Sandra, tú empiezas y todos los demás intervienen cuando se te ocurre algo.

—Bien, jefe. Tenemos muchas preguntas y no demasiadas respuestas. Las respuestas que tenemos sólo nos llevan a más preguntas, así que realmente necesitamos encontrar algo que nos dé un avance. Sabemos que Mathewson murió en algún momento de la noche del miércoles, probablemente entre las horas de la medianoche y la una de la madrugada.

—No hemos encontrado el arma ni podemos estar seguros de lo que podría haber sido. La herida era pequeña y circular y fue causada por alguna fuerza, así que pudo haber sido algo como la cabeza de un martillo u otra cosa que se pudiera blandir. Tal vez incluso un palo como una lanza.

—¿Podría haber sido algo disparado, como un perdigón de un arma o un tirachinas? Mary sugirió.

—No lo creo, pero no podemos descartarlo. También está la farsa de los estantes y botellas rotas y el misterio del vaso. ¿Qué era y de dónde ha salido? Podría ser una pista falsa, pero también podría ser una pista importante si pudiéramos resolverlo.

—Por motivos, tenemos demasiadas opciones. Mathewson ha molestado a mucha gente a lo largo de los años. Como siempre, la familia debe ser considerada como el principal sospechoso. Mathewson ha luchado con muchos de los suyos. Su matrimonio es una farsa y tiene problemas con su cuñado y su suegro. Aún no sabemos nada de sus hijos. Ha tenido al menos un negocio fallido en el pasado, así que seguro que ha hecho enemigos allí. Ha estado tratando de vender Benlochy, lo que podría haber molestado a mucha gente, y sabemos que ha estado involucrado en el suministro de alcohol ilegal, por lo tanto, es muy probable que haya estado involucrado con el crimen organizado para hacerlo. Como si eso no fuera suficiente, es un mujeriego en serie. Probablemente sería más fácil identificar a cualquiera que no tuviera un motivo para matarlo que a los que lo hicieron.

—Ahora para la oportunidad, eso es bastante difícil. El cuerpo fue encontrado en la sala de barriles y no se registró que estuviera en la destilería. Estamos bastante seguros de que usó el túnel, pero no tenemos pruebas que lo demuestren.

—¿Fue el asesinato premeditado o fue una cosa del momento? Todavía no podemos estar seguros. ¿Quién habría sabido dónde encontrarlo? ¿Y de aquellos que ya estaban en el lugar o que sabían cómo entrar sin ser vistos? Quienquiera que fuera sabía cómo encubrirlo. No dejaron ninguna prueba y quitaron el arma. Eso sugiere premeditación, o eso o quienquiera que fuera debe haber sido muy inteligente y capaz de improvisar.

—O muy afortunado, añadió Phil.

—Sí, posiblemente.

—Si no era alguien que ya estaba en Benlochy, ¿podría Mathewson haberlo traído por el túnel? Sanjay preguntó.

—Eso es claramente posible, de lo contrario ellos mismos lo sabían y se dejaron entrar. Cuando mencioné ser capaz de encubrir, eso se aplicó al túnel y a la choza y no sólo a la destilería, así que quienquiera que fuera está muy bien organizado y sabe lo suficiente sobre el procedimiento de investigación como para saber cómo esconderse.

—¿Crees que es un conocimiento especializado o que se aprende viendo la televisión o leyendo novelas? Mary preguntó.

—¿Quién lo dice? No creo que sea un especialista, pero es sólo una suposición porque ha sido lo suficientemente bueno para no regalar nada.

—Revisemos los posibles sospechosos y coartadas.

Donny se puso en marcha. —Para empezar, está toda la familia. Su esposa Georgina afirma haber estado sola en casa y no tiene coartada. Sus dos hijos con los que aún tenemos que hablar hoy, pero ya sabemos que, en el momento del asesinato, estaban de vacaciones en Klosters, y hemos confirmado con el hotel que estaban en las pistas tanto el miércoles como el jueves, así que los descarta.

—No estoy en desacuerdo, pero aún no tenemos declaraciones confirmadas para cerrarlas completamente, añadió Sanjay.

Sandra continuó, —A continuación, está el suegro, Daniel Burns, y sabemos que tienen una historia y disputas más recientes sobre la venta de la compañía. Pero Daniel tiene movilidad limitada desde su derrame cerebral, y en cualquier caso, se le dio una coartada por su criado, Travers. Así que eso requeriría una colusión.

—Entonces tenemos a Quentin. Él y Mathewson se detestaban mutuamente, así que no hay escasez de motivos, pero ¿por qué ahora? Su esposa Fiona le da una coartada y confirmaron que su hijo Frank también estaba en casa. Samuel no estuvo en casa hasta muy tarde, y aún tenemos que corroborar dónde dijo que había estado.

—Es el número uno de la lista de cosas por hacer, señaló Sanjay.

Reanudando su resumen, Sandra continuó: —"El otro hermano, Stanley, parecía llevarse bien con Mathewson. Podría decirse que estaría en desventaja por su muerte, pero no podemos estar seguros de que lo viera de esa manera, particularmente con la charla de venderse. Estaba en casa y su compañero, Barry, le da una coartada".

—¿Y qué hay de la familia? Mary preguntó.

—Para empezar, está su pareja sexual la noche de su muerte. Todavía tenemos que rastrear quién es.

—Tal vez es como una araña viuda negra; tiene sexo con hombres y luego los mata, —sugirió Donny.

—No sé, para alguien realmente especial, podría estar preparado para correr el riesgo. Sólo una lamida del tarro de miel y luego muerto. ¿Qué dices Sandra? Donny miró lascivamente.

—Puedes olvidarte del sexo, pero puede que tenga que matarte de todas formas. Continúa con tu resumen.

—Para otras posibilidades, están los otros gerentes de la destilería, continuó Donny. —Patrick Gillespie está con Daniel Burns desde hace años y no parece que tenga la fuerza necesaria para encender un fósforo, no importa un golpe mortal. Su declaración muestra que estaba en casa, solo, en el momento de la muerte. El sobrino de Gillespie, Callum McPherson, es una posibilidad más probable. Si supiera lo de las negociaciones de venta, no estaría muy contento, no con sus fuertes opiniones nacionalistas. Ha estado fuera y debemos hablar con él hoy.

—¿Cuándo se fue? Sanjay preguntó.

—Eso es lo que tenemos que averiguar. Su primera reunión fue en Inverness a las diez de la mañana del jueves. Se suponía que iba a conducir el miércoles por la tarde o por la noche, lo que lo descartaría. La compañía tiene su propio piso, así que no hay registros del hotel que podamos comprobar. Podría haber estado por aquí para el acto maligno y aún así haber tenido tiempo de escapar, y luego levantarse a tiempo para su reunión.

—Podemos saber más cuando hablemos con él. Seguramente debe tener el uso de la tarjeta de crédito o recibos que podrían evidenciar dónde estuvo y cuándo. Si subió el miércoles, seguro que compró una comida o un café o algo así, posiblemente un recibo de gasolina. Dicho esto, ten cuidado si es demasiado rápido en ofrecer ese tipo de corroboración porque es bastante fácil de falsificar, sugirió Sandra.

—Sí, sí, lo sabemos. No confíen en nada ni en nadie, las reglas estándar, Donny murmuró despectivamente, y luego continuó con su evaluación. —Hay muchos más empleados en Benlochy, y es seguro como la mierda que Mathewson habrá enojado a la mayoría de ellos en algún momento, pero no hay candidatos obvios para el papel estelar. Si miramos fuera de la destilería, es la misma historia, un número casi infinito de personas a las que ha jodido o jodido pero ningún sospechoso principal obvio. Con todo lo que se habla de una adquisición, eso trae una nueva balsa de posibilidades y hay algunos nombres importantes involucrados. Se sabe que Chuck Holbein ha estado en negociaciones. Ya ha sido entrevistada, y este personaje de Teiko podría ser visto hoy. Dios sabe quién más está al acecho en el fondo, como si no tuviéramos suficientes problemas sin importarlos. No te ofendas, Sanjay.

El pobre intento de humor racista de Donny fue recibido con miradas de piedra por el resto del equipo.

—Además de todo eso, sabemos que ha estado involucrado en la venta de whisky falso o tal vez era producto real pero vendido bajo el mostrador. Habrá estado tratando con personajes muy desagradables. Parece como si esto hubiera ocurrido durante mucho tiempo, antes de que Mathewson estuviera a cargo, así que creo que Daniel Burns podría recibir otra pequeña visita también.

—Ahí es donde estamos. ¿Adónde vamos ahora? Sandra lo pidió.

Phil fue el primero en responder, —Si no estoy diciendo lo obvio, tenemos que hablar con el tipo de Teiko hoy. Tal vez Sandra y yo podríamos verlo. Podríamos seguir con Daniel Burns después. Los hijos de Mathewson también necesitan ser revisados, así que tal vez Sanjay podría hacerlos junto con Mary para dar continuidad porque ella ya ha estado en su casa con el jefe. Y luego está Callum McPherson, si es que pueden verlo también. Los de Escena del Crimen todavía están intentando investigar el cristal. Donny ha estado haciendo un gran trabajo de investigación y coordinación, así que tal vez podría comprobar la coartada de Samuel y luego continuar con el seguimiento de los vínculos de venta de bebidas, sus deudas de juego y cualquier otra cosa en la escena del negocio.

—Suena como un plan, concluyó Sandra.

—Ha estado muy callado, Jefe, continuó Phil.

—Es la señal de una buena gestión cuando tienes un equipo en el que te sientes confiado para delegar, y estoy bastante contento con la forma en que se está manejando. Me habría apresurado a decir si hubiera visto que se echaba algo de menos. Ahora vamos a ello.

Sandra le dijo a Phil que llamara a Yakimoto y arreglara su reunión, y mientras lo hacía, fue al baño de damas para refrescarse. Estaba de pie comprobando su apariencia en el espejo cuando Mary entró.

—¿Cómo te estás acomodando, Mary?

—Realmente genial y tengo mucha suerte de estar en un gran caso tan pronto. Es un gran equipo. Donny es un poco gruñón, pero todos los demás han sido tan acogedores, y en cuanto al detective en jefe, es un verdadero machote. He oído que también está soltero.

—Está divorciado, pero tiene dos hijos y se dedica a ellos. Ahí es donde se dirige ahora.

—Suena como si estuvieras tratando de desanimarme. Puedo ver que los dos están muy unidos. Tal vez lo quieres todo para ti. Espero que no te moleste otra mujer del equipo, ¿o estaré obstaculizando tu estilo?

La primera inclinación de Sandra fue volver a decirle a Mary que le mostrara algo de respeto y que se ocupara de sus propios asuntos, pero se detuvo. En realidad, quería a Alex para ella sola, pero también sabía que las palabras de Mary eran sólo charla ociosa, charla de chicas, y reaccionar agresivamente sería lo peor que podría hacer. Estaría garantizado que engrasaría la máquina de los rumores. Sería mejor que siguiera la corriente de las bromas.

—No hay problema, no me importa un poco de competencia, además de que el detective en jefe y yo somos buenos amigos... Sandra no tuvo tiempo de terminar su frase, pero lamentó sus palabras iniciales en el momento en que las dijo.

—Ah, sólo buenos amigos, asiente, asiente, guiño, guiño, sabemos lo que eso significa.

—No, en realidad lo dije literalmente. Trabajamos juntos desde hace unos años, y el pasado noviembre, estuvimos en un caso en el que afirma que le salvé la vida. Bueno, ya conoces la vieja costumbre japonesa, al menos en las películas, si le salvas la vida a alguien, entonces eres responsable de ellos para siempre, —respondió Sandra, mostrando una gran sonrisa que apenas sintió. Recordó su conversación con Alex la noche anterior y supo que había tenido razón; tendrían que tomar algunas decisiones difíciles.

—Me enteré de ese caso. Un asistente del jefe fue arrestado, ¿no es así Forbes? Y uno de los oficiales que lo arrestó fue acuchillado. ¿Fueron el detective en jefe y tú?

—Sí, lo fue, pero ahora no sirve para nada. Eres tan bueno como el caso en el que estás trabajando. Sandra se sintió aliviada de haber cambiado de tema y lo había traído de vuelta a su investigación actual. —Oh, y por cierto, tienes razón sobre Donny; es de la vieja escuela y se va a jubilar muy pronto. Es un buen policía, pero tiene sus prejuicios. No le gustan las mujeres, ciertamente no cuando están en posiciones superiores, y es un WASP.

—¿Un WASP? ¿Qué quieres decir?

—Blanco anglosajón y protestante, no es muy tolerante con nadie más, así que cuida tu espalda.

—Gracias por el aviso.

Alex acababa de volver a su oficina cuando sonó su móvil. La pantalla de llamada mostró que era Brian Phelps.

—Oye, Brian, no hemos hablado tan a menudo desde que volvimos a la universidad. ¿Qué puedo hacer por ti?

—Hola, Alex, espero no haberte pillado en un mal momento. Me temo que son malas noticias. Hubo una pausa. —Se trata de Carpenter, intentó suicidarse anoche. Le dije antes que su esposa conoce bien a Trish, y la llamó esta mañana para contarle lo que había pasado.

—Dijiste "intento". ¿Cómo está? ¿Y qué pasó en realidad?

—Le han llevado al General del Sur y le han hecho un lavado de estómago. Se tragó una botella de analgésicos y la lavó con vodka. Afortunadamente, no es muy bebedor y vomitó, pero no se sabe cuántas pastillas había en la botella o cuántas pudo haber ingerido. Por eso lo bombearon para sacar todo lo que pudieron. Han confirmado que no queda suficiente para matarlo o causar un daño crítico, pero puede que haya hecho algún daño al revestimiento de su estómago. También se va a sentir muy mal por un tiempo, pero es su estado mental el más preocupante.

—Pobre diablo, ha estado bajo mucha presión.

—Ha estado muy deprimido por la investigación, pero fue algo que pasó anoche lo que le hizo estallar.

—Continúa.

—Algunos matones, ahora sabemos que fue Connelly y su equipo, fueron a su casa con latas de spray. Pintaron la palabra "pervertido" en su puerta y ventanas y en todo su coche.

—Pequeños bastardos.

—Vio que lo hacían, aparentemente, y llamó a la policía. Incluso se las arregló para tomarles fotografías. Entregó su cámara e hizo una declaración. Parecía estar bien en ese momento. Su verdadero problema vino más tarde cuando vio lo molestos que estaban sus hijos. Su esposa trató de hablar con él, pero él pareció sentirse atraído por sí mismo. Ella pensó que sólo necesitaría tiempo para aceptarlo, pero se equivocó. En medio de la noche, se levantó y asaltó el botiquín, se encerró en el baño y se tomó las pastillas con vodka. Ella lo escuchó enfermo y forzó la puerta, luego llamó a una ambulancia. Ella actuó rápidamente para salvarlo, pero pasará un tiempo antes de que sepamos cómo está realmente.

—El único resquicio de esperanza es que no necesitaremos ver a Connelly en la escuela. Después de lo que ha pasado, no tendremos que llevarlo de vuelta. Podemos citarlo como si fuera para su propia protección.

Después de cerrar el teléfono, Alex se sentó a mirar su escritorio vacío. Su comportamiento anterior satisfecho fue superado por el shock y la tristeza. Aunque no conocía a Carpenter personalmente, tenía un sentimiento abrumador de simpatía por lo que él y su familia habían pasado, y sabía que sus vidas nunca volverían a ser las mismas. Pasaría un tiempo considerable, si es que alguna vez, antes de que se le permitiera volver a la enseñanza, y su esposa e hijos también sufrirían como resultado.

Alex sabía que tendría que contarle a Andrew lo que había pasado. El chico había esperado o al menos esperaba que su padre pudiera hacer algo, pero Alex se sentía impotente. No esperaba ser el portador de malas noticias, pero sabía que era necesario.

Alex cogió su teléfono interno e hizo un par de llamadas. Al final, había confirmado que Sean Connelly y su padre habían sido acusados, así como dos de los antiguos amigos de la escuela de Sean de Barrhead. Las fotos tomadas por Carpenter eran bastante condenatorias, pero había muchas pruebas de apoyo. Connelly y su compañía tenían residuos de pintura en sus pieles y había un par de latas en el maletero del coche del padre. Había evidencia clara de que habían estado en la casa de Carpenter... ...y no habían dado ninguna justificación de por qué podrían haber estado en la vecindad.

CAPÍTULO DIECIOCHO

Con María navegando, ella y Sanjay llegaron a la casa de Mathewson a media mañana. Ya habían hecho arreglos para ver a McPherson en su oficina después.

Sólo después de que se acordara la distribución de tareas, Mary pensó en preparar a Sanjay contándole sobre los Rottweilers. Normalmente le gustaban los perros, pero se sentía incómoda con su tamaño y fuerza. Sabía que Sanjay no estaba contento con ningún perro e incluso rehuía a los Yorkshire Terriers. Por lo tanto, se acercó con cierta trepidación a la entrada, con el sudor brillando en su frente, y esto fue exacerbado por las profundas reverberaciones de los ladridos. Sus preocupaciones, sin embargo, eran infundadas, ya que debido a que su visita era esperada, los perros ya habían sido encerrados en uno de los cuartos traseros. Agnes abrió la puerta y les mostró el mismo salón donde habían estado anteriormente. La tapa del piano estaba abierta y las partituras estaban apiladas en ella, lo que indicaba que había sido tocada recientemente, pero por lo demás Mary consideró que la habitación tenía el mismo aspecto que antes. Se aventuró a echar un rápido vistazo a la música y vio que era mayormente estilo ragtime, confirmando su expectativa de que no era consistente con el luto.

Después de unos momentos, Georgina entró en la habitación. Reconoció a María y extendió su mano para presentarle a Sanjay.

—Grant y Henry estarán aquí en un momento. Georgina se paró en la puerta y presentó a sus hijos cuando llegaron. Todos fueron a tomar asiento, pero Sanjay le pidió a Georgina que los dejara para poder hablar con los chicos a solas. Parecía un poco insegura al principio, pero aceptó su petición.

Tomaron nota de los detalles formales y luego intercambiaron cumplidos, Sanjay y Mary buscaron que los chicos se sintieran cómodos.

—¿Regresaste anoche?

Grant tomó la delantera. —Sí, nos invitaron a quedarnos con un amigo que tenía una fiesta, pero pensó que era mejor llegar a casa más rápido. Volamos de Zurich a Londres ayer por la tarde y luego tomamos el último autobús. Llegamos a casa tarde anoche.

—¿Cuánto tiempo has estado fuera?

—Nos fuimos hace diez días, el día ocho. Nos encontramos en Londres con mi primo y luego fuimos a esquiar una semana.

—¿Dices que es tu primo?

—Sí, bueno, primo segundo o tercero para ser más preciso. La madre y la madre de Tabatha son primos hermanos. Nos quedamos con ella un par de días y luego nos fuimos el día 11. Todavía tengo los boletos si quieres comprobarlo. Volamos con British Airways; creo que aún tengo las tarjetas de embarque también.

—¿Quién más estaba allí?

—Éramos ocho en total, nosotros mismos, Tabatha y otros cinco. Somos amigos desde hace años y es un evento anual en el que todos nos reunimos.

—¿Puedes darme nombres y direcciones de todos los de tu partido?

—Sí, puedo, no hay problema, pero seguro que no somos sospechosos.

—No, no te preocupes. Es sólo rutina para que podamos marcar todas las casillas y mostrar que hemos probado quién estaba dónde y cuándo. Es como el trabajo policial por números. Ya sabes, como en la cita de Sherlock Homes, —Cuando eliminas lo imposible, entonces lo que queda, por improbable que sea, tiene que ser la explicación. Sanjay sonreía con dificultad.

Grant asintió lentamente. —Entonces, ¿papá fue definitivamente asesinado?

—Sí, ahora estamos seguros de eso.

—¿Tiene alguna idea de quién lo hizo?

—La investigación está en curso y todavía estamos recogiendo pruebas. Por favor, díganos cualquier cosa que sepa que pueda ser remotamente relevante. ¿Has oído a tu padre discutir con alguien o dijo algo sobre tener problemas o tener miedo de alguien?

Grant y Henry intercambiaron miradas de complicidad, pero no dijeron nada.

—¿Tienes algo que decirnos? Sanjay se puso nervioso.

Grant permaneció en silencio, pero Henry habló por primera vez. —No ha habido nada inusual. Papá siempre estaba teniendo pequeñas peleas con la gente. Nunca le prestamos mucha atención.

—¿Con quiénes eran las disputas?

Hubo otro intercambio de miradas y Grant dio un asentimiento casi imperceptible. —Papá y mamá no siempre se llevaban bien. Cuando éramos más jóvenes, discutían todo el tiempo. Más recientemente, parecían llevarse mejor.

—¿Pelearon físicamente o fue sólo una discusión?

—No, nunca fue más que un grito.

—Continúa.

—Papá a veces se peleaba con el abuelo y con el tío Quentin.

—¿Y cuándo dices "se peleaba"?

—No, otra vez fueron expresiones, aunque recuerdo que una vez, hace un año o dos, Quentin se enfadó mucho y dio un puñetazo. Papá lo agarró en su mano y empujó a Quentin y luego se rió de él.

—¿No había nada más reciente?

—No que yo sepa.

—¿Y qué pasa con los demás?

—Puede que haya mencionado nombres, pero nada que signifique algo para mí.

—Bien, gracias por su ayuda.

Sanjay y Mary estaban felices de escapar a su coche antes de que los perros se soltaran de nuevo.

—¿Es así como llaman a las clases privilegiadas? Sanjay preguntó.

—Sí, se van a pasear por todo el mundo y nunca hacen un día de trabajo en sus vidas, —respondió Mary.

—No parece que les sirva de mucho, pueden tener una vida fácil pero no parecen muy felices con ella.

—Supongo que cuanto más tienes, más difícil es encontrar algo que te guste. Es un problema con el que no me importaría tener que lidiar, —respondió Mary.

—Sigamos adelante, todavía tenemos que ir a ver a Callum.

Unos minutos más tarde, los hicieron pasar por las puertas de seguridad de Benlochy y encontraron a Callum en su oficina trabajando en la correspondencia entregada mientras estaba fuera.

Tanto Sanjay como Mary hicieron una doble toma cuando lo vieron. Estaba completamente calvo, pero aparte de esa diferencia, era una versión más joven de Daniel Burns. Ninguno de ellos había visto a Daniel en carne y hueso, pero podían decir lo suficiente al ver su fotografía, y había una clara similitud con Quentin también.

Anticipándose a su pregunta, les ofreció, —No, no estoy emparentado con la familia Burns, al menos no se considera que esté emparentado con la familia Burns. Mi tío es Patrick Gillespie. Creció con Daniel y eran los mejores amigos. Mi madre era la hermana menor de Patrick y murió cuando yo tenía diez años. Los únicos recuerdos que tengo de ella son que estaba muy enferma. Ella y mi padre estaban comprometidos cuando nací y no hace falta ser un genio para darse cuenta de que mi padre natural era Daniel. Nadie me lo ha dicho nunca oficialmente, pero no necesito un test de ADN para probarlo.

Mi padre me crió solo y lo quiero mucho. Nunca haría nada que lo lastimara.

Las palabras parecían fluir de Callum en una larga liberación sin requerir ningún estímulo. —Cuando dejé la escuela, fui a la universidad, y después de obtener mis calificaciones, el tío Patrick me consiguió un trabajo aquí. Empecé desde abajo trabajando en las tiendas con el salario mínimo y luego trabajé en la producción antes de probar en otros departamentos. Al mismo tiempo, hice más estudios usando clases nocturnas y cursos por correspondencia. Obtuve una licenciatura y luego trabajé para mi MBA. Me abrí camino en la empresa con mucho esfuerzo. Nadie me hizo ningún favor, no me dieron tiempo libre para estudiar y tuve que pagarlo todo yo mismo. Trabajé duro y me gané mis ascensos. Me llevó años llegar a la dirección de la empresa y aún más a donde estoy ahora. Realmente estoy haciendo un trabajo de director, pero todavía no soy reconocido en la mesa de arriba y no me acerco al salario que se paga a Samuel o Stanley por hacer todo el trabajo.

Callum se detuvo un momento y luego continuó: —"Lo siento mucho, no sé qué debes pensar de mí. Normalmente no voy por ahí hablando con extraños sobre la empresa o la familia Burns de esa manera. No, nunca he dicho este tipo de cosas en el pasado, ni a extraños ni a nadie. Supongo que todavía estoy un poco conmocionada por lo que ha pasado. Acabo de empezar a hablar y todo salió a la luz. Lo siento, aquí estoy sondeando y no es eso lo que has venido a hacer".

—¿Es cierto todo lo que has dicho? Sanjay preguntó.

—Sí, supongo que sí. Probablemente lo he pensado, pero nunca antes había expresado esos pensamientos.

—En ese caso, por favor continúe. Seguimos recogiendo información y estamos felices de obtener todos los antecedentes que nos pueda dar. Cuéntenos un poco más sobre cuál es su trabajo y dónde encaja en la organización.

—Mi puesto es el de Gerente de Material, pero eso es sólo una parte. Es una posición extraña porque cruza muchos límites. Soy responsable de la adquisición, de identificar la mejor calidad de las materias primas, y luego me aseguro de que las compramos al mejor precio. A partir de ahí, hay una inspección interna de la mercancía y un control de calidad. Luego está el control de las existencias, asegurando que tenemos suficiente de todo lo que necesitamos sin el costo o el desperdicio del exceso de existencias. Estoy involucrado en la supervisión de la producción y luego, finalmente, soy responsable de la gestión de inventario del producto terminado. Tengo que ser un Jack de todos los oficios.

—Suenas un poco resentido.

—No, en realidad no. No nací con una cuchara de plata en la boca, no como la familia Burns, así que he tenido que trabajar por todo lo que tengo, pero eso significa que lo aprecio. Sé lo que es no tener nada, así que todo lo que tengo significa mucho más de lo que significaría si me lo regalaran.

—¿Y qué papel tiene la familia Burns en el negocio?

—Eso suena a una simple pregunta, pero no lo es realmente. Hasta que el Sr. Daniel se retiró, tenía el control general, pero se involucró en cada detalle del trabajo de los demás. También persiguió cada falda que encontró, así que probablemente encontrarás muchos más de sus bastardos por todo el país además de mí.

—Quentin estaba a cargo del marketing y las ventas y Héctor cuidaba la oficina, aunque el tío Patrick también la vigilaba, para asegurarse de que funcionara bien. Desde que Héctor tomó las riendas, nada ha cambiado mucho, excepto que no sabía lo suficiente como para interferir efectivamente.

—¿Qué pasa con los otros miembros de la familia?

—No tienen mucho impacto. Georgie cuidó la oficina hace años, antes de casarse, y era muy buena en ello, según todos los indicios. En los últimos años, apenas ha estado involucrada en las operaciones diarias. Sin embargo, todavía asiste a las reuniones de la junta. Puedo ir a algunas de ellas para entregar mis informes, y por lo que pude ver, ella ha sido la única voz de la cordura. No, tal vez estoy siendo un poco duro allí, pero es cierto, ella es de lejos la más capaz de toda la familia. Sus hijos, Grant y Henry, nunca han mostrado ningún interés. Han tratado de venir para aprender lo que pasa, pero nunca han durado más de unos pocos días. No les gustaba trabajar cuando interrumpía su tiempo de juego. No son estúpidos y no los descartaría de poder hacer una contribución algún día, pero todavía tienen que crecer un poco antes de que llegue ese día. Es lo mismo con los hijos de Quentin, bueno, no del todo. Frank cae exactamente en esa categoría, pero Samuel es diferente. Quentin lo ha hecho trabajar aquí casi a tiempo completo y no creo que le importe estar aquí, pero la verdad es que es tan grueso como dos tablones cortos. Un muchacho bastante agradable pero no tiene ni idea de nada. Trabaja con Quentin en el marketing y las promociones, pero eso es sólo para que Quentin pueda vigilarlo y cubrir sus errores. Está convencido de que un día un velo se levantará y Samuel de repente será competente y estará listo para hacerse cargo y dirigir todo el negocio. Habrá una luna azul en el cielo el día que eso ocurra.

—A continuación, está Stanley. La única vez que lo vemos es para las reuniones de la junta, y en su caso, sería mejor describirlas como reuniones aburridas, deletreado A-B-U-R-R-I-D-A-S. No intenta seguir lo que pasa y se sienta a dormir o a dibujar en un bloc. No tiene ningún interés y sólo viene porque siente que debe hacerlo para cobrar sus honorarios y disfrutar de la hospitalidad. Creo que su padre insistió en que asistiera y se convirtió en un hábito, porque todavía lo hacía con Héctor a cargo. La razón podría haber sido más bien para que pudiera hacer enojar a Quentin. En todos los años que los he conocido, aún no he escuchado una palabra amable. En cuanto a Quentin y Héctor, eran igual de malos, detestaban verse, y Stanley a veces se involucraba para hacer enojar aún más a Quentin. No era raro que el Sr. Daniel o Georgie tuvieran que mantener la paz.

—¿Y dónde encajas tú en todo esto? Sanjay preguntó.

—¿Qué quieres decir? Ya te he dicho lo que hago.

—Eso no es lo que estoy preguntando. ¿Dónde encajas en la dinámica familiar?

—No lo hago. No se me considera parte de la familia. Nadie

quiere saber mi opinión o lo que pienso a menos que sea específicamente para el trabajo y no siempre, incluso entonces. He aprendido a mantener la cabeza baja y a seguir adelante.

—¿Cómo es tu relación con cada uno de ellos?

Soy tolerado y los tolero, ¿qué más puedo decir?

—¿Qué hay de tus verdaderos sentimientos? Dame un resumen de la declaración de cada uno de ellos.

Callum pensó por varios momentos y luego hubo un parpadeo de una sonrisa. —Bueno, lo intentaré. Daniel Burns es un tirano, un déspota en realidad, o así es como actuó hasta que se enfermó y no está mucho mejor ahora. Héctor es un soñador, o lo era, corrigió. —Grande en ideas, pequeño en habilidad y aplicación. Georgie es inteligente y capaz, pero no está muy involucrado ahora. Quentin sería absolutamente brillante si fuera sólo una fracción de lo bueno que cree que es. Samuel es un desperdicio de espacio. Stanley no sabe nada y los otros chicos no están interesados.

—Entonces, ¿quién tendría una razón para querer matar a Héctor?

—¿Qué? ¿No crees que fue uno de la familia, verdad?

—No dije que lo fuera, pero no podemos descartarlo, así que, ¿quién crees?

—Realmente no podría decirlo. Quentin odiaba a Héctor con pasión, pero no pude ver que lo matara.

—¿Y qué hay de ti?

—¿Qué? ¿Por qué querría matar a Héctor?

—¿Por qué no nos lo dices?

—No lo hice. No lo hice. ¿Quién ha dicho algo?

—No he dicho que nadie haya dicho nada, pero ¿qué temes que hayan dicho?

—Nada. Oh, no lo sé. No siempre estuve de acuerdo con Héctor y puede que incluso haya habido ocasiones en las que hemos hablado, pero nunca quise que muriera.

—¿Y sobre qué discutieron? Si eres inocente, no tienes nada que temer al decírnoslo.

—Hubo muchas ocasiones en las que no estuvimos de acuerdo, pero de eso se trata dirigir un negocio, diferentes personas con diferentes opiniones y luego debatirlas para encontrar la solución correcta.

—Pero acabas de decirnos que no valoran tu opinión.

—A veces lo hacían. Bien, tuvimos algunas discusiones, pero sólo se trataba de negocios y sólo se hablaba.

—Así que cuéntanos más.

—Hace un par de años, no mucho después de que Héctor se convirtió en doctor, quería que empezáramos a filtrar el whisky. Leyó en alguna parte que algunos de los mercados internacionales lo preferían ya que aclaraba el whisky, especialmente cuando se añadía agua o hielo. Le dije que estaba diciendo tonterías. Puede que haga más claro el whisky, pero le quita algo de sabor y perdería mucho más negocio del que podría ganar. No estaba convencido y la discusión se prolongó durante semanas. Finalmente, se echó atrás, pero sólo después de que Georgie se pusiera de mi lado. Hubo otras ocasiones en las que tuvimos una disputa sobre el etiquetado. Aprobó una especificación de la imprenta que deletreaba whisky con una "e", la manera americana o irlandesa. Si no lo hubiera visto y corregido, podríamos haber perdido una fortuna. ¿Cómo podía ser director de una compañía como esta y no conocer ese tipo de fundamentos? Ni siquiera Samuel cometería un error como ese.

—Bien, sigamos adelante. Has estado fuera durante los últimos dos días. Me gustaría que me contaras los detalles de tu viaje, cuándo te fuiste, adónde fuiste, etc.

—Viajé a Inverness el miércoles por la tarde y me quedé en el piso de la compañía. Tuve mi primera reunión el jueves por la mañana a las diez. Puedo mostrarle mi agenda; tiene una nota de mi itinerario.

—Sí, eso ayudaría. El miércoles, ¿conoció o vio a alguien en su viaje o cuando llegó allí?

—No que yo pueda pensar. Salí de aquí a las cuatro; creo que llegué a las siete.

—¿Fue a comer, tal vez habló con otros clientes o con el personal de un restaurante, o hizo alguna compra donde pudiéramos comprobar su recibo?

Callum pensó por un momento. —Necesito confesar que compré una cena de pescado. No había ningún recibo. La chica de la tienda podría recordarme porque he estado allí antes y charlamos mientras esperaba que se frieran las patatas. Hablo en serio cuando digo que es una confesión. Mi esposa me matará si se entera. Estoy destinado a perder peso y las comidas fritas están destinadas a ser evitadas.

—¿Había algún otro lugar?

—Me detuve por el diesel justo antes de llegar allí. Lo compré usando una tarjeta de combustible, así que tendrán una nota de mi registro y la hora.

—¿Qué hiciste el miércoles por la noche?

—Después de ir a la tienda de comidas rápidas, volví al departamento y sólo miré la televisión.

—¿Así que nadie más te vio?

—Supongo que no.

—Y potencialmente aún tenías tiempo de volver de Inverness, matar a Héctor y volver allí a tiempo para tu reunión.

—Excepto que no lo hice. Mis registros de kilometraje mostrarán eso.

—Todavía queda el tren, o un coche de alquiler.

—Revisen todo lo que quieran, no encontrarán nada porque yo no hice nada.

—Obviamente tendremos que comprobar lo que nos has dicho. Ahora, entendemos que está muy interesado en la política...

—¿No lo hacen todos?

—Tal vez, debería haber dicho que estás involucrado en la política y te apasionan tus creencias.

—Sí, eso es cierto. ¿Pero no crees que eso es algo bueno? ¿No deberíamos todos querer lo mejor para nuestro país y estar listos para levantarnos y ser contados? Eso es precisamente lo que tendremos la oportunidad de hacer el año que viene en el referéndum, y espero que estén de acuerdo en que estaríamos mucho mejor como una Escocia independiente, libre de los grilletes de Westminster. Escocia sería mucho mejor por sí misma; tenemos todos los recursos. No es sólo el petróleo, todo eso ha sido hipotecado de todos modos. Tenemos agua, tenemos energía verde, la más avanzada de Europa, y por supuesto, hay comida y bebida. Exportamos salmón y mariscos, pero lo mejor de todo es que tenemos whisky. Las exportaciones de whisky escocés ascienden a cuatro mil millones de libras al año y Escocia ve muy poco del beneficio.

—Gracias por la transmisión política del partido, pero no estamos aquí para hablar de nuestras creencias políticas y sólo estamos interesados en las suyas en la medida en que puedan tener una relación con nuestra investigación.

—¿Por qué debería tener una relación con la investigación?

—Bueno, ya ha dejado muy claro que le apasiona su país y que está muy en contra de que lo exploten.

—Sí, ya estamos más que hartos de ser violados y saqueados por los ingleses.

—¿Sólo estás en contra de los ingleses, o eres generalmente xenófobo?

—No sólo los ingleses y no soy xenófobo, sino que lucharé contra la injusticia. No tengo prejuicios. Sólo quiero un trato justo.

—¿Así que admites que lucharás por lo que crees?

—Sí, eso es lo que te digo, seguiré haciendo campaña para que obtengamos la respuesta correcta en las urnas el año que viene.

—No es la urna lo que nos interesa. Lucharás por lo que crees, ¿pero hasta dónde llegarías para apoyar tus creencias? Si pensaras que Héctor iba a vender esta destilería, una parte vital de tu precioso comercio de whisky, y que iba a hacer un trato para que fuera propiedad de alguien en el extranjero, ¿hasta dónde llegarías para detenerlo?

Callum dejó de hablar y su mandíbula cayó mientras reunía sus pensamientos. —¿Me estás diciendo que Héctor estaba realmente tratando de traicionarnos? Escuché uno o dos rumores raros, pero los descarté como una tontería. A menudo escucho la mayor cantidad de basura sobre todos y todo, así que nunca le prestó atención.

—¿No nos dirás en serio que no sabías nada al respecto?

—Lo juro por Dios. Si lo hubiera sabido, habría luchado con él todo el tiempo, y con eso quiero decir que habría intentado razonar con él y habría conseguido todo el apoyo posible para ayudarme.

—¿Qué, de otros nacionalistas?

—No sólo de ellos, de cualquiera con sentido común. Hay muchos nacionalistas en la compañía que lo combatirían, pero Quentin es un conservador y creo que lo habría combatido tanto como yo.

—Sí, también estamos hablando con él, como era de esperar.

Callum empezaba a parecer cansado y demacrado, sus hombros caídos y sus ojos se veían tensos. —¿Eso es todo?

—No, no del todo. Hay otro asunto que nos gustaría discutir con usted y está dentro de su área de responsabilidad.

Callum miró hacia arriba expectante.

—¿Qué puede decirnos del túnel?

—¿Qué túnel?

—El túnel que sale del cuarto de barriles y llega al otro lado de la colina.

—No sé nada de eso. He oído historias de que en los primeros días hubo una especie de operación secreta antes de que la destilería se hiciera legal. No sé lo que le han dicho, pero no perdería su tiempo escuchando cuentos de viejas.

—No es sólo una historia; la hemos visto y hemos estado en ella. Seguramente usted debe haber sabido de ella. Debes haberla encontrado cuando se hizo la reforma y se construyó la tienda.

—Te digo que no sé nada al respecto. Héctor se ocupó él mismo de la reforma. ¿Pero por qué debería importar de todos modos?

—Bueno, esa es la parte interesante y de la que no vas a poder salir hablando. Hay una cueva en el túnel que se ha usado para contrabandear whisky. El producto ha sido sacado de la destilería, y luego llevado allí para su almacenamiento y embotellamiento con el fin de evadir los derechos e impuestos.

La cara de Callum se puso blanca como la tiza y su mano comenzó a temblar. —No sé nada al respecto, —dijo en poco más que un susurro.

—Pero nos está diciendo lo importante que es su trabajo y cómo controla la calidad y la cantidad del inventario. Eres el Controlador de Material. ¿Cómo puede estar sucediendo esto sin que usted lo sepa? Debes haber estado jugando un papel clave.

—No sé nada al respecto", repitió Callum, un poco más alto esta vez. "¿Cuánto estuvo involucrado?

Ignorando su pregunta, Sanjay continuó: —"Bueno, será mejor que empieces a pensar rápido. Sólo estamos aquí para investigar el asesinato, pero algunos de nuestros colegas especialistas en la investigación de fraudes ya han sido alertados y querrán hablar con usted, y me sorprendería mucho si los investigadores de impuestos y deberes de Su Majestad no le buscaran también a usted".

CAPÍTULO DIECINUEVE

—YAKIMOTO PUEDE VERNOS DE INMEDIATO Y CREO QUE DEBEMOS aprovechar la oportunidad mientras podamos. Sólo está en Glasgow hasta esta tarde porque ya ha reservado un vuelo a Londres, y luego se irá a París el lunes. Se está quedando en una suite en el Hilton y se ha ofrecido a vernos allí. Tomé la iniciativa de decir que estaríamos allí en media hora. Está bastante cerca, podemos ir andando. Phil soltó su noticia en el momento en que Sandra volvió a entrar en la habitación.

—Hiciste lo correcto, —respondió ella tranquilizándose. —¿Qué le has dicho?

—Le expliqué que éramos la policía y que estábamos investigando una muerte sospechosa. Le dije que Héctor estaba muerto y que por eso no había asistido a su reunión prevista para el jueves. Le dije que habíamos cogido el teléfono de Héctor y que estábamos al tanto de los mensajes dejados.

—Bien, hagamos un movimiento. Tardaremos unos buenos minutos en llegar allí.

El vestíbulo estaba tranquilo cuando Sandra y Phil se presentaron en el escritorio revestido de mármol. Después de verificar con su huésped, la recepcionista los dirigió al banco de elevadores y les dio el número de habitación.

Un pequeño caballero japonés, inmaculadamente vestido, mantuvo abierta la puerta cuando se acercaron. Asintió con la cabeza y les dio una tarjeta de visita a cada uno de ellos.

Sandra y Phil respondieron mostrando sus tarjetas de identificación y fueron escoltados a un salón donde fueron invitados a sentarse.

—Entendemos que no tienen mucho tiempo y estamos agradecidos por haber aceptado vernos, **abrió** Sandra.

—Me complació saber de ustedes ya que al menos me permite darle algún sentido a lo que ha resultado ser un viaje desperdiciado. Tenía una voz suave y acentuada, pero su voz era clara y precisa.

—¿Su encuentro con Mathewson fue la única razón de su visita a Glasgow?

—Sí, lo fue. He estado en Escocia muchas veces y he visitado su hermosa ciudad antes. Mi única razón para venir esta semana fue para ver al Sr. Mathewson.

—¿Puede decirme el propósito de la reunión?

—No, no puedo decir, era un asunto privado.

—¿Te estaba ofreciendo venderte a Benlochy?

Los ojos de Yakimoto se abrieron de par en par. —Esto se suponía que era un asunto privado entre nosotros dos. Me dijeron que no debía discutirlo con nadie más de la compañía o el trato se cancelaría.

—¿ "Trato"? ¿Ya habías llegado a la etapa en la que se acordó un trato?

—No exactamente. Habíamos discutido la compra de su compañía y él había preparado un documento especialmente para mí. Era un "Memorándum de Información" formal que daba los detalles clave necesarios para valorar el negocio. Yo había indicado cuánto estaría dispuesto a pagar y él me pidió que volara para acordar un trato. El precio era sólo indicativo y estaba sujeto a la debida diligencia.

—Eso suena bastante avanzado. ¿Conoces la estructura de propiedad en Benlochy?

—Por supuesto, pero el Sr. Mathewson me dijo que, si podíamos llegar a un acuerdo, entonces confiaba en que podría cumplirlo.

—¿Te dijo que eras la única compañía que estaba considerando?

—No con esas palabras, pero lo implicó fuertemente. Dijo que si yo encontraba la figura que él quería, entonces no tendría que hablar con nadie más.

—Así que no sabías que ya estaba hablando con otras empresas también.

Un destello de ira brilló en los ojos de Yakimoto. —Ciertamente no lo hizo. No me gustan las subastas y no hago negocios con tramposos y sinvergüenzas. Es una cuestión de honor. Ahora puedo ver que este siempre iba a ser un viaje desperdiciado.

—¿Mathewson mencionó que quería vender algo más que la destilería básica?

—El memorándum mostraba la destilería, la tierra en la que se encuentra, algunos bosques y otras propiedades y, por supuesto, las marcas, las existencias y los contratos de venta.

—¿No había un almacenamiento secundario y líneas de suministro?

Yakimoto miró con curiosidad. —No, estoy seguro.

—Gracias de nuevo por recibirnos. Creo que eso es todo, pero tenemos su tarjeta por si tenemos más preguntas. Lamento que su tiempo haya sido desperdiciado.

Viajando de vuelta al ascensor, Sandra sintió que su teléfono vibraba. Lo sacó de su bolsillo, apagó el silencio, y comenzó la llamada. La pantalla mostró el número de Donny.

—Sandra, he tenido un pequeño avance. Estaba rastreando los otros números de la guía telefónica de Mathewson, mirando cualquiera que no hubiéramos identificado ya. Había un número de móvil que, cuando lo rastreé, descubrí que se compró a sí mismo. No vi otra forma de llevarlo adelante, así que simplemente lo marqué. Una chica respondió. Le pregunté si era el teléfono de Héctor Mathewson y ella respondió que no lo era pero que se lo había dado. Le pregunté quién era y ella respondió "su prometida". Estaba bastante sorprendido, pero intenté no mostrarlo. No sonaba muy brillante, lo que podría haber ayudado. Le dije que era de la policía y que necesitábamos hablar con ella lo antes posible. Le pedí que viniera aquí. Ella accedió y dijo que vendría a la oficina. No pude comunicarme con el jefe, así que pensé que era mejor hacérselo saber de inmediato.

—Hiciste lo correcto. Acabamos de terminar con Yakimoto y volveremos en unos minutos. ¿Dijo algo sobre la muerte de Mathewson?

—No, no lo hizo y pensé que era mejor no decir nada, no hasta que ella estuviera aquí de todos modos.

—Muy bien. ¿Conseguiste su nombre?

—Sí, Alyth, Alyth Spencer, dijo. Vive con sus padres en Balloch, el de Cumbernauld, no en Loch Lomond. Así que no se apresure, puede que tarde un poco en llegar.

—Esto podría ser interesante. Envíale un mensaje al jefe. No, espera, cancela eso, hablaré con él más tarde.

Sandra y Phil llevaron a Alyth a una sala de entrevistas. Era una chica atractiva de mediana estatura con una tez clara, ojos verdes, pelo rubio largo y rizado y curvas en todos los lugares correctos, pero sus ojos tenían un color blanco donde un brillo podría haber convertido su belleza en verdadera belleza. Tenía unos veinte años y vestía un vestido de algodón destinado más bien a la ropa de verano, pero se compensaba con un abrigo de lana hasta los muslos.

Sandra se preguntaba sobre la exactitud de las especulaciones de Ana, pero se abstuvo de preguntarle a Alyth si tenía un lunar en el pecho o un juanete en el dedo del pie. El equipo de la escena del crimen era conocido por su ingenio, pero el temor de que las reflexiones de Ana pudieran ser correctas podría haber levantado sospechas de brujería.

—Fue muy bueno de su parte venir tan rápido, muchas gracias, comenzó Sandra.

—Está bien. Tengo un ciclomotor e iba a usarlo, pero el hombre dijo que necesitaba verme pronto y sabía que había un autobús que debía llegar, así que corrí hacia él y eso me salvó de tener que cambiarme. Tuve suerte, sólo llegué a la parada cuando llegó y es sólo un corto paseo desde la calle Buchanan hasta aquí.

—Eso es bueno. Bueno, me gustaría obtener alguna información de usted. Dijo por teléfono que era la prometida del Sr. Mathewson.

La cara de Alyth frunció el ceño y miró fijamente al suelo. —Lo siento, ¿hice mal? No quería decirlo. Héctor me dijo que debía guardar un secreto y que no debía decírselo a nadie, ni siquiera a mis padres. Me hizo jurar. Cuando el hombre me habló por teléfono, simplemente salió. No quise romper mi promesa. Las lágrimas brotaban de sus ojos.

—No hay nada de lo que debas preocuparte. Somos la policía y se te permite decírnoslo porque está mal guardar secretos a la policía. Tenemos algunas preguntas para usted, pero me gustaría que nos disculpe un momento mientras hablo con mi colega.

Sandra y Phil salieron de la habitación. —Phil, es obvio que ella no es muy brillante, pero me preocupa que no sea el chelín completo y que se considere que tiene problemas de salud mental. Quiero evitar que cualquier evidencia que recojamos sea considerada inadmisible si se ve que nos estamos aprovechando de ella. Creo que deberíamos hacer arreglos para que un "adulto apropiado" esté presente en su nombre durante la entrevista.

—Mierda, ¿cuánto tiempo llevará eso? No, probablemente tengas razón, Sarg. Hagámoslo según las reglas.

Por suerte, estaban listos y listos para reiniciar en quince minutos.

—Alyth, esta es la Sra. Proctor. Está aquí para ayudarte y explicarte lo que no entiendas o responder a lo que no estés segura. No es una mujer policía. Su única razón para estar aquí es para ayudarle. ¿Está bien así?

—Sí, supongo, pero no necesito ninguna ayuda.

—Está bien, está aquí por si cambias de opinión. Ahora, Alyth, ¿cuánto tiempo hace que conoces a Héctor Mathewson?

Alyth sonrió ante la mención de su nombre. —Lo conocí hace unos meses. Fui a un pub cerca de casa y lo conocí allí. Nos pusimos a hablar y fue muy amable y simpático conmigo. Me acompañó a casa y pidió verme de nuevo la noche siguiente. Me llevó a su piso y pasamos la noche.

—¿Dónde estaba el piso?

—No sé, en algún lugar de Glasgow. Me recogió y me dejó en casa, así que no estoy seguro. Creo que fue cerca del río.

—¿Tuviste sexo con él?

Alyth se rió. —Oh sí. Fue divertido.

—¿Habías tenido sexo antes, o era tu primera vez?

—Oh no, he tenido sexo muchas veces.

—¿Te obligó a hacer algo?

—No, no. Él no es así. Es amable y me cuida. Es muy divertido y me compra cosas. Me ama y yo lo amo a él.

—¿Cómo sabes que te ama?

—Me hace el amor, así que debe amarme y me dio un anillo, así que estamos comprometidos. No estaríamos comprometidos si no me amara.

—¿Llevas el anillo?

—Sí, Alyth levantó su mano derecha y mostró una fina banda de oro con una amatista en forma de corazón en su tercer dedo. —Ese es mi anillo de compromiso. Héctor me lo compró, pero me dijo que no podía llevarlo en la mano izquierda porque es nuestro secreto. Dijo que tenía un montón de cosas que resolver antes de que nadie más lo supiera y me hizo prometer que no se lo diría a nadie todavía.

—¿Dónde lo conoces y a dónde vas?

—Héctor trabaja en la destilería Benlochy, —dijo con orgullo. —Es uno de los jefes. Me dijo que me conseguiría un trabajo allí para que pudiéramos pasar más tiempo juntos. Me consiguió un trabajo como limpiadora, pero me ha hecho una limpiadora especial. Sólo trabajo tres turnos a la semana, pero me pagan más de lo que solía trabajar a tiempo completo en mi último trabajo.

—¿Cuándo trabajas y a qué te dedicas? ¿Por qué es especial?

—Por favor, sólo haga una pregunta a la vez, intervino Proctor.

—Puedo responder bien, —gritó Alyth. —Dos noches a la semana, voy a limpiar las oficinas y la tienda. Es todos los miércoles y domingos. El miércoles, empiezo a trabajar a las cinco de la tarde y trabajo hasta las once, y el domingo trabajo desde las cuatro hasta la medianoche. Soy especial porque soy el único que trabaja como limpiador para Benlochy. Hay otros limpiadores que vienen todas las tardes de cinco a siete, pero trabajan para una agencia y sólo hacen trabajo general. Tengo que comprobar que dejan todo bien y soy el único que llega a limpiar la habitación de Héctor. Dice que soy el mejor limpiador que ha tenido nunca.

—Dijiste que trabajabas tres turnos. Eso es sólo dos.

—Sí, la otra puede hacerse cuando quiera, pero me gusta hacerlo el jueves por la mañana para poder hacer la mayor parte del trabajo de la semana de una vez. Es un trabajo muy especial. Tengo que limpiar una casita que está al final de un camino cerca de la destilería. Es pequeña y no hay mucho en ella, pero siempre hay mucho polvo y el suelo se vuelve un desastre. Lo barro todo y limpio el interior de las ventanas y lustro toda la madera.

—¿Ves a Héctor fuera del trabajo?

—A veces, pero no muy a menudo.

—¿Pero lo ves cuando trabajas en la destilería por la noche?

—Oh sí, cada vez, dos veces a la semana y a veces me pidió que viniera más veces también. Por eso me dio el teléfono para que me llamara y me dijera dónde encontrarme con él. A veces me pagaba horas extras cuando venía a hacer trabajo extra.

—¿Y qué pasó cuando lo conociste?

—Hicimos el amor.

—¿Dónde?

Las mejillas de Alyth se quemaron y se rió de nuevo. —En todas partes. Es muy divertido. Héctor dice que cuanto más riesgo hay de ser atrapado, más excitante es." Alyth de repente se volvió muy serio. —¿De eso se trata todo esto? ¿Estamos en problemas porque alguien nos vio?

—No, no estás en problemas por eso. ¿Alguna vez te has peleado con Héctor?

—A veces quería luchar cuando hacíamos el amor.

—No, me refiero a si alguna vez te pegó o tú le pegaste.

—Una vez me dio una paliza. ¿Es eso lo que quieres decir?

—No, eso no. ¿Alguna vez se enfadó contigo o te enfadaste con él y tal vez le pegaste?

—No, nos amamos.

—¿Hiciste el amor el miércoles?

—Sí.

—¿Dónde fue eso?

—En la tienda.

—¿A qué hora lo viste?

—Ya había terminado de limpiar y me dijo que me reuniera con él en la tienda. Debían ser como las diez en punto. Sí, fue entonces cuando dijo que estuviera allí, pero llegó un poco tarde.

—¿Y a qué hora lo dejaste?

—Se fue a las once. Dijo que tenía que hacer una llamada y me dejó para que limpiara antes de que cerrara. Me fui sobre las once y media.

—¿Siempre te deja para que te aclares?

—Normalmente lo hace y estoy destinado a cerrar, pero mi memoria no es buena y a veces olvido cosas. Héctor me regaña cuando me olvido de cerrar las puertas. Ha pasado en la destilería y a veces en la casa de campo. Oh, no puedo recordar si cerré la casa de campo el jueves.

—Dijiste que tenías un ciclomotor. ¿Así es como vas y vienes del trabajo?

—Sí, eso es. Héctor me lo compró. Es la única manera de llegar a la casa con mis cosas de limpieza porque está muy lejos para caminar. A veces, si hace mal tiempo, no puedo conducir el ciclomotor, y en esos días tomo un autobús o un taxi, pero sólo para ir a la destilería. No puedo hacer eso por la casa de campo.

—¿Te dijo Héctor que estaba casado?

—Sí, lo hizo. Dijo que estaba casado hace mucho tiempo pero que ya no lo estaba. Dijo que estaba esperando para conseguir los papeles que demostraran que no estaba casado. Dijo que estaba trabajando en algo para ganar mucho dinero y así estaríamos juntos todo el tiempo. Creo que fue entonces cuando quiso que nos casáramos.

—Alyth, lamento decirte que algo realmente terrible sucedió en la destilería. Algo le pasó a Héctor.

—¿Dónde está? Iré a verlo.

—Lo siento, no puedes hacer eso. Me temo que Héctor está muerto.

Alyth se sentó en silencio, sin decir nada mirando cada uno de sus rostros por turno, las lágrimas llenaron sus ojos y comenzaron a correr por sus mejillas.

A Sandra se le ocurrió que Alyth era la primera persona con la que habían hablado que había mostrado un arrepentimiento genuino y una pérdida por la muerte de Héctor.

—Voy a hacer arreglos para que alguien te lleve a casa. ¿Alguien de tu familia estará allí cuando vuelvas? Voy a hacer los arreglos para que un trabajador social vaya contigo de todos modos.

Unos minutos más tarde Sandra estaba caminando sola, dando un paseo por el edificio de la policía. Quería inhalar el aire frío y fresco para despejar su cabeza. Por un instante, pensó que prefería inhalar el humo caliente y nublado de un cigarrillo e imaginó la sensación de la nicotina bajando por su garganta, infundiéndole su ser. Descartó la idea ya que se había rendido meses antes y no estaba preparada para arriesgarse a que la adicción volviera. Se sentía agotada después de su día de trabajo. Sentía pena por Alyth, otra pobre alma que Mathewson había explotado para su propia satisfacción. Era un verdadero asqueroso y ninguna pérdida para el mundo, pero la vida de Alyth estaba siendo puesta patas arriba por su asesinato. Sus pensamientos volvieron a cuestiones prácticas. Habían atado un cabo perdido más pero no estaban más cerca de resolver el caso. Era ya tarde y se dio cuenta de que el fútbol debería haber terminado. Teniendo un momento de privacidad, Sandra aprovechó la oportunidad para llamar a Alex, queriendo escuchar su voz y así poder decirle lo que había estado sucediendo. La llamada sonó hasta que el buzón de voz entró en funcionamiento. Sandra llamó y envió un breve mensaje de texto en su lugar.

Volviendo a su escritorio, notó un correo electrónico sin abrir enviado la noche anterior por Anne Dixon. Rápidamente lo abrió y leyó sus últimos hallazgos sobre el cristal encontrado en la escena del crimen.

—El vidrio es consistente con el siglo XIX hecho a mano en Italia, posiblemente de Murano. Lo más probable es que provenga de un objeto decorativo, adorno o artículo con acabado de vidrio decorativo. Una astilla tenía restos de madera de roble pulido.

CAPÍTULO VEINTE

En su reunión de la mañana, Alex había dejado que Sandra le dijera a los demás que ella se haría cargo. Él se mantendría en control general pero no tenía la intención de volver a asistir el fin de semana. Sabía que Sandra tendría un día ocupado avanzando en el caso y tenía plena confianza en que ella manejaría todo como él desearía. Ella podía contactarlo si era necesario y sin duda se comunicaría con él más tarde. Salió de la oficina y se desvió a casa para cambiarse y afeitarse mejor antes de ir a recoger a los niños. Recibió su bienvenida normal de Jake y se alegró de ver que los chicos estaban listos y esperándole. Helen estaba de compras, así que no había nada que lo retrasara. Recogió sus bolsas de viaje y las tiró en el maletero del coche.

—Podemos ir a los Laureles a comer algo y luego ir al partido, sugirió Alex. —¿Te parece bien?

Condujo de nuevo por Clarkston Road y encontró un espacio legítimo en medio de una fila de coches aparcados frente al café. Estaba sólo a unos 50 metros del banco donde Alex se había reunido con Brian la noche anterior. El estacionamiento fuera del pico estaba permitido en este lado de la calle.

Las calles aún estaban heladas y hacía frío afuera; sin embargo, un acogedor muro de calor los golpeó cuando entraron por la puerta. The Laurels estaba limpio y fresco con muebles modernos y un mostrador fresco que mostraba una apetitosa variedad de tartas, galletas y bollos. Aunque era bastante temprano para el almuerzo, el restaurante ya estaba ocupado, pero encontraron una mesa junto a la ventana y fueron recibidos por los propietarios. Norman estaba en la cocina, pero llamó un "Hola" cuando los vio pasar. Cathy se acercó y les ofreció los menús.

—Es bueno verte de vuelta, Alex. Te ves bien. ¿Cómo va todo?

—Estoy bien, gracias. Vamos a comer algo antes de ir a Ibrox para el partido de esta tarde.

—Oh, dejaré que Norman te hable de eso. Está muy molesto por lo que ha pasado, con los Rangers entrando en la administración la semana pasada. Le daré unos minutos para elegir y luego volveré a por su pedido.

—Papá, quería preguntarte sobre eso. ¿De qué se trata todo esto de la administración? Andrew preguntó.

—Bueno, no soy un experto así que puede que no entienda bien los tecnicismos, pero intentaré explicarlo. Cuando una empresa tiene deudas o reclamaciones de deudas que no puede pagar, entonces es insolvente. Una forma de tratar con ella es ser liquidada, es decir, cerrar, vender sus activos para pagar las deudas, y entonces ya no existe. Los activos que se venden pueden seguir comercializándose como una nueva empresa, así que no siempre significa el fin de todo. Otra opción es entrar en la administración y eso es lo que ha pasado aquí. La organización se entrega a un gerente de negocios profesional que busca la manera de obtener financiación o vender partes del negocio o de reestructurar su deuda para que pueda tratar de continuar en el negocio. A veces puede funcionar para salvar a una empresa, y el receptor entonces venderá lo que queda de la empresa como una empresa en marcha. Si no funciona o si no puede venderla, entonces termina siendo liquidada.

—En el caso de los Rangers, se trata del recaudador de impuestos, que es el Servicio de Aduanas y Rentas de Su Majestad, o conocido como **HMRC** para abreviar, y se afirma que se le deben millones de libras. Los Rangers no pueden permitirse pagar, así que eso es lo que ha provocado todo esto.

—Pero, ¿por qué debería ser así? Los Rangers estaban muy adelantados en la liga hace unas semanas y ahora están muy atrasados.

—El lado del fútbol es diferente al del negocio, pero tiene un efecto. Tienes razón, en noviembre, el Rangers estaba al frente con una ventaja de unos 18 puntos en la liga, si no recuerdo mal. Fue entonces cuando todas las historias comenzaron y los jugadores se desanimaron. Probablemente se preguntaban si se les pagaría su salario. Jugaron a la basura y tiraron su ventaja para Navidad, y al final del año, el Celtic estaba un punto por delante y se ha mantenido en la delantera desde entonces, aunque no por mucho. Como castigo por entrar en la administración, a los Rangers les han quitado diez puntos, así que ahora están catorce puntos por detrás y también podrían tener que pagar multas."

—¿No es eso un poco estúpido?

—¿Qué quieres decir?

—Bueno, si lo de la administración se debe a que no tienen suficiente dinero, seguramente sólo empeorará el hecho de penalizarlos con multas y quitarles puntos.

—No puedo discutir con eso. Todo esto me suena muy estúpido. No puedo entender cómo un club tan grande y poderoso como los Rangers se ha metido en tantos problemas. De todas formas, mejor que elijas lo que quieres comer o se nos acabará el tiempo.

—Me muero de hambre, ¿puedo tomar una sopa y un sándwich? Carne asada en pan integral, si está bien, y un batido de fresa, —preguntó Andrew.

—Una envoltura de pollo de la coronación y tomaré un batido también, Craig contribuyó.

Cathy regresó por su pedido y Alex pidió una patata asada con atún y un café blanco. Los ojos de los chicos se iluminaron cuando dos grandes vasos, llenos hasta el borde de líquido luminoso y rosa brillante se colocaron delante de ellos.

Devoraron su almuerzo con entusiasmo y en poco tiempo tenían platos vacíos para mostrar, Alex no estaba muy lejos de ellos. Luego Craig y Andrew se metieron cada uno en un grueso trozo de pastel de zanahoria mientras Alex se contentaba con un segundo café. Cathy estaba ocupada incansablemente, asegurándose de que todos los clientes fueran atendidos adecuadamente. Norman encontró unos momentos libres y salió para una breve charla.

—Cathy dijo que irás al partido esta tarde. Debería ser uno bueno. Kilmarnock ha estado jugando bien, lo que es más de lo que puedo decir de los Gers. No se puede culpar a McCoist; ha sido un excelente entrenador y es un milagro que haya logrado mantener al equipo unido con lo que ha pasado. Para el partido de hoy, dice que el equipo está preparado y que el Rangers es el único equipo de la Premier League que no ha perdido en casa, así que no queremos que eso cambie ahora. Ha pedido a los aficionados que den una muestra de fuerza y apoyo, así que debería ser interesante ver la respuesta.

—Ajá, no estoy muy seguro de qué esperar, pero espero que sea entretenido.

—Escuché una historia interesante hace un rato, comenzó Alex. —Al parecer, Corazones ha estado teniendo algunos problemas financieros y problemas con el recaudador de impuestos también. De todos modos, se ha sugerido que, para recaudar dinero, Rangers y Hearts deberían fusionarse y construir un único estadio para los dos para poder vender Ibrox y Tynecastle. Se recaudarían millones. Llamarán al nuevo club "Heart of Midlothian Rangers Club" y el estadio será el de HMRC.

—Oh, quejas, —respondieron Craig y Andrew al mismo tiempo.

—Te estás quejando ahora, pero espero que se lo cuentes a tus amigos el lunes.

—Supongo que no me creerías si lo negara, —respondió Craig.

—Por favor, discúlpeme, tengo que volver a la cocina. Está demasiado ocupada para estar de pie hablando, pero por favor pase otra vez para que podamos tener una oportunidad de charlar de verdad.

—¿No quieres venir con nosotros a Ibrox entonces?

—Me encantaría, pero tengo demasiado aquí. Tendré que ver los momentos más importantes del partido en el palco más tarde.

—Esperemos que haya algunos aspectos destacados que valga la pena ver.

Bien alimentados y regados, Alex, Craig y Andrew volvieron al coche. Alex le dijo a Andrew que tomara el asiento del acompañante para que pudiera hablar con él mientras conducía. Craig estaba feliz de sentarse atrás y no les prestó mucha atención mientras se concentraba en enviar y recibir mensajes de Facebook en su iPhone. Mientras conducían, Alex le dio la noticia a Andrew sobre el Sr. Carpenter y le explicó que había tenido una crisis nerviosa y que no volvería a enseñar en un futuro próximo. Los ojos de Andrew se llenaron de lágrimas y tuvo dificultades para hablar sin que se le rompiera la voz. Alex se alegró de que Craig estuviera distraído, ya que eso le impedía burlarse de su hermano menor. Alex le aseguró a Andrew que la Sra. Rankine lo llevaría a él y a los demás a la entrega de premios y se aseguraría de que hubiera alguien bueno para continuar con su enseñanza de matemáticas. Para orgullo de Alex, Andrew no se preocupaba por estos aspectos y su tristeza era el resultado de una genuina compasión por su profesor.

Llegaron a Ibrox con tiempo de sobra y compraron un programa y vasos de Coca-Cola para cada uno de ellos antes de ir a sus asientos. El estadio estaba lleno con más de cincuenta mil espectadores. La súplica de McCoist había sido escuchada, y a pesar de la reciente adversidad, los fans estaban con espíritu de carnaval y a toda voz listos para animar a su equipo, la familia Warren entre ellos. Un estruendo de entusiasmo saludó a los jugadores en el campo y el juego se puso en marcha. Los Rangers comenzaron con bastante confianza y estuvieron muy cerca de marcar en la fase inicial, cuando un cabezazo de Edu fue despejado fuera de la línea, pero el optimismo duró poco cuando, a los doce minutos, Shiel dejó la defensa de los Rangers hecha jirones para marcar para Kilmarnock. A partir de ese momento, el entusiasmo del apoyo de los Rangers disminuyó. Kilmarnock tuvo lo mejor de la acción y ambos lados tuvieron más oportunidades, pero la suerte de los Rangers empeoró aún más cuando Papac fue expulsado poco antes del medio tiempo. La segunda mitad continuó en la misma línea con muchas oportunidades desperdiciadas, particularmente por los visitantes. El partido terminó con el mismo resultado de 1-0, con el Rangers perdiendo el partido y su récord de invicto en casa. Alex y los muchachos estaban entre la corriente de aficionados abatidos que salían del estadio.

—Ha sido un día realmente malo en general, fue el comentario final de Andrew.

En el camino de regreso a su coche, Alex revisó su teléfono y vio una llamada perdida de Donny y un mensaje de texto dejado por Sandra. "Mucha información para ponerse al día. Todavía estoy en el postre si quieres venir después del partido".

Alex sonrió al prospecto y luego le contestó: —"Todavía tengo chicos hasta mañana".

Casi de inmediato llegó una respuesta: —"Tráelos también, tal vez sea hora de que nos conozcamos".

Alex reflexionó sobre las posibilidades. Realmente quería que su relación fuera abierta y que sus hijos conocieran a Sandra. Haría la vida mucho más fácil y sería bueno para todos ellos, pero hasta que la situación laboral se solucionara, sería un riesgo demasiado grande. Era demasiado pronto. Con algo de pesar, le contestó, —Lo siento, ya tengo planes, lo arreglaremos en otro momento, hablaremos más tarde.

Viendo los cambios en la expresión de Alex mientras pensaba, Craig preguntó: — "¿De qué se trata?"

—Sólo trabajo, algunos avances en mi caso que tendré que revisar más tarde.

La respuesta fruncida de Craig indicó que no había llevado a cabo su mentira muy bien.

Mientras conducían a casa, Alex se dio cuenta de que no había hecho planes para la cena del chico. Normalmente, disfrutaba sirviendo algo casero. Cuando tenía tiempo, cocinaba con los chicos, involucrándolos en la preparación y tratándolo como una actividad familiar. Cuando no había tiempo, producía algo del congelador que había preparado antes. Hoy, había empezado su mañana en casa de Sandra y luego entraba y salía corriendo de su propio piso antes de entrar en su oficina y no había pensado en levantar nada para que comieran. Para cuando llegaran a casa serían cerca de las seis de la tarde y los chicos probablemente estarían hambrientos así que no habría oportunidad de cocinar. Alex consideró sus opciones. Podrían ir a por una pizza o una hamburguesa, podrían recoger una comida para llevar india o china o podría desviarse al supermercado y recoger algo de comida para montar.

Alex les dio las opciones a los chicos, esperando que eligieran MacDonalds o Pizza Hut, pero para su sorpresa querían armar su propia cena. Condujo directamente a la tienda de Morrisons en Newlands, a sólo unos cientos de metros de su piso. Escogieron un carrito y fueron directamente a la sección de delicatessen.

Reconoció el mismo tipo de paté y pastel que Sandra había seleccionado de la tienda Partick la noche anterior, pero guió a los chicos primero para recoger algunas ensaladas preparadas, eligiendo ensalada de col, ensalada de patata y pasta. Luego agregaron varios fiambres y algunos trozos de pollo asado, una bolsa de lechuga picada, tomates cherry, un pimiento rojo y un pan de molde recién horneado. Para el postre seleccionaron una gran tina de profiteroles. En total, fue un festín muy fino.

—¿Podemos ver una película esta noche? Craig preguntó.

—No creo que tenga nada adecuado que no hayas visto ya. Echemos un vistazo al pasillo de entretenimiento y veamos si hay algo que valga la pena, sugirió Alex.

Al doblar la esquina con su carrito, casi derriban a una joven que se tambaleaba con zapatos imposibles. Mientras la veían recuperarse y tambalearse en la distancia, se dieron cuenta de que no habían sido realmente responsables de su inestabilidad, sino que se la habían impuesto ellos mismos. Era delgada, con pelo largo y rubio y era naturalmente de mediana estatura, pero esto fue falsamente exagerado por sus suelas de plataforma que tenían alrededor de cinco centímetros de grosor y sus tacones de quince centímetros de altura. Parecía tambalearse por el pasillo como una equilibrista, agitando los brazos para evitar caerse.

—Creo que se cree que es Barbie, —susurró Andrew.

—Más como uno de los Thunderbirds originales, —respondió Alex.

—¿Quiénes son? Andrew preguntó.

—Fue antes de tu tiempo. Antes de mi tiempo incluso, pero solía verlo en la televisión. Era un programa de aventuras con marionetas de hilo que se movían con los mismos pasos escalonados que ella hacía.

—Oye, hay un DVD con el mismo nombre, —sugirió Craig, pero eso fue todo lo que les interesó y los chicos comenzaron a abrirse camino en las estanterías buscando algo que les gustara a ambos. Mientras buscaban, Alex identificó rápidamente otros artículos de compra que necesitaba. Para cuando regresó, los chicos habían elegido comprar la reciente película de Bond, Quantum of Solace.

Diez minutos más tarde, estaban de vuelta en el piso, poniendo la mesa y preparando sus compras para poder comer al estilo buffet. Aunque los dos chicos comieron abundantemente, había mucha comida de sobra, así que Alex guardó cuidadosamente las sobras en su nevera.

Mientras Alex preparaba la película para su estreno, preguntó cómo querían pasar el domingo los chicos.

—Pensé que había dicho, —respondió Andrew, —Estoy invitado a ir a hacer snowboarding con Zander y un par de mis otros compañeros de clase. Es el cumpleaños de Zander y sus padres nos llevarán a Xscape en el Braehead Arena.

—Si el clima empeora, todos podrán hacer snowboard en el Parque Overlea, sus padres no tendrán que pagar una fortuna por las instalaciones interiores, bromeó Craig.

—No dijiste. ¿Cómo vas a llegar allí? Alex preguntó.

—Su padre tiene un monovolumen. Nos llevará fácilmente a todos. Me tienen que recoger de la casa a la una. ¿Está bien así?"

—Sí, claro. ¿Qué hay de ti Craig?

—Me encontraré con Jenny y la multitud en la pista de hielo a las dos. ¿Puedes llevarme allí o dejarme antes de tiempo?

—No hay problema, Alex empezó el DVD, pensando que tendría la tarde del domingo libre después de todo. Mientras la película estaba en marcha, se deslizó hasta el dormitorio y marcó el móvil de Sandra.

—Hola, Sandra, siento no haber podido hablar antes. ¿Cómo te fue el día?

—Empezó muy bien, como recordarán, pero después de eso fue un poco cuesta abajo. Nada malo y he estado muy ocupado, pero esta mañana fue un acto difícil de seguir. ¿Qué hay de ti?

Alex se iluminó al recordar. —Igual que tú, buen comienzo, pero no tan bueno para seguir. He tenido una tarde agradable con los chicos, pero el juego fue terrible. ¿Estás en casa ahora?

—Sí, he comido un bocadillo y estoy poniendo los pies delante de la caja. No hay mucho que hacer, pero es muy acogedor. Lástima que no puedas estar aquí también. Sólo estoy jugando con la idea de abrir el postre que has traído. Mi problema es que conozco mis propias debilidades, y si lo abro, lo más probable es que me lo coma entero.

—Una chica tiene que hacer lo que una chica tiene que hacer.

—Muy filosófico. ¿Qué estás haciendo de todos modos?

—Acabamos de comer y he preparado el DVD para que Craig y Andrew vean una película de Bond.

—En ese caso, tal vez debería ir a ti y traer el postre conmigo.

—No hay nada que me gustaría más, pero tenemos que arreglar la situación laboral primero. Si vinieras, los chicos seguro que le dirían algo a Helen y no puedo estar seguro de que no le dirá algo malo a la persona equivocada y me meterá en la mierda.

—¿Crees que es maliciosa? ¿Haría eso?

—No digo que sea por malicia, pero hay una gran posibilidad de que ocurra.

—Después de lo que hablamos anoche, vi un anuncio de un oficial de coordinación que busca reunir información sobre CID en todo el país. El trabajo tiene una base central, Glasgow o Edimburgo, con viajes a cada una de las comisarías. No es ideal porque me alejaría de la primera línea, pero he pedido más información y veré lo que implica.

—Eso fue rápido.

—No lo tengo todavía, pero pensé que necesitaba empezar a buscar. Podría tomar un tiempo y no tiene sentido esperar.

—Tienes razón, por supuesto, y estoy contento, pero también lo siento. Disfruto trabajando contigo.

—Bueno, hablando de trabajo, será mejor que te ponga al día de lo que ha pasado hoy.

Sandra revisó todos los acontecimientos del día a partir de sus entrevistas y del correo electrónico de Sanjay y Anne Dixon. Terminó aconsejando a Alex que su plan era ir a ver a Daniel Burns a mediodía y advirtió, —"Hay algo más. Como estamos a punto de terminar de ver a todos y de recoger pruebas en el sitio de Benlochy, me gustaría dar el visto bueno a nuestra gente de fraude para iniciar su investigación. Sin duda, eso significará traer a los investigadores de impuestos y de obligaciones también".

—Bien, adelante; llámalos por la mañana. Tan pronto como me libre de los chicos, yo también saldré. Puedo recoger a Sanjay, Donny y Mary y podemos encontrarnos en Benlochy, terminar allí y recoger todas nuestras cosas. Eso significará que la destilería puede volver a su funcionamiento normal desde el principio de la semana, al menos tan normal como se puede manejar después de lo que ya ha sucedido y con una investigación en curso de fraude y deber.

CAPÍTULO VEINTIUNO

Sandra durmió bien. Todavía se estaba adaptando a su nueva cama y era su primera noche en el piso sola. Después de su noche de pasión con Alex y su día algo intenso, decidió irse a la cama temprano. Rápidamente cayó en un sueño ligero, pero fue despertada sólo minutos después por el sonido de la bocina de un auto afuera. Se acercó a la ventana para comprobar si había algún problema y se dio cuenta de que era sólo un adolescente, camino de una noche de fiesta, llamando a sus amigos para que se dieran prisa. Sandra regresó a la cama, pero le fue imposible volver a su sueño. Cometió el error fatal de considerar sus planes para el día siguiente, y eso provocó que su mente se pusiera alerta, repasando una y otra vez los diversos elementos del caso tratando de centrarse en cualquier pequeño detalle que pudiera haber sido pasado por alto hasta entonces. Los pensamientos de cambiar de trabajo entraron en su mente, pero luego volvieron al caso. Sabía que, si se decidía por un traslado, estaría aún más desesperada por concluir primero su trabajo actual.

Intentó contar ovejas, esperando que le ayudara, pero no sirvió de nada. Primero las ovejas empezaron a adoptar las cabezas de los posibles sospechosos del caso y luego su mente se dirigió a otras metáforas de granja mientras contemplaba el físico de toro de Héctor Mathewson impregnando a Alyth Spencer. Sandra trató de descartar la visión, pero regresaba cada vez que cerraba los ojos. Se levantó de la cama y preparó un poco de té, esperando que la bebida caliente la ayudara a adormecerse lo suficiente para dormir, pero no funcionó, y peor aún, justo cuando empezó a dormirse de nuevo, tuvo una abrumadora necesidad de orinar.

Sandra recordó haber visto el tictac de los minutos anunciando la medianoche, la una y las dos, después de lo cual todo se volvió bastante vago.

A las siete y media, se arrastró desde la cama. Tenía dolor de cabeza y se sentía mareada mientras se arrastraba hacia la ducha. Encendiendo los chorros a tope, se sumergió bajo el chorro caliente esperando ser revivida. Esto tuvo un éxito limitado y, aunque con un propósito diferente, probó la técnica de Alex de poner el termostato a tope. No pudo tolerar más de unos pocos segundos, pero ahora estaba bien despierta. Sandra agarró una toalla y ásperamente, casi con dureza, se frotó la piel tanto para calentarla y restaurar su circulación como para secarse. Su tez era pálida con algunas áreas más rojas que rosadas, debido al tratamiento abusivo que se ha administrado para secarse. Se miró en el espejo antes de vestirse rápidamente y pensó que necesitaría algo de maquillaje. Sabiendo que volvería a ver a Daniel Burns, y buscando proteger sus piernas de sus ojos lascivos, eligió un traje de pantalón recatado, pero con estilo. Aplicó cuidadosamente un ligero toque de cosméticos para darle un poco de color y ocultar la pesadez de sus ojos. Satisfecha con el resultado cerró el piso y condujo a su oficina para prepararse para el día siguiente.

Según lo previsto, ella y Phil llegaron a la casa de Burns poco después del mediodía.

Como anteriormente, la puerta fue abierta por Travers y se les mostró el salón. —Avisaré al Sr. Daniel que está aquí.

Poco después, Burns fue escoltado a la habitación y se sentó frente a ellos en su sillón.

—Confío en que estés aquí para decirme que has resuelto el caso y que todos podemos volver a la normalidad.

—Lo siento, Sr. Burns, esa no es la razón de nuestra visita. Hemos hecho un progreso significativo, pero no estamos listos para hacer ningún anuncio todavía. Casi hemos terminado el trabajo que tiene que ser basado en el sitio en Benlochy, así que desde nuestro punto de vista, el negocio podrá volver a la normalidad a partir de mañana.

—Entonces, ¿por qué estás aquí?

—Tenemos algunas preguntas más y dije específicamente "desde nuestro punto de vista". Como resultado de la información que hemos reunido, es probable que haya algunas investigaciones de otros asuntos no relacionados con el asesinato.

—¿De qué estás hablando? ¿Qué investigaciones?

—Si no le importa, nosotros haremos las preguntas. Sandra estaba decidida a mantener el control. "Cuando estuvimos aquí el jueves, nos hablaste del túnel.

—Para ser más preciso, me preguntó sobre el túnel y yo respondí a sus preguntas.

—Sí, gracias por aclararlo. Sirve para enfatizar que no ofreciste la información voluntariamente. Lo que no nos dijiste entonces fue sobre la cueva.

—¿Qué cueva? Hay muchas cuevas.

—La cueva al lado del túnel que se ha usado para almacenar y embotellar licor ilegal.

—No sé de qué estás hablando.

—Creemos que sí. Creemos que sabes exactamente de lo que estamos hablando. Estamos hablando de la instalación de producción ilegal que usted estableció.

—Estás diciendo tonterías. No sé nada de ninguna operación de este tipo. De todas formas, aunque hayas encontrado algo, ¿cómo podría estar implicado? No he estado directamente involucrado en el negocio por más de tres años.

—Ese es nuestro punto; algunos de los barriles que hemos encontrado son mucho más antiguos que eso.

—Entonces, ¿qué importa si han venido de la época en que yo estaba a cargo o si es más tarde? ¿Quién dice que Héctor no robó barriles viejos y los llevó allí?

—¿Así que intentas decirnos que fue culpa de Héctor? No lo creemos. La calidad del sistema de control de inventario que Callum puso demuestra que no fue posible. Si los barriles fueron robados después de haber sido llenados, se mostraría como una discrepancia en el sistema de inventario, por lo que deben haber desaparecido antes de ser registrados en el control de inventario y eso lo hace su responsabilidad.

Burns se veía sorprendido. —No hay forma de que puedas probar nada.

—No es necesario, todo lo que intentamos hacer es resolver un asesinato, pero algunos de nuestros colegas de la investigación de fraudes lo mirarán más de cerca e imaginamos que también lo hará la brigada de investigación de aduanas y derechos, de ahí mi anterior advertencia.

—Estás volando cometas. No veo cómo puedes tener ninguna prueba que me implique.

—Entendemos que, en los primeros días, no tenías tiempo para Héctor Mathewson, pero eso cambió repentinamente. Sospechamos que se enteró de tus actividades encubiertas y te chantajeó para que lo apoyaras a cambio de que mantuviera la boca cerrada. En cuanto a tener pruebas que lo impliquen, dejaremos eso a la Aduana y estoy seguro de que ya sabrá que no tienen reputación de ser gentiles.

—No hay nada en absoluto que me puedas achacar. Puedo conseguir que los medios de comunicación me apoyen. Somos una de las empresas más grandes y poderosas de Escocia, así que nunca podrás hacer nada que pueda perjudicarnos.

—Ahí es donde te equivocas. Tal vez no has seguido las noticias, pero creo que, si lo haces, verás que Benlochy es muy pequeño comparado con el Rangers Football Club, y si el hombre de los impuestos puede hacer caer una organización del tamaño de los Rangers, entonces no creo que tengas ningún motivo para sentirte seguro.

Mientras Burns digería las palabras de Sandra, su cara se puso roja y empezó a temblar. Su mano se agarró a uno de los pesados adornos de Caithness.

Al principio, ella imaginó que sólo buscaba consuelo al tocar el vidrio decorativo táctil y se dio cuenta cuando era casi demasiado tarde de que estaba asegurando un arma. El agarre de Burns se apretó alrededor del pesado ornamento y fue para su total asombro cuando levantó y lanzó el objeto con considerable fuerza, apuntando directamente a la cabeza de Sandra.

—Maldita perra, —gritó en voz alta.

Las reacciones de Sandra fueron rápidas y reflexivas. Se movió hacia la izquierda, simultáneamente levantando su mano derecha para detener el asalto, pero no tan rápido como le hubiera gustado. El vidrio pasó volando por su cara a gran velocidad, chocando y luego astillándose contra la pared, pero en su camino rozó la superficie de la mejilla de Sandra y le partió la piel a medida que avanzaba.

La primera reacción de Phil fue comprobar que Sandra no estaba seriamente herida, pero luego se levantó de su asiento, y se dirigió hacia Burns. —Ese es un temperamento y un poderoso brazo derecho que tienes ahí. Me pregunto de qué más has sido capaz.

Antes de llegar a la mitad de la brecha entre ellos, Travers apareció en la puerta, apuntando con una escopeta al pecho de Phil, y parecía como si supiera cómo usarla. —"Vuelve a tu asiento", gruñó.

Phil se detuvo a mitad de camino. Nunca antes se había enfrentado al negocio de las armas de fuego, y como no se sentía cómodo con la perspectiva, siguió las instrucciones.

Sandra temblaba por dentro, pero dadas las circunstancias, dio la impresión de estar muy tranquila. Era consciente del cálido goteo de sangre, pero lo ignoró y la sensación de escozor en su cara y en su lugar trató de jugar por el tiempo. —No le dije toda la verdad cuando dije que no estábamos listos para hacer un arresto. Sospechábamos que podrías haber matado a Héctor y ahora has eliminado la duda. Sabemos que lo odias desde hace mucho tiempo, pero necesitamos que nos ayudes. ¿Qué fue lo que hizo que finalmente te volvieras loco? Mientras hablaba, su mano se deslizó cautelosamente en el bolsillo de su traje de pantalón. Su teléfono estaba allí; había activado el botón de silencio antes de entrar para iniciar la entrevista. Sus dedos temblaban y luchó por controlarlos. Trabajando únicamente con el sentido del tacto y basándose en su memoria de las posiciones de las teclas y del sistema de menús, Sandra codificó una búsqueda de la última llamada recibida y luego presionó el botón de envío, sabiendo que si lo hacía bien debería conectarse con Alex. No tenía forma de saber si había tenido éxito, pero esperando que lo tuviera, buscó un pañuelo de papel y lo apretó frente al auricular para amortiguar cualquier sonido entrante. Luego retiró su mano para que estuviera a la vista.

—¿Qué diferencia hay ahora? Burns respondió.

—Nos gustaría mucho entender qué hay detrás de todo esto. Sabemos que debe haber sido algo significativo para hacerte reaccionar después de todo el tiempo que lo has tolerado. Sandra quería que siguiera hablando; cuanto más tiempo pudiera girar, más posibilidades de rescate.

Burns se sintió seguro al darse cuenta de que el arma de Travers estaba conteniendo a sus acusadores, y sabiendo que no podía empeorar su situación, parecía feliz de hablar y ejemplificar su actual posición de poder. No era de los que se aliviaban al desahogarse con una confesión, sino que asumía el papel de un conferenciante, extravagante en su explicación. —No veo que eso importe ahora, pero Héctor ya había causado tanto daño, y si no se le ponía freno, iba a destruir mi negocio. Estaba hablando con mucha de la gente equivocada. Ya era bastante malo que tratara de descargar la compañía, pero la forma en que lo hacía, estaba socavando completamente su valor y habría terminado vendiéndola por casi nada. Burns se relajó más cuanto más hablaba. Pudo haber estado describiendo una salida familiar al parque en lugar de una explosión asesina de ira.

—Después de su reunión con Holbein, quería hablar conmigo. No quería arriesgarme a que me vieran con él y le dije que me reuniría con él a medianoche en la tienda. Travers me ayudó a entrar usando el túnel. Llegué temprano y lo vi teniendo sexo con una zorra.

Burns estaba a punto de explicar más, pero vio a Sandra y Phil asentir con la cabeza y se dio cuenta de que ya estaban al tanto. —Me quedé en el cuarto de barriles hasta que él se fue y luego ella lo hizo antes de que él regresara. Le dije lo que pensaba de él y de sus maneras. Mi familia había sido buena con él y así es como nos lo estaba pagando. Su incompetencia estaba destruyendo mi negocio. Se rió de mí, me llamó viejo e inútil y dijo que haría lo que quisiera y que yo no podía hacer nada al respecto. Me recordó el poder notarial y que yo no tenía poderes legales y dijo que quería que viera exactamente cómo estaba arruinando todo porque disfrutaba haciéndome sufrir. Fue deliberado que me dejara atraparlo fornicando con ese vagabundo. No le bastaba con joder el negocio; también quería restregármelo por la nariz.

—Lo perdí, no pude hacer nada al respecto, le mostraba. Usaba mi bastón como apoyo, estaba en mi mano y antes de que me diera cuenta, lo había blandido y le había golpeado con la cabeza. Era un bastón antiguo; tenía cristales ornamentales en la parte superior que se rompían cuando le golpeaba. Héctor bajó como si hubiera sido golpeado con un palo. Travers lo revisó y me dijo que estaba muerto, sólo un golpe y se había ido. Debería haberlo hecho hace años. Creo que lo habría hecho si hubiera sabido lo fácil que sería. Travers arregló todo lo que pudo para que no dejáramos un rastro, luego desmontó algunos de los estantes para tratar de confundir lo que se podría encontrar. También causó algunos daños en la tienda y se llevó unas cuantas botellas para variar. Todo se hizo como una distracción y pensé que funcionaba bastante bien.

—La gran pregunta que tengo ahora es, "¿Qué hacemos contigo?"

—¿No crees que ya estás en suficientes problemas? Hay otros oficiales que saben que estamos aquí y por qué vinimos. Sería mejor que se entregaran. Sandra temblaba, pero respondió con confianza, mostrando una compostura que no sentía.

—Ni hablar, —respondió Burns. —Siempre he vivido mi vida de la manera que quiero. No voy a terminar en una celda de la prisión. Si haces lo que se te dice, no saldrás herido. Travers y yo necesitamos alejarnos de aquí y mantenerte fuera del camino el tiempo suficiente para que podamos salir. Síganme al pasillo, ordenó.

Con el cañón de Travers apuntando hacia ellos todo el tiempo, Burns guió a Sandra y Phil hacia un armario bajo las escaleras y les ordenó que entraran.

—Esa es un arma muy bonita, una Purdey calibre doce, ¿no es así? Mi padre solía llevarme a cazar palomas de arcilla, pero nunca nos hubiéramos podido permitir uno de esos, observó Sandra. No tenía forma de saberlo con seguridad, pero esperaba que su llamada hubiera conectado con Alex y que él pudiera seguir lo que estaba pasando. Quería que él supiera lo más posible sobre lo que estaban enfrentando.

Burns comenzó a sospechar. La examinó cuidadosamente y vio una protuberancia en su bolsillo, luego se metió en su mano y sacó su móvil. Lo arrojó al suelo y lo aplastó bajo los pies.

—Muy inteligente, pero no lo suficiente, gruñó. —Ahora tú, añadió señalando a Phil. Phil levantó su teléfono para inspeccionarlo y fue sometido al mismo tratamiento.

—Ahora entra ahí.

Phil miró en el espacio confinado. Era pequeño, de un metro y medio por dos, con un techo inclinado y ya estaba lleno de bolsas de basura. —¿No puedes meternos ahí?, —suplicó. Consciente de ser claustrofóbico, Phil no sabía si tener más miedo del arma o de estar encerrado en un espacio reducido. Consideró la posibilidad de tratar de saltar a Travers, pero no hubo oportunidad. Travers, tal vez anticipando el riesgo, estaba de pie a distancia. Phil transpiraba profusamente y podía sentir el sudor corriendo por su cuello. Sus palmas se sentían húmedas y pegajosas.

—Es tu elección, —respondió Burns. —Parece que tienes muchas pruebas en mi contra, así que no tengo mucho que perder. Burns se giró y asintió con la cabeza a Travers que amartilló el arma, listo para disparar.

—Bien, bien, entraremos. Sólo mantén tu dedo alejado del gatillo, —suplicó Phil.

Burns los empujó hacia el armario, luego dio un portazo y giró la llave.

Él y Travers salieron de la parte de atrás de la casa y se dirigieron al garaje. Con Travers conduciendo el BMW 735 de Burns, derribaron la entrada, sin estar seguros de su destino.

Sólo un rayo de luz penetró en la oscuridad bajo las escaleras. Sandra y Phil no se veían en la oscuridad, pero podían distinguir vagamente el contorno del otro.

—¡Bueno, aquí hay otro bonito lío en el que me has metido! Phil murmuró intentando su mejor imitación de Oliver Hardy, intentando distraer sus terrores con humor.

Para Alex, el día había comenzado con una larga mentira. Tuvo una mañana agradable, desayunando con sus hijos, y luego los entregó a tiempo para sus actividades planeadas. Había recogido a Sanjay, Donny y Mary de la oficina y estaba en camino a Benlochy cuando la llamada llegó de Sandra. Usando su sistema de loros, presionó el botón para aceptar la llamada a través del altavoz de manos libres. Todos se sorprendieron al escuchar lo que estaba pasando, y Alex hizo una señal a todos para que guardaran silencio hasta que hubiera sacado su mano para activar el sistema de silencio y así evitar que fueran escuchados. Tan pronto como completó esta tarea, apretó el volante y su pie presionó más el acelerador. Simultáneamente, dio instrucciones: —"Mantendré esta línea conectada para seguir lo que está sucediendo". Sanjay, usa tu propio móvil y pide refuerzos. Enfatiza que es una emergencia y pide la unidad de respuesta armada con todos los servicios de apoyo que puedan reunir".

Después de la confesión de Burns, escucharon algunos ruidos después de que se descubrió el teléfono, y luego la línea se cortó. Se miraron con expresiones aturdidas y Alex pisó el acelerador. Aunque miraba fijamente a la carretera de delante, Alex no pudo evitar visualizar lo que podría estar pasando con Sandra y Phil. Recordó la imagen del cuerpo desnudo de Sandra aferrado al suyo en la ducha la mañana anterior y el parpadeo de una sonrisa le tocó la boca, pero sólo por un segundo. Otro recuerdo más siniestro le llegó, la única vez que vio a las víctimas de la muerte por disparos en la carne y, por más que trató de evitarlo, las imágenes se superpusieron. A Alex le temblaban las manos y ajustó su sujeción al volante a un agarre de viceversa para evitar que se viera.

—Tómelo con calma, Jefe. No tiene sentido que lleguemos allí sin el respaldo o el equipo adecuado, —sugirió Donny.

—En caso de que no hayas seguido lo que pasó en este teléfono, dos de nuestros colegas están siendo retenidos a punta de pistola, y considero que es nuestro deber estar a la mano para proporcionar cualquier ayuda que puedan necesitar, **escupió** Alex.

—Lo entiendo, señor. Mi primera preocupación es la "punta de pistola". ¿Realmente tiene sentido agregarnos a los cuatro como objetivos potenciales? Mi segunda preocupación es que, conduciendo a esta velocidad, podríamos no tener que preocuparnos por las armas.

—Me he sometido a un entrenamiento completo como conductor de persecución, así que no tienes que preocuparte por eso. En cuanto a las armas de fuego, gracias a los comentarios de Sandra, sabemos que tienen una escopeta de doce cañones. Sólo pueden disparar dos rondas sin recargar.

—Siempre y cuando ninguno de los dos esté dirigido a mí, —susurró Donny.

En ese momento en particular, Alex habría estado feliz de descargar personalmente ambos barriles con Donny como objetivo. —No tengo intención de poner a nadie en la línea de fuego. Pero sí quiero estar disponible para Sandra y Phil si nos necesitan. Si no estás contento con eso, puedes salir ahora. Puedo... Alex fue interrumpido en el medio de la sesión.

—Están en camino, Jefe. Una unidad armada ya ha sido codificada y otra la seguirá. Se están enviando ambulancias por si acaso y Tráfico pondrá controles de carretera. El helicóptero también está en camino, así que no pueden escapar.

Momentos después, Alex gritó hasta detenerse a unos metros de la entrada, y luego instruyó a sus pasajeros para que desembarcaran y se pusieran a cubierto detrás de la pared. Luego se sentó a mirar y vio el BMW acercarse. Alex pensó que lo más probable era que Sandra y Phil estuvieran encerrados en algún lugar de la casa, pero aún así, temía la posibilidad de que Burns hubiera cambiado de opinión y los hubiera traído en el auto. Consideró sus opciones, y luego decidió que necesitaba detener su auto, pero quería tener el tiempo exacto. Pudo ver que Travers estaba conduciendo, así que sabía que no podía estar sosteniendo el arma. Burns estaba en el lado más alejado, en el asiento del pasajero a su lado, y Alex sabía que, incluso si tenía el arma, no podía usarla eficazmente debido a su posición y a la falta de espacio. A medida que el coche aumentaba su velocidad, haciendo su aproximación final hacia la puerta, Alex rápidamente avanzó el Santa Fe, bloqueando completamente la entrada. Viéndolo sólo en el último segundo, Travers pisó el freno y se arrastró en la dirección, logrando por sólo unos pocos centímetros evitar una colisión, pero dejó a su vehículo deteniéndose contra el muro de piedra. Fue exactamente como Alex había planeado.

Sin dudarlo un instante, los otros tres oficiales estaban sobre ellos, abriendo las puertas del coche, quitando la escopeta y luego tirando al suelo a los dos ancianos ocupantes y esposándolos.

Alex no perdió el tiempo buscando seguir el resultado. En su lugar, corrió por la entrada y entró en la casa buscando a sus oficiales subordinados y llamándolos. Encontró la llave aún en la cerradura del armario de abajo y, con algo de alivio, la abrió para liberarlos. Desesperado por escapar del espacio confinado, Phil fue el primero en lanzarse por la puerta abierta. Estrechó la mano de Alex y luego se encontraron en un abrazo varonil como un afectuoso agradecimiento. Tan pronto como se separaron, Sandra voló a los brazos de Alex. Se abrazaron estrechamente y Alex acarició suavemente la herida en la mejilla de Sandra antes de que su cara se volviera para que sus bocas se encontraran en un completo y profundo abrazo.

Pasaron varios momentos antes de que se separaran a regañadientes, pero sus ojos permanecieron fijos en el otro mientras Alex afirmaba lo obvio, —Supongo que nuestro secreto ya ha salido a la luz.

En el fondo, Phil parpadeó a la luz del día y luego se rió de una respuesta. —¿Qué secreto? No vi ni escuché nada. Con mi miedo a los espacios pequeños y después de estar encerrado en ese armario, no puedo estar seguro de nada. Estoy seguro de que me tomará varios minutos para que mis sentidos vuelvan. Phil entonces discretamente dio la espalda para darles un poco de privacidad para reanudar su apasionada reunión.

Unos minutos más tarde, los tres se aferraron el uno al otro en apoyo mutuo mientras se tambaleaban de vuelta a la entrada principal para ser recibidos por sus colegas.

El sol estaba ahora dividiendo el cielo, pero un fuerte viento se había levantado, enviando nubes de polvo por el aire. Hubo un sordo zumbido de un helicóptero que se acercaba y un crescendo de sirenas que se acercaban.

—Ahora que la diversión ha terminado, tendré que volver a escribir todo esto, —sugirió Sandra con desesperación.

—¿De qué te quejas? Se supone que hoy debo estar libre. Había planeado intentar limpiar mi oficina la semana pasada, antes de que todo esto explotara, así que tal vez vuelva y lo haga ahora. Si estás trabajando, no tengo nada mejor que hacer, —respondió Alex.

—Bueno, podríamos tomarnos un tiempo para regodearnos en la gloria de otro caso cerrado, y luego, por una buena medida, podríamos tomar una copa para celebrar la ocasión. Después de lo que hemos pasado, quizá prefieras alejarte del whisky por un tiempo, pero aún no he abierto la botella de Remy y podríamos hacerlo esta noche para celebrarlo.

—¿Te refieres a cerrar el caso?

—Eso también, pero independientemente de lo que Phil vio o admite haber visto, creo que es hora de aceptar que somos una pareja y pediré un traslado.

La decisión fue un hito en su relación e intercambiaron un abrazo apasionado, ignorando las miradas cuestionadoras de sus colegas.

Fin

ACERCA DEL AUTOR

Con el trasfondo de una exitosa carrera en el comercio y las finanzas, Zach Abrams ha pasado muchos años escribiendo informes, cartas y presentaciones y sólo recientemente ha empezado a escribir novelas. "Es un tipo de ficción más honorable", declara.

Su primera novela "Ring Fenced" se publicó en noviembre de 2011. Este thriller psicológico es una historia de crímenes con una diferencia, siguiendo la obsesión de un hombre por el poder y el control. Utiliza cinco personajes distintos para controlar de forma independiente las diferentes divisiones de su vida.

Después de esto colaboró con Elly Grant para producir "Twists and Turns" un libro de historias cortas que van desde la ficción flash a una novela, todas con misterio, algunas de horror y otras más divertidas.

La segunda novela de Zach, "Made a Killing", es el primer libro de la serie de Alex Warren. Es la continuación de la investigación tras el asesinato de un muy odiado criminal donde un colmillo de elefante fue usado como arma homicida. A esto le siguió "A Measure of Trouble", donde el equipo de Alex busca al asesino de un director general asesinado en la sala de barriles de su destilería de whisky. El tercero, "Escrito hasta la muerte", trata de una misteriosa muerte durante una reunión del grupo de escritores. - Estas son novelas de misterio de movimiento rápido y apasionante, ambientadas en las duras calles de Glasgow.

El estrafalario thriller de Zach, "Source; A Fast-Paced Financial Crime Thriller", cuenta con tres periodistas de investigación que viajan por el Reino Unido, España y Francia para investigar la corrupción y el sabotaje en el sector bancario, mientras intentan hacer frente a sus propias y difíciles vidas personales.

Todos los libros de Zach pueden ser comprados como libros electrónicos y libros de bolsillo. Las versiones en audio-libro de "Ring Fenced" y "Made a Killing" ya están disponibles y los otros títulos seguirán.

Al igual que su personaje central en "Ring Fenced" (Bemjamin Short), Zach Abrams completó su educación en Escocia y siguió una carrera en contabilidad, negocios y finanzas. Casado y con dos hijos, no toca ningún instrumento, pero tiene un gusto ecléctico por la música, aunque no tan obsesivo como Benjamin. A diferencia de Benjamin, no mantiene amantes, no escribe pornografía y (tristemente) no tiene la propiedad de tal compañía. No es un sociópata (al menos según sus propias estimaciones) y todas las versiones de su vida son conscientes y se comunican libremente entre sí.

Para contactar con el autor zachabrams@authorway.net

Lightning Source UK Ltd.
Milton Keynes UK
UKHW041836180221
379033UK00008B/518/J